中公文庫

漂流物・武蔵丸

車 谷 長 吉

中央公論新社

目次

漂流物・武蔵丸

木枯し

私どもが新婚を機に駒込動坂《こまごめどうざか》町の路地のどんつきに借りた家は、あばら家であった。家の窓に日が差すのは一日一時間ほどで、冬は家の中を寒風が吹きすさび、地べたからの冷えが直接に尻《しり》に伝わった。昭和初年代に建築された家であって、不忍《しのばず》通りの道《どう》灌《かん》山下から、狸山《たぬきやま》の千駄木小学校の横へ上《のぼ》るむじな坂の奥にあり、このあたりは戦災に遇《あ》わず、しかも路地奥の死ニ地であるがゆえに、そういう家が残っていたのであった。私は四十八歳、家内は四十九歳、ともに初婚であった。私たちの結婚祝いに、三浦雅士氏が吉祥寺《きちじょうじ》の骨董《こっとう》やで求めて下さった古い柱時計が、家の中で、ツッタ、ツッタ、と鳴る静けさが、すでに晩婚の身には、恐ろしい静けさとして沁《し》みた。

玄関先に畳一枚分ほどの庭があり、その庭にはまったく日が差さなかった。併《しか》しそれでもそこに一本の紅葉の木が植わっていて、初冬にはわずかに紅葉し、すぐに木枯しに飛ばされた。

ある日、私が外出から帰ると、家が当世風のモダンな建築に変っていた。庭も薔薇《ばら》花壇があるほどの広さになっていた。見れば、嫁はんがそこで犬の毛にブラシをかけてやっていた。私の身たけよりも大きい赤犬である。そのそばにもう一匹、毛のふさふさした洋犬が寝そべっている。赤犬は舌をべろべろ出していた。世には「家《いい》の前《めえ》の赤犬《あかいぬ》」という言葉があって、内弁慶の臆病者《おびんた》のことを言うのであるが。

私は子供の時分に野犬に襲われ、手と足を何針も縫う怪我《けが》をしたことがある。襲われたところを近くにいた農夫が見つけ、鍬《くわ》で追ってくれ、町の医院へ自転車で連れて行ってくれたから助かったものの、あのままあの獰猛《どうもう》な三匹の犬に咬《か》まれつづけていれば、命は危うかっただろう。藁塚《わらづか》の陰からいきなり吠《ほ》えかかり、飛びかかって来たのであった。以来、犬の鳴き声を聞くと、びくッと反応して来た。どんなに小さな犬であっても、恐れて来た。

そういう臆病《おくびょう》な私である。犬をなでてやるというようなことは、迚《とて》も出来ない。それはのちに私の嫁はんになった女には、いっしょに家捜しに歩いていた時にも、たびたび話したことであった。ところが外出から帰って見ると、嫁はんはうっとりしたような面持ちで、犬をなでていた。しかも一匹は私のからだよりも大きい、獰猛そうな犬であった。

　垣根のこちら側で庭へ入るのを恐れ、茫然《ぼうぜん》と突っ立っていると、嫁はんはわたしのお友達があずかってくれと言って、おいて行ったの、と言う。いつまでだ、と問うと、お友達はきのう外国へ行ったので無期限よ、と言う。早く入ってらっしゃい、と言う。そう言われると入らないわけには行かなかった。大きな赤犬のそばを通り抜ける時、気味悪い舌で顔を舐《な》められた。生きた心地がしなかった。嫁はんは目を青く輝かせ、うふふ、と笑う。併しそれでもどうにか犬のそばを抜け、家の中へ入った。

　するとそこに思い掛けず、田舎のお袋と嫁はんがいた。私の古里は播州飾磨《ばんしゅうしかま》の在所であり、母親はこのむじな坂の家にはまだ来たことがなかった。嫁はんは自分の両親を一度田舎からこの家に呼びたいので、その前に私の母を一度田舎からお招きしたいと常々言うていた。併し私には事情があって、それは出来ないことだった。が、その事情を嫁はんに告げることもせず、私はいつもはぐらかしていた。嫁はんの両親は一度この家のそばまで来たが、寄らずに帰った。私が駅までお出迎えに行きたいとまで嫁はんに言うたが、両親はすっぽかして九十九里浜へ帰った。私には私の事情が何であるか、どうしても思い出せないのであった。思い出そうとすると、その思い出そうとする力で、事情はより奥へ引っ込んでしまうようであった。嫁はんの両親が帰ってしまった時は、ざまァ見やがれ、という気持であった。

しかるに私の母が、嫁はんといっしょに家の中にいた。私の父は数年前に狂死して、すでにこの世の人ではない。家の中は砂利だらけだった。母は鋤簾《じょれん》で砂利を掻《か》き寄せ、それを唐箕《とうみ》に受けていた。嫁はんは素足で砂利の上に坐《すわ》り、こちらに背中を見せている。石が向う頸《ずね》に喰い込んでいた。母は大息をついて、黙々と砂利を掻き寄せていた。家の中は当世風のモダンな広い板の間であって、そこに砂利が一面にばら撒《ま》かれていた。しかもその砂利はたったいま川底から浚《さら》い出したように、濡《ぬ》れていた。お袋は唐箕がバラスでいっぱいになると、それを庭へ捨てに行った。すると赤犬が恐ろしい声で吠えかかって来るのであったが、併し母は意に介する風もなく、また家の中へ戻って来て、砂利を掻き寄せるのであった。嫁はんは依然として、そのバラスの上に正座して、向うを向いたままだった。どうも私の母親が俄かに田舎から出て来たので、何かふくむところがあるようだ。嫁はんは山ノ手線田端《たばた》駅の前へ、フランス語会話を習いに行くような女だった。

私は、お母さん、と言った。併しその声がお袋の耳には届かない。母は俯《うつむ》いて、黙々と砂利を掻き寄せていた。私の母はもう二十年以上も前から膝《ひざ》の半月板を傷《いた》め、迚もバラスの上へなど坐れない女である。歩行すらがなかなか困難であって、二十歩も歩けば痛みが出て、そのたびごとに三、四分も立ち止まらねばならないのである。ところが自分も板の間に坐りたい一心で、砂利を掻き出しているのであった。私は気懸かりだった。併し私が思い出そうとすればするほど、その力で陰へ陰へと押しやってしまう事情は、そんな生やさしいものではなく、母が泪《なみだ》を流しはじめたに及んで、その事情は私の中でさらに深い痼《しこ》りとなって行くのであった。

そこへ誰か訪ねて来た。私が厚い板戸を開けると、三十五、六か、あるいは十七、八に見える女が、数人の男女を連れて立っていて、こんどこの真裏に料理屋「能登《のと》」を開店した者でございます、ついては従業員一同を引き連れてご挨拶《あいさつ》にまいりました、ということであった。すると嫁はんが咄嗟《とっさ》に起《た》ち上がり、目を青く光らせて、それはそれはちょうどいいところへお見え下さいました、わたしお酒好きッ、と叫んだ。併し私の母は黙々と、鋤簾で砂利を掻き寄せている。もう七十近い女である。嫁はんは、さあさあどうぞお上がり下さい、とこの不意の客を招き入れる。すると三十五、六か、十七、八に見える女は無遠慮に入って来て、入って来るに従って赤犬の姿に変り、つづいてこの犬に付き添って来た男や女どもも、次ぎ次ぎに押し入って来て、犬の姿になった。そしてこの犬どもはうなり声を立てながら、うろうろ家の中を嗅《か》ぎまわり、赤い大きな舌で私の顔を舐めるのだった。私はもう全身のうぶ毛が総毛立ち、併し声は出ず、部屋の板壁にはり付いて、顔を舐められるままになっていた。嫁はんは、わたしお酒好きッ、と言うて、犬にたわむれかかる。

その時、もとの路地奥の、あのあばら家の中に掛かっている大正時代の柱時計が、ボーン、ボーン、と鳴りはじめた。併しこの家は今風のモダンな家であり、そんな時計はどこにも見えない。時計は文字盤が羅馬《ローマ》数字の、美しいデザインの木の時計で、数字のⅣがⅣではなくⅢとなっていて、あのあばら家へ来た時は遅れがちな時計であった。併し嫁はんが道灌山下の時計屋へ持って行って調整してもらい、その時、これは「八日巻き時計」と言うのです、というようなことも聞いて来た。八日目ごとにネジを巻くのであるが、嫁はんはそれを恐《こわ》がるので、私は土曜日の晩ごとに踏み台に乗って、二つのネジを巻くのだった。併し音はどこで鳴っているのだろうと考えているうちに、ボーン、ボーン、の数を算《かぞ》えそこなった。それが私には取り返しのつかないことであって、母親をあの家には呼べない事情は、いよいよ奥へ逃げて行くのであった。嫁はんが、どこ、わたしの時計はどこッ、と目をさ迷わせた。

美しい文字盤の柱時計が、静かな家の中でまた、ツッタ、ツッタ、と時を刻みはじめた。

（「中央公論文芸特集」平成六年夏季号）

抜髪

「あのな、ええことおせちゃる。」

「あんた阿呆《アホン》なっとんなえ。ぼけとんなえ。人の前でわが身がえらい、いうような顔、ちらとでも見せたら、負けやで。それでしまいやで。」

「あんたは正直すぎる。お人好《ヒトヨ》しや。じきに人のおだてに乗る。口車に乗せられる。阿呆《アホ》や。うちといっしょや。どうらいお人がええ。我慢がたらんな。」

「あんた、なんやいな。道に砂が盛り上げてあるん、くずして。足でくずして逃げて。あれは左官屋はんが使《ツコ》てんやでな。今日びの親の教育はどないなっとんやろ。」

「何、学校で古銭盗《ト》られた。あんた人に古銭、舌《ベロ》まかしたかったんやな。そやさかい、古銭や学校へ持って行ったんや。見せびらかしとうて、見せびらかしとうて。盗られて当り前や。痛い目に逢《オ》うて。あんたそななことしよったら、人に羨《ウラヤ》まれるで。怨《ウラ》み買うで。妬《ネタ》まれるで。見せびらかしたあんたが性《ショウ》が悪いか、あんたの銭盗った人が性が悪いか。」

「靴下の先っぽに穴が空《ア》いとっても、そなこと、べつにかまへんが。あんたは便所へ行ったら、きちんと戸ォ閉めて出て来る子ゥや。けど、場合によっては、開けて出て来てもええねで。あんたは、三十五ォに七十九ゥ足したら、百十四ィやなけりゃならん、と考えるやろ。けど、そんなもん百十五ォでも、百八でもええが。算用や、きちんと数合わさんならんことないが。もっと野放図にかまえとったら、ええんや。もっと野《ノ》風道《フンドウ》に生きたら、ええんや。気にせんでええ。」

「あんたはほんまのこと言いすぎる。何よのことに言いすぎる。ほんまのこと言うたら、あかんで。言うたら、恐《コワ》いで。人に襲われるで。人は蠍《サソリ》やで。蝮《ハメ》やで。ほんまのこと言うたら、恙虫《ツツガムシ》に咬《カ》まれるで。けど、うそついたら、あかんで。ほんまのこと言うのも恐いけど、うそついたら、あとでわが身が困るで。うそにはならんようなうそを言うんやで。」

「人のことあげつろうたら、あかんで。人を批評することは、天に向って唾《ツバ》はくことやで。唾がわが身の顔に落ちて来るで。」

「あんた顔色悪いやないか。元気ないやないか。何、中間考査の成績あかんかった。

はあ、あんた百点が欲しいんやな。百点が欲しい、思うさかい、そなな顔色になるんや。百点やいらんが。そない思たら、気が楽やが。あんたは試験の成績にむらがある。ええ時は八十五点も取るけど、あかん時は五十点以下や。その五十点以下が、あんたのほんまの実力や。」

「人をだましたら、あかんで。あと口が悪いで。だまされとんなえ。上《ウワ》の空のふりしとんのが、ええんやで。」

「ほんまのことでもなければ、うそでもないことだけを言うんやで、どないでもええことだけを言うんやで。」

「一遍《イッペン》うそついてもたら、あとでうそがうそにならんようにするんやで。うそをほんまにしてしまうんやで。むつかしいで。」

「悪口言うぐらい楽しいことあらへんが。人は口が軽い。うちも軽いやろ。口が軽い方が、精神衛生にはええね。」

「ほう。あんた大学へ行きたいん。インテリになりたいん。うちあきれてもたが。地道に働くんが、いやなんやな。ほう。わが身だけうまいもんが喰えたらそれでええ、いう気ィやな。」

「言葉ほど恐《オト》ろしいもんはあらへんで。どななことでも、いずれ自分が言うた通りになって、自分に返って来るで。言うたら、あかんで。閻魔《エンマ》はんやで。舌抜かれるで。」

「世ン中みて見な。みな自慢しとうて、しとうて。うずうずしとってやが。あれは最低の顔やで。みな自分をよう見せかけたいん。舌《ベロ》まかしたいん。やれプライドじゃ、へちまじゃ言うて、ええ顔したいん。あんたも、ええ顔したいんやな。ほう。」

「人の言うてのことはよう聞かな、あかんで。聞く耳持たな、あかんで。人の言うてのことは、だまって聞き流しといたら、ええんやで。たよれるもんは、わが身だけやで。うふふ。」


「あんたは人の言うこと、じきに気にする。振り回される。ふなふな思とったら、ええんや。そのうちに、颱風《タイフウ》は過ぎて行くが。ええ天気や。」

「どなな人でも、人に頭をさげられたら嬉《ウレ》しいんやで。道で人に逢《オ》うたら、お辞儀すんねで。」

「みな人にほめられたいん。ほめられとうて、ほめられとうて、犬が餌《エサ》待っとうようなもんやが。あの人みて見ィ。ほめられたら、ええ気持になって。ころっとだまされて、お追従《ツイショウ》しよってやが。うちが思うには、ほめられるいうことは耳の穴に毒流し込まれることや。うちもじきにええ気持になる。」

「あんた前坂さんの家《エエ》へそない、じょうしき行って、前坂さんがあんたに甘い顔してくれてやさかい、そないたびたび行くんや。つけ上がってもて。前坂さんの嫁はんが迷惑してやが。けど、あんたにはその迷惑が見えん。甘い顔見せたら、人は寄って来るで。そら、どないぞ。あんたみたいな打算的な人は、寄って行くがな。甘い顔してやけど、人は分らんで。甘い顔が、突然、般若《ハンニャ》顔に変る。これが人やがな。」

「生活に困っとう人のところへは、人は寄って来んな。養老院へ行って見な。淋《サブ》しいもんや。家族ですら、来てくれへんがな。捨てられてもて。けど、世ッ中のえらい人のとこへは、次ぎから次ぎへ人が寄って行くな。みて見な、みなおべんちゃら言いに行きよってやがな。ほちゃほちゃ言うて。まあ、えらい人は半分は自分で呼び寄せてんやけど。生活に困っとっての人のとこへや、寄って来《ク》んのは、半分はペテン師やがな。困っとう人には、心のどこぞに、ええ目見たい、いう気持があるさかい、ころっと詐欺師《サギシ》にいかれてもてやァ。どっちもどっちやけど。人が寄って来《キ》てくれへんのは、淋《サブ》しいな。」

「ほう。あのをなご、別嬪《ベッピン》さんやが。あんたも、あななをなごがええんやろ。けど、あんたのとこへは、来んな。来てもうても、困るけど。別嬪さんの正体は、やくざ者《モン》やが。別嬪さんを欲しい、という男の性根《ショウネ》もやくざ者《モン》やが。」

「別嬪さんが見る世ン中と、うちみたいな鼻べちゃが見る世ン中とは、べつの世ン中や。同《オンナ》じ世ン中に暮らしとっても、目ェに写る風景が違うが。風景の色が違うが。男のをなごを見る目ェが違うがな。見られるいうことは恐《コワ》いことやで。」

「世ン中でをなごほど恐いもんはあらへんで。をなごは本気になるで。いきなりくらい付いて来るで。心中する時、鎌《カマ》を切るんはをなごやがな。男はいつも引きずられて死ぬんやがな。男は臆病《オビンタ》なもんや。未練なもんや。あんた別嬪さんのをなごに、いっしょに死んでくれ、言われたら、いやや、よう言わんやろ。引きずられて行ってん。男は別嬪さんにささやいて欲しいん。別嬪さんがあんたのこと、好きや、言うてささやいたら、あんたよう、いやや、言わんやろ。男はそれだけのもんや。」

「ええ目見たい思たら、あかんで。人の一生は一回勝負の博奕《バクチ》やで。いちかばちかの大博奕やで。死の病いやで。取り返しはつかへんで。この世のことはどななことでも、も一遍《イッペン》やり直すとか、も一遍、いうことはあらへんのやで。も一遍、歌歌いよる阿呆はおるけど。歌は一生に一遍でええねで。小博奕打とういうような、けちなこと考えたら、あかんで。競馬や麻雀《マージャン》や、あななもんはみな小博奕やで。けちな人になりたい、いう風なことだけは思いなはんなえ。顔がくずれるで。」

「をなごは平気であんたをだますで。上手に色仕掛けしてやで。上手に乳見せて、上手に尻《シリ》振ってやで。ころっと手のひら返すで。あんたが都合よう行きよう時は、ちやほや言うて、をなごは寄って来るが。けど、あんたが大きな借銭《シャクセン》でも背負うて見、いきなり手のひら返すで。ほら、どないぞ。死恐《シオト》ろしいで。けど、をなごほどええもんもあらへんで。男はをなごにやさしいにして欲しいん。男はだまされてん。をなごは狐《キツネ》やが。男はをなごにだまされたいん。けど、をなごにだまされるぐらい具合《ガイ》のええことも、あらへんのやで。あんたは一遍だまされて見な。」

「柱の陰からをなごを見て、ええな、思とうだけでは、あかんで。柱の前へ出て行かな。半分は肘鉄《ヒジテツ》喰うが。血みどろになるが。ずたずたに引き裂かれるが。それを乗り超えた時が涅槃《ネハン》や。」

「顔のええをなごはあかんで。仁田山《ニタヤマ》やで。浮かべとうで。そら、どないぞ。顔がけっこいと、心まできれいに見えるがな。見てくれのええをなごは、連れ歩くのにはええけどな。ぐうたらやで。ルーズやで。素気《スゲ》ないで。その場その場、わが身に都合のええことだけ言い立てるで。あとは知らん顔やで。けど、あんたがまた安上《アンジョウ》行くようになったら、寄って来るで。蠅《ハイ》みたいなもんやで。をなごは悲しいもんやで。そないせんと、この世を渡って行けんようになっとんやがな。この世の仕組みがそないなっとんやがな。そやさかい、をなごはそないすんねけど、をなごを悪う思たら、あかんで。をなごは悲母観音やで。このうちをみて見。うちは悲母観音やろがな。あんた具合《ガイ》ええやろがな。朝起きたら、ぬくい御飯《ゴゼン》も炊《タ》けとうし、味噌汁《ミソシル》も出来《デケ》とうし。」

「別嬪さんも別嬪さんやけど、顔の面《メン》どいのも面どいのやで。ええ加減なもんやで。うちも鼻べちゃやろ。あんたどない思う。え。うちは鼻べちゃやがな。情けない。こなな鼻べちゃは鼻べちゃなりに、絵ェ描いて生きて行くんやがな。顔の面どいのは嫉《ヘン》妬搔《ネシカ》くで。妬《ネタ》み深いで。どななことでも悪うに悪うに思うで。いきなりあんたを刺すで。男に好かれんをなごぐらい、たちの悪いもんはないで、気ィつけな、あかんで。」

「人の一生には、勝負せざるを得ん時がある。勝負やすんの、いややな、思とっても、そうせざるを得ん時が、かならず来る。野球の試合や見に行くのんは、人に勝負させといて、それ見に行くだけや。むごいィ。けど、そういう人にも、わが身が勝負せざるを得ん時が、かならず来る。あんたの場合を言えば、五十点以下の実力で勝負せんならんが。頭の決心と心の決心は別物やで。あんた頭ン中で立てた夏休みの計画が実行出来《デケ》へんままに、自分をあざむいて、夏の終りむかえた、いうことあるやろ。あれ悲しいが。情けないが。頭やたよりにならへん、いうことや。淋《サブ》しいが。なんぼ頭がようても、頭がええだけ頓馬《トンマ》やが。けど、頭のええ人は頭にしがみ付いてん。わしはえらい、思て。そない思て、わが身の頭ン中の落し穴に落ちてん。はて、どななえらい人でも、人のえらさには限りがあるけど、人の愚かさは底無し沼やが。人が勝負しよってん、はたから見とるの楽しいィ。真剣勝負であればあるほど、楽しいィ。」

「あんたは強情者《モン》や。権太《ゴンタ》や。誤邪《ゴジャ》や。野風道《ノフンドウ》や。頑癖《ガンペキ》が強い。けど、そのわりには、あんたは甲斐性《カイショウ》なしや。甲斐性なしの癖に、うまいもん喰いたがる。ごっつぉ喰いや。このごろなんたら言うやないか。そうや、グルメ。甲斐性者《モン》はごっつぉ喰う。百貫でぶになって死ぬ。けど、それはそれでええわいな。あんたなんやいな。甲斐性なしの癖に、ごっつぉ喰いで、たちが悪いやないか。卑《イヤ》しいやないか。けど、あんたはごっつぉ喰いの癖に、太らん。うちは日に日にこなな味ないもんばっかり喰うて、始末しよんのに、肥《コエ》る。情けない。うちもうまいもん喰いたい。」

「あんたのお父さんは口のきれいな人や。一つもおいしいもん喰いたがってない。それであないに痩《ヤ》せとってんや。えらいやろ。ええ人やろ。うちをもうてくれたったんや。うちみたいな者《モン》をもうてくれたったんや。けど、ええ人は甲斐性なしや。妾《メカケ》の一人もよう囲《カコ》てないが。甲斐性者《モン》は人の会社乗っ取ったり、次ぎから次ぎへ別嬪さんの妾こしらえたり。そら、えらいもんやで。をなごが蠅《ハイ》みたいに寄って来《ク》んねやがな。そいで囲《カコ》てんやがな。甲斐性者《モン》は悪《ワル》やで。あんたは一かけらも悪があらへん。うちといっしょや。うちの子ォや。あんたのお父さんは甲斐性なしやさかい、うちみたいな鼻べちゃもうたったんや、辛抱して。ええ人や。それでも目ェだけは、よその別嬪さん盗み見てん。目ェの盗人《ヌスット》は、ただやもん。あかん人や。」

「うちが思うには、あんたのとこへ来るをなごはおらんな。来るとしたら、水商売のをなごや。うちは世ン中の娘はん見ても、うちの倅《セガレ》のとこへ来てくれてないやろか、いうようなこと、迚《トテ》もやないけどよう言わん。口が裂けても、よう言わん。あんたのすることは恐《オト》ろしい。あんた水商売のをなご、嫁にもらいな。それがいっちええ。水商売のをなごは、苦労しとってやさかい、ほら違うで。そこらのをなごと。」

「人の一生は、金《カネ》いう蠍《サソリ》に咬みつかれとうようなもんや。めんめらみたいな貧乏人は、ことにそうや。この世は一日たりとも、銭なしには暮らせへん。むかしは井戸の水やった。井戸の水は、なんぼ使《ツコ》てもただや。けど、今日びのようにお上のお達しで、水道の水使《ツコ》て暮らさんならんようになったら、月づき何が違《チゴ》ても基本料金だけは、いるがな。水は、命の水や。首根ッこ圧《オ》さえられとうようなもんやがな。基本料金とそれに使《ツコ》た分を払うために、その分どないしても余計に稼がな、ならんが。基本料金は水道だけやないで。電気、ガス、電話、新聞、ＴＶ、教育費、ガソリン代、税金、お医者はんに取られる銭、そのほか数え上げたら、切りがないで。今日びでは子供を補習塾へ行かせるのんも、スイミング・クラブへ通わせるのんも、生活の基本料金の内やがな。これが近代生活や。便利になって、楽《ラク》して、横着して、その分ずつ生活が苦しいになって行くが。銭に責め立てられるが。銭がないことに責め立てられるが。電話が引けて便利になって、その分だけ忙しなって、追いまくられて行くが。それでも世ン中の仕組みは、銭を使わせるように、使わせるようになって行くが。そないなって行くさかい、その分だけようけ銭を稼ぎ出さなならんように、なって行くが。みな欲どしいが。その分だけ、世ン中の気風は悪うなって行く。みなえげつないが。欲どい人にならざるを得んように、追われて行くが。ひいひい言うて。これが新聞に書いたあるナウい生活や。うちは日本経済新聞を読んどんや。人は墓穴を掘るんが好きなんや。人の性根《ショウネ》は悪《アク》や。悪にならざるを得んように出来《デケ》とう。だれも好き好んで悪をしようわけやない。みな、いややろ。けど、悪をなさざるを得んように出来《デケ》とんや。世ン中の仕組みも、人の心ン中も。」

「あんたな、幼稚園へ行きよった時分、みんなから隣りのお爺《ジイ》さん言われよったやないか。花咲か爺さんの隣りの家のお爺さん。人にそななこと言われるいうのは、その時分から、あんたが人にはそない見えよった、いうことや。業突《ゴウツク》張りの隣りのお爺さん。因業爺さん。どうらい、ええが。」

「あんたは人が持っとってのもん見たら、じきに欲しなるやろ。子供の時分、神戸の百貨店へ連《テエ》て行ったら、あれも欲しい、これも欲しい、言うて泣いてからに。揚句の果てに、百貨店買《コ》うてくれ、言うて。なんのことやろ思たら、この百貨店まるごと買《コ》うてくれ、言よんのやがな。はあ、この子は欲どしい子ぉや思て、いずれ人の会社でも買うような男になるやろ思とったら、どなな魔が差したんか知らんけど、貧乏が好きになって、なれの果ては無一物や。」

「ほら、無一物でもええわいな。どのみちこの世のことは、あの世へ持って行かれへんのやさかい。けど、人は死ぬまでは生きて行かな、あかんのやでな。それにはいやでも応でも銭がいるわいな。あんた何様なんやいな。親に大学出してもうて、三十過ぎて、部屋住みやないか。親の臑齧《スネカジ》りやないか。西行はんな、あの人、何もかも捨ててもて、無一物がいっちええ、いうような歌、上手に詠《ヨ》んだったわいな。けど、あの人な、世を捨てたったあとも、紀州の方にようけ年貢米《ネングマイ》が上がる荘園《ショウエン》持っとったったいう話やないか。これだけはよう放してなかったいう話やないか。しがみ付いとったったいう話やないか。百姓に汗水たらして働かしといて、わが身は無一物がええ、いう歌を詠む。これが言葉の力やろか。うちも百姓や。むかし外国の翻訳小説読んだら、百姓女、いう言葉が出て来たわいな、卦《ケ》ッ体糞《タクソ》悪いわな。」

「あんたの言うことは、むつかしい。言葉には言葉それ自体の世界がある、言うて、それなんじゃいな。あんたうちを頓痴気《トンチキ》にする気ィやな。あんた冬が来ても毛糸のセーター一枚ないやないか。肺炎に罹《カカ》って、ぶるぶる慄《フル》えとうやないか。お医者はん呼んで来たん、だれや思とんや。銭がないいんは首がないいんと同《オンナ》じやで。お医者はんも銭出さな、来てくれてないで。銭儲《モウ》けは死の病いや。みな死の病いに罹《カカ》って生きて行きよってんやで。なんやろ、未練たらしいに、荘園からの上がりにしがみ付くいうのは。銭がないんやったら、乞食《コジキ》でもしたらええやないか。それもようせん癖に、無一物は涼しいてええ、やと。あんた乞食になんな。物乞いして歩きな。それが男の生きる道や。あんたにも男の一分《イチブン》いうもんがあるやろ。」

「うちの親は金貸しやった。その親もぜにうりやった。与吉お祖父《ジイ》さんは貧乏で、十《トオ》の年で飯碗《メシワン》一つと炭俵一つをもうて、親にあとはこれでどないなと生きて行きな言われて、家《エエ》出されたったんやと。けど、喰うもんがない。ひもじいて、寒うて。わしは泥の粥《カイ》に枯草煮込んで喰うたぞ、言うて、よう言よったったが。あの年になっても、まだ目ェに泪《ナミダ》にじませて。あんたも何遍も聞いたことや。けど、聞くだけでは、骨身に沁《シ》みんが。佛《ホトケ》の教えは毛穴から、言うて、佛の教えは耳からは入らへんの。目ェから も入らへんの。泥の粥《カイ》すすったら、全身の毛穴から沁みるん。本読んで、それで目ェから佛の教えが骨身に沁みるんやったら、世話ないがな。与吉お祖父さんは金貸しして、人にうとまれ、憎まれて。けど、老齢福祉年金がもらえる年になっても、わしはあななもんはもらわん、言うて、死ぬまでもろてなかったが。ところが、お祖父さんのこと悪う言うてた人らは、もらえる年になったら、我れ先に手続きに行きよったたが。言う、いうことは、どななことやろ。歌詠む、いうことは、どななことやろ。泥の粥《カイ》すすったことない人は、我れ先に行きよったったが。」

「村の東らに三軒、家《エエ》があるやろ。あこの一番左の家《エエ》の子ゥな、勉強がよう出来《デケ》て、今年の春、京都大学へ入ったったんやと。新聞の地方版に名前が出とったが。ところが親はそれが自慢で、嬉《ウレ》しいて、その新聞の切り抜き持って見せに来たったが。週刊誌にも名前が出て、それも持って見せに来たったが。村ン中、順番に見せ歩いてん。そうかと思たら、あんたより五つ下の清衞さんな。むかし東京大学へ入ったったやろ。学校の勉強がよう出来《デケ》て。親はそれが自慢で、うつの子ゥは二のない一番やがな、言うて。もう何年も何年も前の新聞の切り抜き、いまだに大事に持っとってん。もう色が黄色うなった切り抜き。それ村ン中、持ち歩いてん。負けん気出して、見せ歩いてん。みな、えらいわ。東大へ入ってんもえらいけど、親もどうらいえらいわ。欲掻いてん。」

「あんたはよう東大へも入らへん子ぅやったが。うちの子ぅや。あかんべこや。蛙《カエル》の子ぅは、蛙や。気の毒なことや。こななあかん親の子ぅに生れて。うちはあんたに悪いことしたな思とんや。うちはいっぱい喰わされたんや。あんたが大学へ行きたい言うて、それでうちはこっそり高校の先生のところへ相談に行ったんやがな。Yシャツ持って。そしたらあんたの高校入学以来の成績見せられて、大丈夫です、こなな低い成績では迚《トテ》もやないけど受かりません、言われて、うちは安心して帰って来たんやがな。もし合格したら、私が校庭で逆立してどぜうすくい踊って見せます、言うてくれたったんで、うちは安心して帰って来たんやがな。そら、それはそうやろ。あんたは学校の下駄箱へ教科書突っ込んどいて、手ぶらで学校へ行くような子ぅやったが。横着な子ぅやったが。ところが、あんたは行きたい、行きたいの一点張りで、承知せん。どなな心しとんやろ。それで兎《ト》にも角《カク》にも一応あんたを受けさして、すべって帰って来たら、あきらめるやろ思て、試験受けに行かせて上げたんやがな。その代わり、一回勝負やで、言うて、釘《クギ》差して。ところが何が違《チゴ》たんや知らんけど、あんたは嬉っそうな顔して帰って来たわいな。うちは当てが外れて、学校の先生のとこへ、逆立ちしてどぜうすくい踊ってくれ、言うて、ねじ込んで行ったが。ほなら、先生は、折角いただいたYシャツ、私は頸《クビ》が太うて号が合いません、合うやつに換えてください、言うてん。うちは業《ゴウ》沸かしてもたが。これでいっぺんに世界がひっくり返ってもたが。底浚《ザラ》いひっくり返ってもたが。あんたは浮かべとうし。わが身だけがうまいもん喰えたらええ、いう気ィや。うちは渋い顔や。さっぱりや。銭の積もりせんならんが。なんの当てもあらへんのに、お父さんも困っとってやが。お、お前は、が、学校の先生に、な、何を聞いて来たんど、言うて、吃《ドモ》ってやし。お父さん緊張したら、じきに吃ってん。うちを責めてん。あんたは浮かべとうし。ほくそ笑み浮かべとう別嬪さんといっしょやがな。それでもお父さんと相談して、銭の積もりしたが。家《エエ》から通える学校へ行くのと違《チゴ》て、遠いとこの大学へやるのんは、口を持って行かなならんでな。いったん入学させた以上は、途中で止《ヤ》めるわけには行かへんでな。うちは清水《キヨミズ》の舞台から飛び降りる積もりで、銭の積もりしたが。あんたはその銭持って、喜びいさんで東京行きの汽車に乗ったが。合格した言うて帰って来てから、十日目の朝。それで塾監局へ手続きに行ったら、午後三時五十五分。その日の午後四時が入学手続き終了で。

書類と銭出したら、白い幕引いたったいう話やないか。帰って来て、すべり込みセーフやった、言よったが。まあ、そなな時に入学手続きに行く人もないわな。行かせる親もないわな。上がったりや。情けない。うちは、ほっとしたが。渋い顔で。うちはその時、言うたが、あんたはわが身一人がよければそれでええ、いう考えの人や、言うて。まず一番に自分のことを考える人や、言うて。うちはまだ、あんたの弟《オトト》や妹《イモト》のことも考えな、ならんし。うち、くどいやろ。」

「あんたは大学出て、東京で会社員になった。うちは、ほっとしたが。ところが六年過ぎて、無一物で家《エエ》へ帰って来た。うちは、へっこりしてもたが。これはなんやろ。あんたの存念のほどが聞きたい。無一物いうのは、あんたの魂か。武士は喰わねど高《タカ》楊枝《ヨウジ》。文士は霞《カスミ》を喰うて生きるべし。こない言いたいんか。言うて見な。男やったら、言うて見な。よう言わんやろ。そら、よう言わへんわ。あんたは、あかんべこや。うちはおむつ替えよう時から、あんたの正念がなんであるか、見て来たが。こないして、逃げて帰って来る男やがな。あんたが持って帰って来たのは、荷物一つ。なりの悪い風呂敷《フロシキ》荷物一つ。あン中に匕首《ドス》が一本隠してあるが。あれなんやいな。あれあんたの魂か。さあ、言うて見な。うちの素《ソ》ッ首落として見な。よう刺さんやろ。あななもん、虚仮威《コケオド》しやない。あれがあんたの魂か。もののあはれか。さあ、うちの首取って見な。ふんッ。よう落とさんやろ。腐れ金玉が。」

「あんたの原稿、雑誌に載せてくれたった高橋さんな、東大出とってやいう話やないか。やっぱり親は図に乗って、新聞の切り抜き持ち歩いたったんやろか、近所まわりへ。まさかそななことはないと思うけど、親はさぞ嬉しい思たったことやろ。少なくとも子ォが合格した言うて帰って来たら、渋い顔はしてなかったやろ、うちみたいに。子供の時から勉強せえ、勉強せえ言うて、情けないこと言うて、子ォの方でも素直な子ォで、よう勉強して、ええ成績で、親は嬉しいて、鼻が高うて。いや、そななこと親が言わんでも、自分でよう勉強して、ええ成績やったんやろ。その揚句の果てが東大や。なんで嬉しないことがあろうぞ。してやったりや。はて、そうやろが。親も子ォも勉強することに、悪いことしよう、いう気がないんやもん。そら、親も平気で勉強せえ言うてやし、子ォもよう勉強するわな。東京のサラリーマンの家《エエ》や。わが身が悪いことしよういう気ィ、一かけらもないんやもん。あるかいな。私は気色《キショク》の悪いことをしています、いう気ィなんか。よう勉強して、ええ大学へ入って、人を出し抜こういう気ィやもん。そらな、この世は競争やわな。戦《イク》さやわな。けど、勉強して、ええ大学へ入ることに、一かけらでも疚《ヤマ》しさがあったやろか。後ろめたさがあったやろか。子ォが合格した言うて帰って来て、その晩、みなでお祝いの会したったやろ。

ほちゃほちゃ言うて。お祝いの会いうのは、罪深いことやで。あんたには、それが分るか。ふん。分らへんやろ。東大を愛しとってんやがな。」

「あんたはお祝いの会して欲しい人や。そやから会社辞めて、小説のようなもん書きはじめたんや。人の口車に乗せられて。雑誌社の人に、うまいこと言われて。せがまれて。ほめ殺しにされて。可哀《カワイ》そうに。惨《ミジ》めなもんや。あんたたった三回だけやないか、雑誌に載せてもうたん。あとは全部、没《ボツ》。お陀佛《ダブツ》。極楽往生。チーン。そのなれの果てが無一物や。あの人らな、あんたが無一物になっても、痛いことも痒《カ》いこともあらへんが。わが身は安全座ぶとんの上に坐《スワ》っとってんやもん。あとは野となれ山となれ。だれが死のうと、あとは知らん顔やないか。えらい先生が死んだったら、一番にお手伝いに行き、一番に棺桶《カンオケ》かつぎに行ってやけど。何、違う。ほう。あんたこなな丸裸にされとっても、まだ懲《コ》りんと、あの人らをかばうんやな。あの人らにべんちゃら言いたいんやな。お追従《ツイショウ》したいんやな。ほう。見上げた根性や。腐り切っとうが。あの人らはあんたから原稿しぼり取って。あんたの頭ン中を吸い取って。生血《ナマチ》をしぼり取って。盗人《ヌスット》やがな。けど、それはそれでええわいな。それがあの人らの仕事や。本人は、わしは伯楽《ハクラク》や、思とってんやもん。それで会社から、じょうに給料もうてんやがな。それで嫁はんと子ゥを養《ヤシノ》うてんやがな。わが身の口へうまいもん運んでやがな。一応は口ではつべこべ言いながら、そないしてやがな。けど、あんたにだれが銭くれる。くれへんがな。たった三遍、原稿買《コ》うてもうて、それで終りやがな。さっぱりや。あんたに能《ノウ》がなかったいうことや。ただのスカたんやったいうことや。嫁に来てくれるをなごなんか、あらへんがな。あの人ら会社でようけ銭もうて、毎晩、別嬪《ベッピン》さんの嫁はん抱いて寝よってやがな。あんたもお裾分けで、やれ鮨《スシ》じゃ、鰻《ウナギ》じゃ、天麩羅《プラ》じゃ、言うて、ごっつぉ喰わしてもうて、痩《ヤ》せて、雁字搦《ガンジガラ》めにされて、それでわが身の頭ン中しぼり出して、たった三回や。恐らくは五十遍も六十遍も、うまいもん喰わしてもうたんやろ。それでたった三回や。さぞ心苦しいやろ。そやさかいこなな無一物にされとっても、まだあの人らに平《ヘエ》こらするんや。いや、あんたは卑《イヤ》しい。恐らくはあんたの方がうまいもん喰いたい、いう顔しとったんやろ。おごって欲しい、いう顔しとったんやろ。おだてられて、ただ酒呑《ノ》みたい、いう顔つきしとったんやろ。酒は身銭を切って呑むもんやで。身銭を切って呑む酒が、酒の味や。ところが、あんたはただ酒呑みたい人や。そこを読まれて、誘われて、つけ込まれ、せっつかれ、あんたは嬉っそうな顔して付いて行ったんや。ほなら、喰うだけのもん喰うたら、もう引っ込みはつかへんが。それがあの人らの手ェや。泥の粥《カイ》すったことのない人の手口や。思う壺《ツボ》や。どっちもどっちや。小説書くいうようなことは、馬に狐乗せて走らせるようなことや。ええい。まだ目ェがさめへんか。さめへんやろ。あんたの上に狐が馬乗りになっとうが。あの人らがあんたの背中に馬乗りになっとうが。あんたは競馬馬のように走らされて、脚の骨が折れて、倒れたんやがな。編輯人《ヘンシュウニン》いうのは馬喰《バクロウ》やがな。伯楽やがな。脚の折れた馬なんかに、もう用はないで。むごいもんやで。注射されて、霊安室へ送ってくれてのほどのことも、してくれてないで。そやさかい、あんたはこないして逃げて帰って来たんやがな。むごたらしい、まだ生きとうがな。よう帰って来たわ。魂はくたばって。腑《フヌ》抜けになって。お払い箱にされて。よう死なんと、帰って来た。うちは嬉しい。けど、こななことうちが陰で言よった、いうようなこと言うたら、あかんで。怒ってやで。言うたら、あんたが蠍《サソリ》に咬《カ》みつかれるで。喉佛《ノドボトケ》咬まれるで。平気で咬むで。石が飛んで来るで。こななええこと言うてくれんの、親だけやで。親の意見と茄子《ナスビ》の花は、萬《マン》に一つの仇《アダ》がない。いつまでもあると思うな、親と金。人は恐いでェ。人ほど恐《オト》ろしいもんは、あらへんでェ。人は人の皮かぶった畜生やでェ。あんたかて、一《ト》皮めくったら畜生やでェ。ええかッ。」

「むかしあんたは大学へ入ったわいな。夏休みに帰って来て、ドイツ語の字引ひき引き、本読みよったわいな。めんめらには一字も読めへん原書を。何読みよん言うたら、ニーチェやと。カフカやと。ほう。うちはいまだにあんたの読みよった本に、何が書いてあったんか知らんが。一行も知らんが。けど、あんたが読みよったあの本に、あんたを無一物にするまで追い詰めるもんがあったんやろ。うちはそない思うんや。いや、うちにはそれがあの時から分っとったが。気懸かりやったが。心配やったが。こななうちの分らんもん読みよったから、この子はいずれ身ィ滅ぼしてしまう思うて。あの予感が当ったが。あの胸苦しい恐れが当ったが。あれはむし暑い晩やった。夜が更《フ》けて、あんたは一人でＴＶを見とったが。こなな時間に何見よんやろ思て、水呑みに起きて行ったら、あんたはドイツ語講座見よったが。うちはそれ見た時、この子ゥは死《シ》恐《オト》ろしいことしよう、思たんや。はあ。外人さんのをなごが出て来て、にこっと笑《ワロ》て、なんや分らんこと言よったが。あんたはちっとは分るんか知らんけど、浮かべた顔で、うちをちらと見たが。うちはいきなり、こなな気色の悪い番組見なはんなッ、言うて、ＴＶのスイッチ切ったが。あとは黒い画面だけや。むごいことや。うちは業《ゴウ》沸かしてもたんや。あんたはだまって火の消えたＴＶの画面見とったが。あんたにはうちが言うた気色の悪い、いう意味が分ったやろか。そら、それ以後は、うちの前では一遍もドイツ語講座や見たりしたことないわ。けど、陰では見よったやろ。あんたはのちに雑誌に書いとったが。以来、私は大学の教場へ出ても、図書館で字引を引いても、一度として心に咎《トガ》を覚えないことはなかった、疚《ヤマ》しさを感じることなしには、ドイツ語の辞書を引くことは出来なかった、と。ほう。ほんまやろか。ニーチェやカフカを読むことに、ほんまに咎を覚えたんやろか。辞書を引くことに、ほんまに疚しさを覚えたんやろか。うちはむごいことしたァ。」

「いつぞや東京から、あんたの友達がここへ来たったことがあったやろ。能登《ノト》の羽咋《ハクイ》郡で学校の先生しとっての人の倅《セガレ》。あんたの部屋で二人して言よんのが、聞こえて来たが。大きな声で。やれ三谷隆正《ミタニタカマサ》がどうの。丸山眞男《マサオ》がどうの。マルクス・アウレリウスがどうの。ニーチェがどうの。ほら、どないぞ。ほちゃほちゃ言うて。二人で楽《タノ》っそうに議論しよったで。酒呑みながら、五時間でも六時間でも。和辻《ワツジ》はんの日本精神史研究がどうの。柳田《ヤナギタ》はんの何がどうのと。楽っそうに、自慢そうに議論しよったで。まるでなんどのお祝いの会やがな。あれで心に、なんどの咎や疚しさがあったんやろか。やれ小林秀雄がどうの。白洲正子《シラスマサコ》がどうの。あの能登の人、歌を詠《ヨ》んでやいうやないか。西行はんみたいな歌。私《ワタクシ》は短歌を少々、言うて、うちに言よったったが。うちが問い糺《タダ》したら、そない言うたったが。ほう。うちは議論いうたらそない楽しいもんか思て。うちはあんたのあなな楽っそうな声、ほかで聞いたことないが。

あれで心に咎を覚えることなしには、一度として辞書を引くことが出来なかったやと。なめたこと言いなはんな。議論いうたら、インテリの猥談《ワイダン》やないか。そなな心地のする声の色やったが。ええ心地のする声やったが。うふふ、言うて。わが身でわが身の自尊心と虚栄心をくすぐって、喜びよう声やったが。ついでに劣等感もなで回して。あれはをなごが男に乳なでてもうて出す声やがな。ほら、どないぞ。楽しいわな。そなな楽しいこと書いてある本、どなな本やろ。うちは姫路の本屋まで、バスに乗って、本買いに行ったが。本見に行ったが。ほなら、これがうちらみたいな者《モン》には、迚も歯が立たん。三谷隆正の幸福論。丸山眞男の日本政治思想史研究。うちは書き止めといたんやがな。うちはしぶといやろ。うちは蝮《ハメ》の子ゥやで。うちの親は金貸しやったが。けど、歯が立たん。そらな、能登半島で学校の先生しとっての人やったら、これも読みこなしてやろ。けど、うちらみたいな者《モン》には、迚もやないけど歯が立たん。うちは買《コ》うて来たで。とりあえず三谷隆正の興奮論だけでも買《コ》うて来たで。はて、卦《ケ》ッ体《タ》糞《クソ》悪いやないか。胸糞悪いやないか。バス代がぱあになるやないか。何、違う。幸福論。どっちでもいっしょや。あんたはじきに人の揚足取りをする。さっきも教場がどうのこうの。揚足取りするのが得手《エテ》や。うちらみたいな者《モン》の揚足取るぐらい、赤子の手ェひねるようなもんや。あんたは頭がええ。うちの子ゥや。頭のええ人は、そなな揚足取りをする。阿漕《アコギ》なことする。心のええ人は、せんけどな。頭のええ人には、思い上がりがあるんや。頭のええ人は屁理窟《ヘリクツ》こねてん。屁理窟こねるんが得意わざで、言い逃れが上手。かしこいが。かしこい、いうことは、ざっくばらんに言うたら、ずるがしこい、いうことやがな。上手に計算してやが。計算してやけど、計算なんかしたこない、いう顔して生きとってやがな。これがずるがしこい、いうことやが。きれいな顔して生きとってやがな。わが身がすることを、人にはきれいに見えるように、頭ン中で、きれいに打算を働かせてんやが。これが頭のええ人がしてのことやが。えらい人が死んだったら、一番に棺桶かつぎに行っての人がしてのことやが。かついだこと自慢にしてやが。ほら、どないぞ、口に出してやで。めんめら、かつぎに行きとうても、行かれへんがな。それだけの能《ノウ》がないがな。えらい人の棺桶かつがしてもらうだけの徳がないがな。生来下根《ゲコン》やもん。かつぎに行きたいとも思わへんが。けど、かつぎに行きたい人は、かつぎに行ったこと、言うてやが。悲嘆に暮れたような顔して。自慢そうな顔して泣きよってやがな。それがまたええ心地なんやろ。沈痛な顔して、えらい人の名前口に出してやが。なんやろ。あの幸福論いうのは。ローマのストア哲学がどうのこうの。うちらにはさっぱり分らへんやないか。卦《ケ》ッ体糞悪《タクソ》いやないか。あれで一高教授やと。日本の良心、言われた人やと。一高いうたら、いまの東大やないか。あんたあれ分るん。なんでローマのストア哲学が、日本の良心なんや。うちに分るように説明してくれ。何、哲学には普遍性がある。阿呆言いな、そななことは外国語が読める人が言うことや。うちら読めへんが。一字も読めへんが。そななことは外国語が読めての人が、自分の心を見せびらかしたいために言うてんや。自分の自尊心と虚栄心をなでさするために言うんや。あのローマのストア哲学の人ら、セネカやと、マルクス・アウレリウスやと。あの人ら日本語分ったんやろか。日本語読めたんやろか。それでなんで日本人の心が分るんやろ。義理とお義理。情けとお情け。付き合いとお付き合い。このおが付くか付かへんかの違いが、分るか。日本人やったら、だれに説明してもらわんでも、分るがな。このお一字が付くか付かへんかの微妙な違いが、深い違いが小学生でも分るがな。あの人らに、これが分るか。このお一字の手違いで、たった一字の違いで、日本人は命を落とすこともあるんやでな。頓珍漢《トンチンカン》な思い上がりがあるんや。わが身が外国語が読めるさかい、相手もこっちの言葉が読める思とんや。頭ン中が逆さになっとんや。ローマのストア哲学の人らの頭ン中に、日本人のことや、一かけらもあるかいな。そのストア哲学を振りかざして、幸福論や。めんめらには手ェが出えへんもんを見せびらかして、人を威圧する幸福論や。あななもん人に読ませる方は、さぞええ気持やろけど、読まされる方は圧倒されてもて、暗い気持になるだけやがな。えらい人の言葉を、あたかもわが身の言葉のように言い立てて、下がりおろう、や。水戸黄門の印籠《インロウ》や。なんでこなな人が日本の良心なんやろ。なんでこなな人が、日本ではえらい人として尊敬されんねやろ。うちはうちの言葉だけで言うで。うちはうちの骨身に沁《シ》みた言葉だけで言うで。日本で外国語が出来《デケ》るいうたら、すなわちヨーロッパの国の言葉やないか。ほら、外国語学校では、ほかの国の言葉もおせよってやわいな。けど、日本で外国語いうたら、まず一番に英語やフランス語やドイツ語を思い浮かべるが。同《オンナ》じヨーロッパの国の言葉でも、ほかの国の言葉は二の次ぎや。そこになんど思い違いがあるんや。いずれにしても、勢力のある国の人に、おべっか使いよってんやがな、あの一高教授の人。ローマのだれそれ、えらい人がこない言うたった、言うて、受け売りしながら。あの三谷隆正いう人、瞼《マブタ》の母を書いたった長谷川伸《シン》の弟《オトト》やと。胤《タネ》違いの弟《オトト》やと。あの人の母《ハ》親《オヤ》が、長谷川さんが四十七年も捜し求めとったった瞼の母やったんやと。いや、違う。日本では英語やドイツ語や、揚句の果てはギリシア語やラテン語や、そねな言葉が出来たら、ええ顔が出来んねん。ええ職にありつけんねん。大学教授になれんねん。それで人から尊敬されてん。今日び大学教授やたいしたことないけど、尊敬されたいんやがな。尊敬の目差《マナザ》しで見られたいんやがな。あんたも大学院へ行かせてくれ言よったやないか。尊敬されたら、それがわが身の幸福なんやがな。ええ気持やがな。そやさかいインテリは外国語が出来《デケ》てのことを、拠《ヨ》り所にしてん。困った時はこれが最後の拠り所で、けどこなな屁《ヘ》のつっぱりにもならんもんをたのみにして、ええ顔してん。自慢顔して外国語にしがみ付いてん。英語やフランス語に。あんたはドイツ語に。そなな人、ようけあるやないか。犬の糞《クソ》ほど、そこらに落ちとうやないか。このごろはここらでも、そなな人がそこらに掘ッ立小屋建てて、学習塾や言うて、英語おしえよってやが。ようけ銭取って。気の毒なことに。頭のええ人は、阿漕《アコギ》なことする。心のええ人は、せんけどな。いずれ掘ッ立小屋やのうて、バラック・ビルでも建てたいんやろ。外国語が読めての人は、翻訳小説で百姓女てな妙な言葉こしらえ出してん。人をなめとうやないか。それが心の拠り所やと。最後の拠り所やと。ほう。どの人もどの人も、みなええ顔やがな。あの能登の人も男前やがな。ちょっとにが味があって、甘みがあって、深みがあって。あなな顔を深い精神性のある顔、言うんやと。日本経済新聞の人欄に、そなな言葉が使《ツコ》てあったが。あなな立派な顔の人、ここらにはおらへんがな。みな百姓顔や。うちもそうや。あの人、虫の好くええ顔や。胸が透くが。私《ワタクシ》は短歌を少々、てなこと言よったったが。ほら、能登におったった時は、しょもない顔やったやろ。けど、東京へ行って、あなな値打ちのある顔になったったんや。あれはもとが掛かっとうで。もというのは、何も銭やないで。血のにじむ努力をして、私《ワタクシ》は短歌を少々、モーツァルトが好きです、いう顔になったったんやがな。さぞ英語やフランス語のたしなみもあることやろ。そこがあの人の、もう一つの拠り所やがな。屁のつっぱりにもならへん拠り所やがな。本人はそななことは、思とってないけど。ここぞわしの最後の拠り所、心の支え、私が私であることの根拠、人を一段低ゥ見る根拠、阿漕なこととしても許される根拠、知は力なり、わしの武器、てなこと思とってやろけど。けど、人に自分の根拠なんかあるやろか。寄る辺《べ》なんかあるやろか。人は人の皮かぶった畜生やがな。みないずれ灰になって行くがな。灰になって行く人に、どなな根拠もあるかいな。底の蓋《フタ》はじきに抜けるがな。抜けたら、あわてふためくがな。あの人もあなな顔になりたいために、東京の学校へ行たったんやがな。あんたといっしょや。一つの穴の貉《ムジナ》や。仲がええはずや。百姓顔を脱ぎ捨てたかったんや。脱ぎ捨ててあなな顔になったけど、さてこんどは、も一遍あの顔をめくって見たら、どなな顔になるんやろ。のっぺらぼうや。骸骨《ガイコツ》や。されこうべや。一つだけ言えることは、もう元の百姓顔ではない、いうことや。もう能登へは帰れへんが。あんたは身をすり減らして、腰くだけになって、痩《ヤ》せて、無一物になって帰って来たけど。まだ文学談義がしたいか。ほら、したいやろなァ。ほちゃほちゃ言うて。けど、もうあんたみたいな者《モン》、だァれも相手にしてくれないが。脚が折れた馬は、捨てられただけや。」

「ううわ。ううわ。ううわ。うんな。うんな。うんな。あんたこのごろ人に相手にしてもらえんようになったら、一人で本読みようやないか。それなんやろ。ほら、あんたとしては今さら、もう本なしでは生きて行けへんわな。未練もあるやろし。往生《オウジョウ》際《ギワ》の悪いことや。いや、毒を喰らわば皿までも、いうことなんやろか。臥薪嘗胆《ガシンショウタン》。牛の籠抜《カゴヌ》け。いずれまた小説書いて、あの人らにお追従《ツイショウ》したいんか。ええわ。ええわ。今日もええ天気や。お祝いの会して欲しいんか。けど、脚の折れた馬なんかに、もう用はないで。何、違う。ほかにすることがない。ずぼらなこと言いな。あんた仕事捜しに行きな。今日はええ天気や。あんたのようにあれもいや、これもいやでは生きて行けへんが。あんたにはうちのこの嘆きが分るか。この悲しい気持が分るか。あんたはまだ崖《ガケ》の途中に引っ掛かっとんや。まだなんとかして、も一遍崖の上へ這《ハ》い上がりたいんや。そやからそななこと言うとんや。皿を喰いなッ。わが身を崖の下へ突き落としなッ。恐《コワ》いで。そら、恐いで。うちにはあんたを突き落として上げる、いうような親切心は一かけらもないで。自分で自分を突き落としな。だァれもあんたを助《ス》けてくれる人はないで。そなな人があるかいな。たよりになるのは自分だけやで。人に助《ス》けてもらお思たら、銭出さな助《ス》けてもらえへん。あんたにはその銭がない。一生、世ン中のドン底這いずり回って死んだら、それでええやないか。それはそれで立派な人の一生や。血ィはいて死んだら、ええやないか。あんた死ぬのが恐いんや。臆病《オビンタ》や。野垂死にしたら、ええやないか。今日びでは野垂死にすんのも、イーズィーやないで。うちはこのごろ英語憶《オボ》えたんや。朝日新聞で。日本経済新聞から宗旨《シュウシ》変えたんや。うちころっと宗旨変えるん。尻《シリ》が軽いやろ。販売員の人がうちの前で泪《ナミダ》流したったん。お願いします、言うて。泣き落としやわな。半分は空泪《ソラナミダ》やわな。けど、泣き落としやろうと、なんやろうと、見事なもんや。あれが藝《ゲイ》や。ほんまもんの泪流したったが。洗剤くれたったが。うちは洗剤で買収されたが。朝日新聞は藝をしてやで。あんたにはあれだけの藝があるやろか。なかったさかい、こなな無一物になって逃げて帰って来たんや。あんたも藝をしな。一流の藝をしな。小説書くことも藝やがな。旅館で下足揃《ソロ》えてくれてんのも藝やがな。あんたは藝なしやったんやがな。小説家も旅館の下足番もいっしょやがな。ともに藝をしてんやがな。あんたはあんたに出来る藝をしな。それでええんやがな。なんにも恥ずかしいことないで、人の前で泣くこと。ほんまもんの泪流すこと。あんたにそれが出来るか。うちはあの人の泪見て、胸衝《ツ》かれたが。

それで洗剤もうたんや。うち甘いやろ。へたな藝や。けど、へたであることも何事かやで。へたであることを徹底させたら、三島由紀夫がそない書いとったったが。私はこの人の小説のへたに胸を打たれた、と。自決したった少し前、そない書いとったったが。あの新聞屋の藝は、へたな、死物狂いの藝や。あんたあななことが出来《デケ》るか。出来《デケ》へんやろ、ようせんやろ。あかんべこや。あんたは頭のええ人や。ずるい人や。弱虫や。杜撰《ズサン》。ぐうたら。あんぽんたん。最後の拠り所の人や。けど、心のええ人は一流の藝が出来るが。私《ワタクシ》は短歌を少々、てなこと言うてないが。うちに問い糺《タダ》されたら、ぽろっと自白したったが。口すべらせたったが。私《ワタクシ》はモーツァルトが好きです、言うて。もともと言いたかったんやろ。言いたい顔やったが。あれがあんたの友達や。無二の親友や。心のええ人は、毎日だまって旅館で下足揃えよってやが。頭のええ人は大学の研究室たらいうとこに坐《スワ》って、知ったかぶりしよってやが。尊敬の目差しで見られたい、見られたい言うて。英語やフランス語振りまわして。ＴＶにそな な人が、じょうに出て来るが。みな安全座ぶとんの上にあぐら掻《か》いて、浮かべとってやが。うちも英語憶えたんや、イーズィー言うて。ほら、一遍ぐらいあななイーズィーな気分になって見たいわな。ええ言葉や。自分の話ン中に英語やドイツ語や、ようまじえて。あれ、頭のええ人が気色の悪い藝見せよってん。なりの悪い藝見せよってん。けど、心のええ人は毎日だまって下足揃えよってやが。この世は心がええだけでは、あなな坐り心地のええ座ぶとんには坐れへんの。頭のええ人が、頭ン中できれいに打算働かせて、あななとこに坐ってん。欲どしいが。素《ス》どいが。わが身をえらい者《モン》のように見せかけ、人を軽蔑《ケイベツ》するんが得手《エテ》の人が坐っての席やがな。あんたも坐り心地のええ座ぶとんの上に坐りたいんやな。藝なしの癖に。あんたはあんたに出来《デケ》る藝をしたらええが。藝は犬でもするで。何もサーカスで見せてくれるような藝だけが、藝やないで。どななとこにも一流の藝はある。人の胸を撃ち抜く藝はある。それには素手《スデ》で生きることや。素足で生きることや。生身《ナマミ》で生きることや。抜き身で生きることや。何もかもかなぐり捨てて生きることや。斬《キ》られて死ねばいい、さすれば恐《コワ》いものは何もない。むかし映画で見たチャンバラ時代劇で、長谷川一夫がそない言よったがな。あの人、ええ男やろ。うちあの人のファン、いや贔屓《ヒイキ》やったんやがな。色気のある流し目で。虫が好くゥ。ＴＶに出て来て、自分の話に英語やフランス語やまじえてしゃべる。あななもん人の胸撃ち抜くかいな。まやかしの藝や。自分で自分の恥ずかしいとこ、なで回しよってのだけやがな。男もをなごも、自慢そうに。面《メン》どい人らや。自分では別嬪さんの積もりで。たちの悪い藝や。虫酸《ムシズ》が走るが。げっぷが出るわな。旅館で下足番の人に靴揃えてもうたら、虫酸が走るやろか。げっぷが出るやろか。」

「うちはだまっとられへんが。だまっとったら。阿呆でもちっとは、かしこそうに見えるけど、うちはだまっとられへんが。だまっとったら、毎日、不安で不安で、いても立ってもいられへんが。あんたは毎日毎日、奥の部屋にだまって坐って、一日中、壁を見とうし。ようそないだまっとられるな。もう半年以上になるやないか。うちは背中に火がついて、いても立ってもいられへんほど、不安やが。そやさかい、こないしゃべるん。あんたがうちに、しゃべらせるん。腹が立つが。腹に据えかねるが。だまっとったら、どなな阿呆でもちっとは、かしこうに見えるのに。あんたはようそないだまっとられるな。壁だけを見て。あんたは鬱陶《ウットウ》しい子《タ》ゥや。悪道《アクドウ》や。疵物《キズモン》やないか。えらいな。腑抜《フヌ》けやな。腰が抜けてもたな。よう起ち上がらへんのやな。うちはむかし朝日新聞読みよったが。けど、わけがあって日本経済新聞に変えたんや。お父さんに相談して変えたんや。けど、このごろまた朝日に変えたんや。うちはじきに宗旨変えするん。前に朝日から日本経済に変えたんは、わけがあるんや。朝日の婦人欄にひとときいう欄があるやろ。をなごが短い文章を投書する欄。うちあれ読むん好きなんや。実はな、うちも一遍だけ投書したことがあるんや。たった一遍だけや。けど、それ没になったんや。そらまあ、なるわな。うちらみたいなぼけが書く文章、だれが拾《ヒロ》てくれてやろ。じょうにの人が我れも我れも思て、自慢顔で投書してやのに。うちの原稿、没になったんや。極楽往生。安楽。チーン、や。うちの書いた言葉、ごみにされてもたが。それでうち業沸《ゴウ》かしてもたが。こなな気色の悪い新聞に、だれが銭出すかァ思て、うちは日本経済に変えたんや。ほんなら、これ読みよったら面白いが。うちもちょっと株に手ェ出してこましたろ思て、小博奕《コバクチ》打ったが。ほんなら、これが禍《ワザワ》いの元。えらい火傷《ヤカチャ》させられたが。火傷《ヤカチャ》はこまい傷でも痛いでな。うちは日本経済新聞に煮え湯呑《ノ》まされたんや。ようも呑ませてくれた思て、うちはそれからもその日その日、日本経済読みよったんや。朝日にも痛い目に遇わされたけど、日本経済の方が痛かった。銭どぶへ捨てたんやもん。朝日の方は、うちらみたいなぼけが書く文章や。ほんの原稿用紙二、三枚の、しょもない文章や。もともと値打ちのない文章や。ほんなもんが没になったとこで、うちは痛いことも痒《カ》いこともあらへんが。けど、うちは業沸《ゴウ》かしてもたが。あんたはむかしこの家《エエ》で百舌《モズ》を飼《コ》うとったが。大事に大事にして飼《コ》うとったが。それを隣りの猫、梅子に喰われてもたが。あんたの留守中にうちが籠から出したんや。ちょっと出したんや。その一瞬の隙《スキ》を狙《ネラ》われて、梅子にいかれてもたが。うちが、あッ、思た瞬間には、もう殺されてもとったが。さあ、あんたは家《エエ》へ帰って来て、それ見て気違いのようになったが。うちを責めたが。泣いたが。わあああ言うて泣いたが。来る日も来る日も物干しの竹竿《タケザオ》持って、梅子を追い回し、果ては罠《ワナ》に掛けて捕まえた。あんたは梅子の目ェに五寸釘《クギ》、突き刺した。それでもまだ梅子は生きとったが。それを、胴体に縄《ナワ》を掛け、自転車の後ろに引きずって、地べたに引きずって市川の河口の永世橋《ナガヨ》まで行ったが。梅子を橋の欄干からぶら下げた。まだ生きとった、いうやないか。血がぽた、ぽた、何時間でも川の水に落ちとった、いうやないか。市川の川の水に。梅子は隣りのおすみはんが可愛《カワイ》がっとったった猫や。白い猫や。それが血みどろになって、ぶら下がっとった、いうやないか。あんたはそれをだまって、せせら笑い浮かべながら見とった、いうやないか。人がうちにおせてくれたったが。身慄《ミブル》いした、言うて。おすみはんは一人暮らしやったでな。どうぞゆるしてやってくれ、うちの命いらんさかい、言うて、地べたに手ェ突いてあやまったったけど、あんたはゆるさへなんだ。ようゆるさへなんだ。毎日毎日泣いて、やっと泣き止《ヤ》んだ思たら、竹竿や。罠や。気が小さい子ゥや。難儀な奴《ヤツ》ちゃ。困った人や。むつかしい人や。うちは百舌の小次郎と、梅子と、おすみはんと、あんたに手ェ突いてあやまりたい気ィで、文章書いたんや。佛《ホトケ》はんの前で般若心経《ハンニャシンギョウ》上げて、それから文章書いたんや。この子をゆるしてやって下さい言うて。それ以外に、うちとしては何も出来《デケ》へなんだんや。うちに出来《デケ》ることは、それだけやったんや。ゆるしてやって下さい言うて。けど。没や。お陀佛《ダブツ》や。朝日の人、うちに煮え湯呑ませてくれたったが。うちらみたいなぼけが書く文章や、もともと文章になってなかったんやろ。けど、うちは佛さんに手ェ合せる積もりで、書いたが。うちの命差し上げます言うて、書いたが。文章書くいうのは、あないなことや。書かざるを得んさかい、書くんや。書く以外に、もう何もすることがないさかい、書くんや。あんたが雑誌に出した文章、そななこと一かけらもあらへんが。をなごを好きになりました。相手にされませんでした。よろしく愛してちょうだい、らら、ら。それだけやがな。面白くも、へったくれもあらへんがな。そら、それでは文章も相手にはされへんわな。うちといっしょや。雑誌社の人も愛想つかしたったはずや。こなな男にたっぷりただ酒呑ませてやって思て、いまごろは臍嚙《ホゾカ》みよってやろ。あんたにようけごっつォ喰わして。それがあの人らのやり口やがな。ほら、上手なもんやで。お上手言うてやで。私はあなたの文章が読みたい、読ませて下さい、言うて。えせ口言うてやがな。けど、脚の折れた馬なんかに、もう用はないわ。いまごろは、べつの人のとこへ行って、ほちゃほちゃ言よってやろ。えらい先生のとこへ行って、もみ手《デ》しよってやろ、蠅《ハイ》みたいに。おねだりしよってやろ。文学てなことは、まさな言《ゴト》やがな。ほたえてもて。もうあんたにや、だァれもほちゃほちゃ言うてくれへんわ。その方がええが。無一物は涼しいてええが。また冬になっても着るセーター一枚ない癖に。それでええが。うちもいまとなっては、あの文章、没になってよかった思う。採用されとったら、たった一遍のことで、舞い上がってもとったやろ。お蔭《カゲ》で日本経済にも痛い目に遇わされたけど。あれはうちに目ェがなかったいうことや。あわよくば思て、欲掻いたら、あななことになる。あんたといっしょや。あんたも小博奕に負けて、すってんてんや。小博奕に負けただけで、素寒貧《スカンピン》や。哀れなもんや。せめて大博奕に負けたんなら、兎《ト》も角《カク》。人の一生は、一回勝負の大博奕やで。あんた小博奕に負けただけやがな。それで素寒貧や。けど、あんたはまだあの人らに、ほちゃほちゃ言うて欲しい。口惜《クヤ》しいやろ。無念の泪やろ。あんたは負け惜しみの強い人や。さぞ心地がええやろ。痩我慢して。けど、もうだァれも言うてくれへん。もうあんたみたいにへたばってしもた男に、用やあるかいな。あの人らも忙しいがな。ちゃっかり計算してやがな。それ、どなな心地ぞ。こすッ辛《カロ》うに計算してやで、頭ええ人らやもん。東大出とっやがな。天下の東京帝國大学文科Ⅲ類。な。新聞にそない書いてあるがな。まあ、あんたもごっつぉよばれる時は、覚悟を決めて喰うたことやろ。あんたほどの計算が出来《デケ》ん男でも、これただで喰うたらどないなるか、それぐらいのことは読めたやろ。けど、あんたはだんだんに引っ込みがつかんようになった。それが計算出来《デケ》んいうことや。あるいは途中で腹決めて、喰うだけのもんは喰うて、喰い逃げしよ思たんやろか。して見たら、勝ち逃げやのうて、負け逃げやが。なりの悪いことや。いや、あんたとしては、これ喰うたらどないなるか、すべて頭では分っていながら、ずるずる足をすべらせて、途中で逆に腹くくって、己《オノ》れの退路を断つために、寧《ムシ》ろやけ糞《クソ》で、ただ酒呑ませて欲しい、いう顔して付いて行ったのかも知れん。やれ神楽坂《カグラザカ》じゃ。新宿じゃ。銀座じゃ。六本木じゃ。赤坂じゃ、言うて。いずれにしても負け軍《イクサ》じゃ。糞ッたれがッ。はしゃいでもて。何、六本木には一遍も連《テエ》て行ってもうたことはない、やと。あななとこは嫌《キラ》いじゃ、と。そうか。そんならええやないか。どうせ会社の銭でごっつぉ喰わしてもうただけやないか。何、違う。それだけやない。ほう。あんたは浅はかやな。阿呆やな。口が卑《イヤ》しいな。口が軽いな。ふな。ふな。うちは開いた口がふさがらんが。あんたの人品骨柄には、どこぞに破綻《ハタン》があるな。破れがあるな。馬穴《バケツ》の底から水が洩《モ》れようが。いや、破れ気触《カブレ》や。靴下の穴が大きなり過ぎたが。これも、なんどの因果づくやろか。うちは泡吹いてまうが、蟹《カニ》みたいに、文章を書くいうことは、罪深《フカ》いことやで。言葉を取り扱ういうことは、罪深いことやで。あんたにはこれが分るやろか。馬喰《バクロウ》には、勿論《モチロン》、分るかいな。

わしは伯楽じゃ、がな。なんで分るやろ、書かん人に。人の生血《イキチ》をしぼり取ってのだけが、あの人らの仕事じゃがな。その手口がなんであるかは、あんたも、もうよう骨身に沁《シ》みたはずや。思い知ったはずや。思い屈したはずや。けど、文章を書くいうことは、苦しいことやで。どなな文章でも、苦しいことやで。うちが書いて没にされた、あななしょもない文章でも苦しかったが。口から血ィはくほど、苦しかったが。うちは小次郎にも、梅子にも、ゆるしてくれ、ゆるしてくれ、言うて、書いたが。あんたにも、おすみはんにも、ゆるしてくれ、ゆるしてくれ、言うて、書いたが。この空恐《オト》ろしい子ゥをゆるしてやって下さい、言うて、祈りながら書いたが。このうちの子ゥをゆるしてやって下さい、言うて、泣きながら書いたが。そら、どない苦しかったやろ。あれが文章を書くいうことや。けど、あんたは愛してちょうだいやがな。うちの書いた文章は没になったァ。いまではうちはそれをよかった思とんや。あななもん新聞に出んで。出たら、一遍で味しめてもとったやろ。あんたのように、一遍で舞い上がってもとったやろ。うちもあんたの親やもん。文章を書くことは罪深いことやで。言葉を取り扱うことは罪深いことやで。めんめらが知らん英語やフランス語の本読んで、そこに書いてあること、あたかもわが身の言葉のように言う人があるやないか。あれも言葉を取り扱うことやで。あんたもあななたちの悪いことがしたかったんやな。

うちにはそれがよう分るが。言葉を書くいうことは、人をまどわすことやで。かどわかすことやで。かたることやで。ゆすりかたりのかたりやで。言葉ほど恐《オト》ろしいもんは、あらへんで。自分が言うた通りになって、いずれ自分に返って来るで。因果応報やで。人は言葉にまどわされたいんやで。言葉でほめられたら、ころっとだまされて、ええ気持になるが。耳の穴へ毒流し込まれようと分っとっても、ええ気持になるが。もっと言うて、いう気ィになるが。男はをなごにささやかれたら、嬉《ウレ》しいが。をなごかて、あの人、別嬪さんや、言うて陰で言われたら、嬉しいが。面と向って言われたら、もっと嬉しいが。たとえうそでも嬉しいが。一生忘れへんが。うちみたいな鼻べちゃでも、いまだに忘れることが出来《デケ》へんが。人を密告して陥《オトシイ》れるのも言葉。人を脅して追い詰めんのも言葉。へつらい。おもねり。からかい。てんがう。口裏合せ。みな、言葉。うそぶき。皮肉。中傷。甘言。忠告。誓い。ご注進。密談。告白。ひけらかし。せせら笑い。お提灯《チョウチン》持ち。二枚舌。口の藝はいろいろあるわ。切りないほどあるわ。お愛想。うわさ。泣き落とし。そしり。おべっか。つくろい口。強がり。泣き言。自己弁護。みな、言葉。愚痴。うちはすべて身に覚えがあるが。言葉を取り扱うことは恐《オト》ろしいことやで。あんたはおだてに乗せられた果てに、無一物や。底の蓋《フタ》が抜けたんやが。文章いうたらこなな恐《オト》ろしい言葉を使《ツコ》て書くんやがな。あんたには分るか。面白いことやで。罪深いことやで。世ン中には、言葉でものを思うても、それを口に出してのない人、じょうにあるが。けど、心にもの思うことを文章に書いての人は、少《スケ》ないが。ほんの一にぎりの人やが。極道がしてのことやが。人殺しがしてのことやが。世ン中には、わが身が思うことにだまって堪えて、それ口に出してない人、じょうにあるが。その方が多いが。そういう人はうまいもんも喰わんと、地道に働いて、だまって死んで行ってやァ。うちそういう人、えらい思うゥ。そういう人の一生こそ、つつしみ深い一生やがな。なんやろ、人の頭ン中や、心ン中をしぼり出すいうのは。まして、しぼり出させるいうのは。日本脳炎やないか。なんどの業病《ゴウビョウ》や。文章を書くいうことは、人一人を殺すぐらいの気力がいるが。覚悟の臍《ヘソ》もいるが。うちはいまでもあんたが殺した猫のこと、思わん日ィないが。おすみはんも死んだったが。あれ以後は猫のこと一ト言も口にしてなしに。まして文章に書くちゅうことはようしてないし。あんたに梅子が殺されても、泪一つ見せてなかったが。あんたはわあわあ泣いたけど。けど、おすみはんはあの五寸釘、刺された猫のこと、死ぬまで思てない日ィはなかったやろ。あれほど可愛がっとったったんやもん。目ェに刺された五寸釘見て、一ト晩で頭の毛ェが真ッ白になったったんは、よもやあんたも忘れへんやろ。これはうちが人から別嬪さんや言うてほめられて、それを一生忘れへんのとは、わけが違うで。死ぬまで一ト言も言うてなかったが。言う、いうのは、どないなことやろ。文章を書く、いうのは、どないなことやろ。言葉いうのは恐《オト》ろしいで。うちはゆるして欲しい思て、手ェ合せる思いで書いたけど。いや、書くいうことが罪深いことやない。書くことによって、胸ン中の腐った林檎《リンゴ》がまた新鮮になることもあるが。けど、書いたもんを表へ出すことは、これは罪深いことやで。その罪深いことを、人にさせよっての人もあるが。おだてたり、せっついたり、おねだりしたり、けしかけたりして。気楽なもんや。うちはいまではあないなもんは没になった方がよかった思うゥ。朝日新聞の人に感謝しとん。おすみはんはだまって死んだったが。お母ちゃんが、あんたの代わりに地獄へ行って上げる。これは没になった時から、心に決めて来たことや。冥途《メイド》で、小次郎と梅子とおすみはんの前に両手突いて、あんたに代わってお詫《ワ》びして上げる。」

「えッ。あんたまた東京へ行くん。ほうか。まだ未練があんねやな。むかしのを、なごに逢《ア》いに行きたいんやな。何、違う。あんた堅気ンなって、もの言わんと、地道に働きよう思いよったのに。また虫が出て、ほちゃほちゃ言われとうなったんやな。あんたは姫路の岡町で旅館の下足番になって、親戚《シンセキ》の者《モン》や、高等学校時分の同級生の靴揃《ソロ》えよったが。なんたら言うをなごの歌手や、宮澤《ミヤザワ》喜一《キイチ》大蔵大臣の靴も揃えた、言よったが。ええ藝《ゲイ》をしよったが。人に頸筋《クビスジ》見てもらいよったが。それから京都へ出て行って、柿傳《カキデン》で料理場の下働きや。そこに一年おって、神戸、西ノ宮、尼ヶ崎、大阪曾根《ソネ》崎《ザキ》新地、泉州の堺《サカイ》、それからまた神戸の三ノ宮町、元町。なりの悪い風呂敷荷物一つで、料理場のタコ部屋からタコ部屋、転々として九年。住所不定の九年。漂流物の九年。三十代の九年。男ざかりの九年。匕首《ドス》を呑んで九年。さすらいの九年。ほう。さすらい、やと、そなな歌が歌謡曲にあるが。なりがええ。人聞きがええが。けど、人に喰うてもらうごっつぉ作って九年。嫁はんの来手もなしに。うだつの上がらん男で。うちはそれを喜んどったんや。あんたはわが身を崖《ガケ》から突き落としたが。この男はそなことはようせん男や思とったのに。けど、また東京へ行く言う。これはなんやろ。煮え湯を呑んでも、呑まされても、それが骨身に沁みん、いうことやろか。うちはもうあんたを捨てる。ごみ箱へ捨てる。いまこそここで鎌《カマ》を切る。あとは一人でどないなとしな。東京てなとこは、ごみ箱やがな。うちはいまこそここで鎌を切る。よう覚えときなえ。もう泪も出えへん。あんたは無能者《ナラズモン》やわな。また人にごっつぉ喰わしてもらいとうなったんやな。これが、どないなろ。虫出してもて。あんたは、無一物ほど誇り高いことがあろうか、いや気ィやなかったんかいな。あんたはまだ自分をよう捨て切らんのやな。まだ己れを恃《タノ》むところがあるんやな。なんやいな、そななとこへ手ェ突いて、頭下げて、ゆるして下さい、やと。ええ加減にしな、そなな芝居は。うちはもうどさ回りの芝居や見とない。あきるほど見て来た。選挙に当選させて下さい、言うて、代議士先生が土下座しよってやがな。うちはあななことして欲しない。心地が悪い。気色が悪い。見るに堪えん。見とう方が、苦しいになる。胸が詰まる。この人、欲掻《カ》きよってんやな思て。こななことまでしても国会議事堂の赤絨毯《アカジュウタン》踏みたいんやな思て。檜《ヒノキ》舞台を踏みたいんやな思て。何、違う。何が違うんや、言うて見な。言うて見な。ヘッ。いっしょやがな。あんたはあの人らに引きずられよんや。あの頭のええ狐《キツネ》らに。それだけやがな。うちにはそななことお見透しやがな。そら、あんたとしては、むかしただ酒呑ませてもうた義理を返してから死にたい、いうことかも知れん。けど、そなな義理は踏み潰《ツブ》しといたら、ええんや。義理とお義理は違うで。水と油ほど違うで。世ン中では、お義理のことを義理と言うんや。そない言いくるめて、人を雁字搦《ガンジガラ》めにするんや。そなな義理は踏み潰しといたら、ええんや。お上品のことを、上品と言いつくろうんや。そない言い立てて、お上品にお体裁かもてん。上品に体裁かもてん。けど、あんたは東京へ行く言う。あななごみ溜《タ》めみたいなとこへ。これはなんやろ。そななことをまた言い出すいうのんは、あんたとしては余程の気ィがあってのことやろ。腹括《クク》ってのことやろ。あななごみ溜めみたいなとこで果てたい、いうことやろ。世ン中は使い捨て時代や。あんたも使い捨てにしてもらいな。百円ライターみたいに。墓はないでェ。うちはあんたを捨てる。もう捨てる。いまこそここで鎌を切る。うちが言いたいことは、それだけや。向うへ行きな。あの雑草の中へ入って行きな。」

「あんたのお父《オト》さんも死んだったが。気が狂うて、廃人になって、死んだったが。あなな恐ろしい病気になって。歌《ウト》てもたったァ。家《エェ》ン中で何年も、何年も、わめえて。うちを責めて。可哀《カワイ》そうに。気の毒に。本人はどない苦しかったことやろ。どなな苦しかったことやろ。うちの妹弟《キョウダイ》のことで、うちが銭出してくれ言うたんやがな。何千萬もの銭を。お父さんが一生働いて、貯《タ》めたった銭やがな。朝早うから晩遅うまで、毎日毎日、汗水たらして働いて、貯めたった銭やがな。うまいもんも喰わんと。あんたみたいに、ごっつォも喰わんと。その銭が一瞬にして、ぱあや。ほら、気がふれてんのも道理やったが。柱を抱いて、気がふれたったが。業柱《ゴウバシラ》を抱いて、歌歌《ウト》てもたったァ。うちは罪作りなことしたァ。そら、あんたはあの時、うちがお父さんにたのんだ時点で、反対したわいな。あんたに相談したら、そななもん、どぶへ捨てることになるだけの銭や、言うて。あんたの読みは正しかった。頭がええわいな。けど、頭のええ人は素《ス》どい人や。うちにもそれぐらいの読みはあったァ。けど、うちはお父さんにたのんだんや。うちの妹弟《キョウダイ》のために出してくれてないやろか、言うて。うちは迷《マヨ》たが。うちは迷たが。ほら、どないぞ。どれほど迷たやろ。あんたには分るか。お父さん、う、う、う、言うて吃《ドモ》りながら、承知してくれたったァ。判突《ゴ》いてくれたったァ。あんたも見とったが。金が命の世ン中や。あんたはまだあの期に及んでも、わしは反対や、言うとったが。けど、うちが、ここで銭出さな、お父さんも顔がないやないかァ、言うて、言い切ってもたが。鎌切ってもたが。お父さんは、う、う、う、言うて。さぞ、お父さんにも深い迷いがあったことやろ。あんたと同じ、いや、あんた以上に深い読みがあったことやろ。これはどぶへ捨てることになるやろ、いう読みが。全部ぱあになるやろ、いう読みが。けど、銭出してくれたったん。全部、一銭残らず、底浚《ザラ》い。いや、それだけやない。農協からも大きな借銭《シャクセン》して、それも出してくれたったが。すってんてんどころか、逆に何千萬もの大きな借銭が残ったが。お父さんの背中に。人の世にはあなな時があるゥ。これ出したらわが身が破滅すると分っとっても、出さざるを得ん時があるゥ。これ自白したら、これ言うたら、わが身が身ィ滅ぼすいうこと、分っとっても、言うてしまう時があるゥ。うちも出してくれ言うことなしには、すまへなんだがァ。あなな恐《オト》ろしい時があるゥ。言うてしまう時があるゥ。これが人生の火ィにふれるいうことや。業火《ゴウカ》にさわるいうことや。火ィをはたから見とる、いうこととは違うでェ。世ン中には、火ィにさわったこともないのに、この火にさわったら熱いよ、熱いよ、言うて、解説ばっかりしとっての人があるが。そなな人、坊さんや大学の先生に多いがァ。説明、解釈、解説、講釈、言い訳、受け売りが得意わざの人。ふれとうはのうても、さわってまうんがこの世の人生や。火ィに。業火に。恐《オト》ろしいィ。恐《オト》ろしいィ。お父さん気が狂てしもたったァ。歌《ウト》てもたったァ。歌歌《ウト》てもたったァ。柱を抱いて。業柱を抱いて。それで死ぬまでこの家《エエ》ン中で、わめき続けたったァ。毎晩毎晩、一日十八時間、何年も何年も。死ぬ十日ほど前まで、うちを責めたったァ。あのうめき声聞くの、うちどない恐《オト》ろしかったことやろ。毎晩毎晩、わ、わ、わしを連れて行くッ、言うて。姫路の名古山墓地へ連れて行くッ、言うて。名古山の竈《カマド》ン中へ連れて行くッ、言うて。あ、あ、熱いッ、熱いッ、言うて。うちが連れて行くッ、言うて、あんたも一度は聞いたうめき声や。よもや忘れへんやろ。三昧《サンマ》場へ連れて行くッ、言うて。お、お、お前が連れて行くッ、言うて。うちは頭の鉢が割れるほど、恐《オト》ろしかったァ。毎晩毎晩。昼も夜も。何年も何年も。この声が止《ヤ》んだら、死んだったがァ。うちはあんたといっしょに霊柩車《レイキュウシャ》に乗って、山へ行ったが。お父さんの屍《シカバネ》といっしょに霊柩車に乗って、名古山へ行ったが。夏のさかりの、雨の降る日ィやったが。気が狂うて、ついにお父さんを連《テ》て行ったが。あれほど山へ行くの、恐《コワ》がっとったったのに。気が狂うて、皆目《カイモク》わけが分らんようになっとったっても、これだけは恐れとったったのに。いやや、言いよったったのに。心ン中のこの部分だけは、気が狂とってなかったのに。うちはあんたといっしょに、名古山の鉄の竈ン中へお父さんを入れたがァ。お父さんが言よったったように、なったがァ。言葉いうのは恐《オト》ろしいィ。言うた通りになって、行くゥ。あの毛物《ケモノ》の声でわめきよった通りに、なったァ。何年も何年もわめき続けよったった通りに、なったァ。うめき続けよったった通りに、なったァ。恐《オト》ろしいィ。言葉いうのは恐《オト》ろしいィ。うちはいまでもあの声が耳に残っとうォ。あんたは反対したァ。あんたの読みは正しかったァ。けど、それがなんやろ。」

「ほうゥ。あんた藝術選奨文部大臣新人賞やと。嫁はんの来手もなしに、四十七にもなって。ほうぅ。上野の日本藝術院で森山真弓文部大臣から、表彰状と銭もうて。宮澤喜一内閣総理大臣に総理大臣官邸へ呼んでもうて。ほうぅ。永田町で昼飯喰わしてもうて。ごっつぉ喰わしてもうて。宮澤はんとは因縁やァ。そうかと思たら、こんどは三島由紀夫賞やと。ほうぅ。たった一冊、本出してもうただけで、たて続けに二回も賞やもうて。ほんまにあんたの書いたもん、それに値いするんやろか。何、自分でくれ言うたわけやない。人が選んでくれたったんや、と。ほうぅ。上手に言う。あんたの書いたもんや、ほんまにそれに値いするんやろか。ほうぅ。だれが選んでくれたったんか言うて見な。銓衡《センコウ》委員の名前、言うて見な。何、石原慎太郎、江藤淳《ジュン》、高橋源一郎、筒井康隆《ヤスタカ》、宮本輝。ほうぅ。みなえらい先生や。いずれも当代随一、諸国のお貸元やが。そなえらい先生が、あんたのこと選んでくれたったん。ほうぅ。ほんまやろか。うちびっくりしてもたが。何、三島賞はじまって以来はじめて、満票で受賞やと。ほうぅ。あんた早くも自慢したいんやな。そら、あんたはそれでええわいな。二回も有名な賞もうて。新聞に大きィに写真と名前が出て。言いまい通してもたァ。男子の本懐やろ。男の花道やろ。檜舞台やろ。長谷川一夫やろ。駒形茂兵衛《コマガタモヘエ》、一本刀土俵入りやがな。無能者《ナラズモン》が。けど、こっちはどないなるんや。あななこと書いて。家《エエ》ン中のこと、洗い浚《ザラ》い書いて。さっぱりやないか。うちの里の親や、親様のことや、お祖父《ジイ》さんやお祖母《バア》さんや、妹《イモト》や弟《オトト》のことや、何もかも一つ残さず、洗い浚い書いて、うちはどないなるんや。みな同じ村ン中におんねでな。三日に上げず顔合せんねでな。あなな具合《ガイ》の悪いこと、何もかも余さず、有りのまま書いて、それも半分はうそを混ぜて書いて。それで私《ワタクシ》小説やと。反時代的毒虫としての私小説やと。何、小説における眞《マコト》は虚実皮膜の間《カン》にある。それなんじゃいな。何、小説は人が人であることの不気味さを書くもんやて。えッ。そななこと書かれたら、どもならんがな。不気味さや書かれたら、どもならんがな。あわてふためくがな。あんたは容赦なく書いとうやないか。一かけらも手加減を加えんと、書いとうやないか。かばい手なしに、書いとうやないか。血ィ流して、書いとうやないか。血みどろや。恐《オト》ろしいやないか。あんたは甲斐性《カイショウ》なしの癖に、することは恐《オト》ろしい。子供の時からそうやった。猫でも蝮《ハメ》でも平気で殺す子ゥやった。蠍《サソリ》や。恙虫《ツツガムシ》や。地獄の餓鬼や。無間《ムケン》地獄の阿鼻叫喚や。うめきや。業苦《ゴウク》や。業突張《ゴウツクバ》りや。因業や。阿修羅《アシュラ》や。悪たれや。悪道や。うちの弟《オトト》はこの村ン中で跡取りしとんやでな。所帯を張っとんやでな。世間の人の目ェがあるやないか。辛《ツラ》いやないか。うちは合せる顔がないやないか。可哀そうやないか。あン中に書かれた人で、まだ生きとう人じょうにおるんやでな。これからも生きて行かんならんのやでな。あんたは一切容赦なしに書いとうやないか。情け容赦なく書いとうやないか。骨身に沁《シ》みとうやないか。言葉が骨身に沁みとうやないか。佛の教えが沁みとうやないか。修羅やないか。その火の粉は全部、うちやうちの弟《オトト》の上に降って来《ク》んねんやでな。早くも新聞見て、みな言よってやがな。この世の地獄を書いた言うて、うわさしよってやないか。あの家《エエ》ン中は地獄や、言うて。うちの代わりに、新聞の切り抜き持ち歩いてくれよってやが。村ン中。ほうゥ。あんたは受賞記者会見で、ええ顔して、ほれぼれするようなええ顔して、写真に写っとったやないか。あんたはわが身だけがよければええ、いう人や。自慢顔して写っとったやないか。ホテル・オークラで記者会見やと。どなとこや知らんけど、じょうにの新聞記者を前にして、カメラの放列を前にして、金屏風《キンビョウブ》の前に坐ったんやと。宮沢りえの男に捨てられました記者会見といっしょやないか。ほうゥ。あきれてしまうやないか。うちはびっくりしてもた。口から心臓が飛び出すほど、びっくりした。天と地がひっくり返ってもた。恐《オト》ろしい。業《ゴウ》さらしやないか。何、雑誌社の人に連《テエ》て行かれた。連行された。ほうゥ。上手に言う。あの東大出の頭のええ人が連《テエ》て行ってくれたったん。ほうゥ。あんたはほめられ好きや。煩悩《ボンノウ》が深い。またしこたま酒呑ませてもうたんやろ。お祝いの会してもうたんやろ。ほちゃほちゃ言うて。あんたは料理場で、料理屋の竈《カマド》で毎日毎日、九年間、飯《メシ》炊《タ》きしよったァ。灰だらけ、油だらけになって、汚れ仕事しよったァ。だまってしよったァ。ほうゥ。灰かぶり姫やないか。男のシンデレラ姫やないかァ。そら、あんたは男子の本懐を遂げたわいな。けど、うちはどないなるんや。うちは針の筵《ムシロ》やないか。え、聞こえへんがな。もっと大きな声で言うて見な。男子の本懐を遂げたんやろがいな。ほちゃほちゃ言うて見な。うちの前で。あんたは一家眷属《ケンゾク》を売り飛ばしたんやないか。そない言うて見な。よう言わんやろ。無慙《ムザン》なもんや。ほら、あねな恐《オト》ろしいこと書いたんやもん。いずれあんたも報いは受けるで。かならず受けるで。言葉いうのは恐《オト》ろしいで。いずれ自分の言うた通りになって、自分に返って来るで。この世は因果応報やで。これだけは言うとくで、来るで。あんたも覚悟があるんやろな。いや、書く以上は覚悟があって書いたんやろ。あの人らにせっつかれて。そそのかされて。あんた、これで首が懸かってもたが。首が懸かるいうことは、首を懸けるいうこととは違うで。えらいことになったな。あんた可哀そうに。いずれわが身に返って来るで。昔の因果は皿の縁《フチ》、今の因果は針の先。よう腹に入れときなえ。まためしたから、そそのかされることやろ。はて、そそのかすことが、あの人らの仕事やもん。わが身は書いてないんやさかい、書くことの罪深さなんか、一かけらも分るかいな。なんで分るやろ。人をそそのかすぐらい、屁《へ》でもないで。平気でしてやで。泥の粥《カイ》すすったことがない人は、平気でしてやで。生血《イキチ》吸う蛭《ヒル》やで。人にたかって生血を吸う蛭やで。ほら、どなな心地ぞ。いの一番に、ド一番に老齢福祉年金もらいに行ってやで。おすみはんはだまって死んだったで。」

「あんた賞金百萬円ももうたん。記念のこなな立派な懐中時計ももうて。ほう。文学賞いうたら、えらい具合《ガイ》ええやないか。金と名誉が一遍に入って来《ク》んねやさかい、人が欲しがるはずや。そななもん、もうて。そう。困ってまうな。けど、それはあんたがもうたんやないで。一時預かりの銭や。あの人ら、いずれ元取ろうとしてやで。あんたに預けた百萬円、二百萬にして返してもらおうとしてやで。それやなかったら、あの会社が八十年も百年も続いて来たはずがないやないか。勿論《モチロン》、そなな顔はしてないけど。それがこの世やで。こななこと言うたら、身も蓋《フタ》もないけど、人に銭もらうぐらい恐《オト》ろしいことはないで。あんたもいただいた百萬円、これから少しずつ返して行かな、あかんで。二百萬にして返さな、いかんで。その積もりやなかったら、この世は生きて行かれへんで。死の病いやで。わが身の命と引き換えやで。ええな。うちは因果をふくめるで。」

「久遠劫《くをんごふ》よりいまゝで流転《るてん》せる苦悩《くなう》の旧里はすてがたく、いまだむまれざる安養《あんやう》の浄土はこひしからずさふらふ。これ、歎異抄《タンニショウ》に書いたある。親鸞上人《シンランショウニン》の歎異抄に、書いたある。あしたは正月十五日、をなご正月、あまのかい。あずきのお粥《カイ》を炊《タ》いで餅《モチ》入れるゥ。それを柿《カキ》の木の根もとに供えて、豊作祈るゥ。」

「線香が灰になって行くこと、たつ言うやろ。線香がたって行くやろ。人の一生もあなもんや。だんだんにたって行くが。髪が抜けて行く。うちは淋《サブ》しい。」

（「新潮」平成六年八月号）

漂流物

去年の夏、私は資生堂「花椿」編輯長・小俣千宜《おまたちよし》氏の依頼で、同誌の対談に出た。私には初めての経験だった。七月半ばの暑い夜に、麴町《こうじまち》三番町の「小富美」という旅館で行なわれた。

「花椿」は、化粧品会社のPR雑誌であり、私のごとき粗雑な男が顔を出すのは、場違いの場所である。が、小俣氏の「場違いだからこそ。」というお考えに押し詰められて出たのであった。化粧品会社では、このごろはそういう考え方もするようである。けれども、どこへでも顔を出したがる私のさもしい性根《しょうね》も、相当に煩悩《ぼんのう》の深いものであった。私には、私《わたくし》小説集が一冊ある切りである。小俣氏は書店でその本の「あとがき」をお読みになって、求めて下さったとか。

英国大使館裏の「小富美」へ行くと、すでに小俣氏と林央子《なかこ》さん、それに後藤繁雄氏が、広い座敷に坐《すわ》ってお待ちになっていた。化け物が出そうなほど広い座敷である。隅には朱塗りの大きな化粧台がおいてある。

その鏡の中で、やがて後藤氏の口切りによって対談ははじまった。私がこれまでに書いて来た私《わたくし》小説について語るのである。ところが、事前の小俣氏のお話では、その晩は後藤氏の問いに私が答える、というのが話の流れであるはずなのに、小俣氏は横からちょくちょく、ご自分の話をなさるのであった。それで話の脈絡はしばしば乱れ、もつれた糸を解きほぐすようなことになった。氏としてはその夜は、本来だまって陪席しているだけの積もりが、後藤氏と私とのやり取りを聞いているうちに、何かうずうずし、口をつぐんではいられないものがあったようである。

この横からの「うるさい話」は、併《しか》し私には忘れられないものだった。私の小説集『鹽壺《しおつぼ》の匙《さじ》』は、三年前の秋、新潮社から上板された。小俣氏はこの本を読んで下さった時、「この人は、もう終ったところから、自分の人生をはじめた人だ。」とお思いになったのだそうである。「これは、俺と同じだ。」と思われたとか。私は奥歯を嚙《か》んだ。

が、さらに氏は話をつがれた。氏は慶應義塾で私の二年後輩になるとか。して見れば、昭和四十五年春に世の中へ出た、ということになるが、つまりその年の春、氏は資生堂へ入社した。併し入社式が終った日、氏はこれで俺の人生は終った、と思った。翌朝、きのう通ったのと同じ道を歩き、同じ電車に乗って、資生堂へ出勤するべく、山ノ手線有楽町駅で下車した。が、もう終ったはずの自分が西銀座の街を会社へ歩いて行くのは、何か空虚であった。すでに亡霊となった自分が歩いて行くようであった。その翌日も同じであった。さらにその翌日も、その次ぎの日も。資生堂は、みずから望んで入った会社である。入社式の日、なぜ突然、これで俺の人生は終った、と思ったのか。いくら考えても分からなかった。併しこの死者となった新人は、そのまま会社へ出勤しつづけた。

やがて小俣氏は詩を読むようになった。詩を書くようになった。数年を経たところで、それまでに書きためた詩篇をまとめて『遺書』と題する私家版の詩集を作った。同時に、書くことは捨てた。氏の話は、脈絡をたどれば、凡《およ》そこれだけである。

私の『鹽壺の匙』は、天明から昭和まで、播州飾磨《ばんしゅうしかま》の在に生死の相剋《そうこく》をいとなんだ、ある百姓一族の運命を書いたものである。無論、小説であるから、叙述は虚実皮膜の間《かん》をぬうており、併しもしそこに、ささやかなりとも歴史の冷酷な姿が影写しになれば、と考えて書いたものだった。私は本の「あとがき」に、「詩や小説を書くことは救済の装置であると同時に、一つの悪である。ことにも私《わたくし》小説を鬻《ひさ》ぐことは、いわば女が春を鬻ぐに似たことであって、私はこの二十年余の間、ここに録した文章を書きながら、心にあるむごさを感じつづけて来た。併しにも拘《かかわ》らず書きつづけて来たのは、書くことが私にはただ一つの救いであったからである。凡《すべ》て生前の遺稿として書いた。書くことはまた一つの狂気である。」と書いた。

併し私がはたして小俣氏の言うように、「もう終ったところから、自分の人生をはじめた。」のかどうかは、も一度、考えて見ざるを得ないことだった。私もまた学校を出ると、小俣氏と同じように会社員になった。東京日本橋の広告代理店に勤め、営業局に配属された。その日その日、企画書を持ち歩いて広告取りをするのである。私はそういう自分に何も期待してはいなかったが、併しそれでよいと思うていた。小俣氏のように、入社式の日、これで俺の人生は終った、などとは思わなかった。どんな仕事でもよい、これからは自分で自分の口を餬《のり》し、ひっそりと生きて行けばよいと考えていた。

が、突然、一つの転機が来た。ある日、私が外廻《そとまわ》りから帰社すると、私の机の抽出《ひきだし》の中に仕舞ってあるはずの一冊の文庫本が、上司の瀧山氏の机の上においてあった。それは私が通勤の往《い》き帰りに、電車の中で少しずつ読んでいたものだった。新潮文庫のプラトーン・田中美知太郎訳『ソークラテースの弁明』だった。瀧山氏に呼ばれ、

「こんな本は、お前が読むような本じゃないだろう。俺はお前が週刊誌読んでるの、一遍も見たことねえぞッ。」と、面罵《めんば》された。瀧山氏は、文庫本を返してくれた。私は薄笑いを浮かべて、その本を瀧山氏の前でごみ箱に捨てた。が、会社からの帰りに、まったく同じ文庫本を求めた。求めないではいられなかった。

あとで考えれば、通勤電車の往き帰りにこっそりプラトーンを読むなどということは、やはり私は会社員生活のくさぐさに、何かもう一つ物足りないものを感じていたのだろう。その「もう一つ」が何であるかは、私には正確には分からないが、併しそのあき足りない部分は、私には抜き差しがたい欠落であって、その埋め合せがプラトーンだったのだろう。そういうことを思い知らされたあとで、また一から読みはじめたプラトーンの言葉は、まったく違っていた。新鮮だった。それは特に深い思いもなしに読んでいた時には、ないものだった。言葉が心に沁《し》みた。瀧山氏は、氏の意図とはあべこべに、私に私の鈍感な自己欺瞞《ぎまん》を思い知らせてくれた。

そのころから、私は少しずつ文章を書きはじめた。私の古里の、無名の人々の生死について書きはじめた。書くことによって己《おの》れを慰める以外に、精神の均衡を保つことが出来なくなった。が、浅はかな私においては、それは同時に、会社員生活の均衡を破るものだった。私は会社生活に身が入らなくなり、退職した。別の会社に勤めた。

が、ここでの仕事は私の能力に余るものがあり、また辞めた。あとは無一物の腑抜《ふぬ》け

になるまでは、一瀉千里《いっしゃ》だった。三十の身空で、冬が来ても、身に付けるセーター一

枚なかった。文章を書きはじめたことが、次ぎ次ぎになり行《ゆ》くいきおいを呼び込み、

私をそこまで追い詰めたのだった。無論、書きはじめた時には、そんなことはかけら

も思うてはいなかったが。

私は書くことは捨て、播州飾磨の在所へ帰った。やがて姫路で旅館の下足番になり、

その後、料理場の追い回し（下働に）となって、京都、神戸、西ノ宮、尼ヶ崎、大阪

曾根崎《そねざき》新地、泉州堺《さかい》、ふたたび神戸三ノ宮町、さらに神戸元町と、風呂敷《ふろしき》荷物一つで、

住所不定の九年間を過ごした。

併しここでは、そういうことが語りたいのではない。過日、小俣氏の話を聞いた時、

この漂流物の生活をしていた時分に、堺で出逢った人の話が色濃く甦《よみがえ》って来た。そ

れを、語りたいのである。その話を聞いた時にも、私は「もう終ったところから、自

分の人生をはじめた。」のかどうかを、考えて見ざるを得なかった。

もう十数年も前のことである。南海電鉄堺東駅の近くに「柿山《かきやま》」という料理屋があ

った。ビルの二、三階を広く領していて、祝言《しゅうげん》・法事の会席膳なども作る料理屋で

はあったが、併し基本は大衆料理の安物屋であった。板場は、朝九時からの組と昼十

二時からの組とが、それぞれ七人ずついて、私は遅番組で夜十一時まで天麩羅《てんぷら》を揚げたり、鍋物《なべもの》を作ったりしていた。これだけ料理人の数がいるというのは、かなり大きな料理屋である。

ところが、この店は「柿山」新店であって、本店は近くの路地奥にあった。そちらは木造家屋の料理屋であって、そこにも板場が四人いた。仕入れの基いは別であり、仕事の上では普段はまったく往き来はない。が、たまに客数の関係で、俄《にわ》かに魚・野菜などが足りなくなることがあり、そういう時は、たがいに追い回しが走って行って、穂紫蘇《ほじそ》や車蝦《くるまえび》を借りたりするのだった。私も一度、兄《にい》さんに言われて、刺身に使う菊葉を借りに行ったことがある。兄さん、とは言っても、無論、私よりは十歳も年の若い人である。そういう人は中学校出で料理場の下働きに入ったので、三十代も半ばの会社員くずれの私などとは、わけが違うのだった。

本店の方からも、時々、人が来た。こちらも大抵は追い回しが走って来るのであるが、何度か、青川という人が来た。この人は私より年が少し上の、本店の煮方である。煮方というのは、料理場では「シン」の次ぎに位する人である。シンというのは、料理師範の免状を持った料理長のことであり、若い衆はこの人のことを「親ッさん。」と呼ぶのである。これを関東では「花板」と言うのは、のちに知ったが。シンは、料理場では絶対の存在であり、あとは煮方も脇鍋《わきなべ》も向板《むこいた》も追い回しも、すべて若い衆である。店によっては、シンと煮方との間に、シンの代行として立板《たていた》をおいている料理場もあったが。私は追い回しであり、追い回しは「ぼんちゃん。」とも言われるのだった。

青川さんは、蓬髪《ほうはつ》で、大きな目がきょとんとした人だった。来ると、こちらの脇鍋あたりと、「どや。あのあと、九レースは取ったか。」というような話をして、帰るのだった。いつも不精髭《ぶしょうひげ》をうっすら生やしていて、飄々《ひょうひょう》とした話し方のうちに、仕事の合間に油を売りに来た、という気配がほの見えた。一度、私があすの早番が使う天麩羅の材料をととのえていると、そばへ来て、車蝦の背わたを取ったのを一本、指でつまんで、きれいに取れているかを見たあと、私の目を見て、「まあ、料理いうのは段取りだけのものやから。」と言って、去った。

青川さんは関西弁であるが、併しこの時の口ぶりに、「だけのもんやから。」と言うところを、「だけのものやから。」と言ったところに、この人もどこか遠くから来た人であるのが、のぞいた。板場にはこういう人は沢山おり、新店の早番の中にも、千葉から来た夏原という若いのがいた。夏原は母一人子一人で、その母を千葉に残して関西へ修業に来たのであるが、「わっちら、父親は分からへんのやもんね。」と言っていた。

私は遅番であるから、仕事が終るのは午後十一時である。それから反正天皇陵《はんぜい》の暗い森の前を通り、十五分ほど歩いて三国ヶ岡町の建売住宅へ帰るのだった。ここは店が若い衆のために借りた寮であるが、言うなれば夏原や私のような渡り者たちが雑居する、タコ部屋である。時には、ここが賭場《とば》になることもある。遅番では、ここを塒《ねぐら》としているのは私と西島の二人だった。西島は、鹿児島県の離島の中学校を出て、大阪へ働きに来た男である。が、私は大学出の会社員くずれである。私に遠慮があるのか、反感があるのか、西島は仕事時間を抜ければ上べはそれとなく、併しはっきりと私を忌《い》む風があった。

寮は三部屋と台所・物置きである。そのうちの一部屋が、西島と私に割り当てられた部屋である。が、西島は私が来たあとしばらくして、玄関脇の物置きのようなところに、ふとんをつつ込め、半ば壁にもたれるような恰好《かっこう》で眠るようになった。残された私は、一人部屋である。併し私は何も言えず、気ずつないことである。部屋には、私の前に西島といっしょにいた男が捨てて行った、小鳥籠《かご》がおいてあった。籠の中には、黄色い脊黄青鸚哥《せきせいインコ》の屍《しかばね》がそのままになっていた。

そこへ夜遅く帰って、私は一人で酒を呑《の》むのだった。酒は、客の呑み残しを仲居が下げて来たのが、調理場の隅に料理用に溜《た》めてある。それを空き罎《びん》に入れて、持って帰って来るのである。味のない酒である。が、も早うまい酒を呑みたいとも私は思わなかった。私はくずれである。いずれ私も鸚哥のようになるはずであった。すでに蛆《うじ》がわき、腐敗が進み、嘴《くちばし》と骨と羽が散乱していた。片づけてやろうとは思うのであるが、また最後まで見届けたいとも思うのだった。ある晩、そこへ青川さんが訪ねて来た。思い掛けないことだった。

青川さんは私の前に酒と罐《かん》ビール、つまみの袋をおき、「一遍、あんたと話したい思てたんや。」と言った。いつものようにうっすら不精髭を生やした、色の悪い顔である。恐らくはここからそう遠くないところに、アパートを借りているのだろうが、嫁はんはあるのかないのか。青川さんは罐ビールを抜いてくれると、まずそれとなく、私の来し方を聞くことから話をはじめた。「あんたもむかしは東京で会社勤めしとった、言うやないか。」「ええ。」「なんで辞めたんや。」「それは。」「言えへんのか。」「いえ、そんなことは。」「学校出てサラリーマンになったら、それだけで、挫折感《ざせつかん》があったやろ。」「えッ。」「あんたはそういう人や。」「……。」「わしはあんたが来た言うて、タケから聞いて、そのあとはじめてあんたを見た時に、これは、思た。」「いや、私は。」「違うなァ、あんた、そやなかったら、こんなとこへ来るかえ。」「いえ、私は東京で会社勤めしとったのは事実ですが。」「ま、ま、ええ。わしは何もあんたのことほじくり出そう思て、ここへ来たわけやない。わしは一遍あんたと呑みたかったんや。」青川さんはそう言って、罐ビールを呑むのだったが、白目の部分が充血していた。これはいつぞや、店で私の目を見た時も同じだった。

それから青川さんは少し顫《ふる》えの来た手で、ぐいぐい冷や酒を呑みながら、こんな話をした。「わしもむかし堺へ来た時は、はじめはここにおった。けど、一年ほどして外へ出た。いまはこの近くにおる。ここへ来てから、もう三年になる。三年もおるとは思わなんだ。けど、だんだん年取って来ると、動きとうなくなるんかの。もうどないでもええわ、いう気ィになるんや。わしも若い時分は、あんたと同じようにあっちこっち転々として、ここへ来た。どこへ転んでも、いっしょや。わしは神奈川県茅《ち》ヶ崎《さき》の生れでの。学校を出て、二十七の時まで茅ヶ崎におった。親の家や。わしは学校出たあと、日産自動車へ勤めたんや。自分で望んで入った会社や。わしは自動車が好きやったし、ええ会社や。わしの学校では望んでも、そう簡単には入れへん会社やった。入社が決まった時は、嬉《うれ》しかった。親も喜んでくれた。先生もよかった言うてくれた。友達もお前、ええの言うてくれた。ところが、わしは入社式の日、ふと、これでわしの人生終った、思たんよ。あんたも同じやろ。えッ、違う。ま、ま、それはええ。いや、あんたも思たはずや。そやなかったら、とどの詰まり、こんなとこへ来るかえ。えッ。ま、ま、それはええ。ともかくわしはそう思たんよ。ほら、あるやないかえ。サラリーマンになったら、それだけで挫折感、覚えるいうの。わしはこれだけのもんか、思て。えッ。そんなことない人もある。そら、ない人もあるやろの。挫折感ない人の方が多いが。けど、そない見える人にもあるんやな。やっぱり。あれ悲しいの。つらいの。けど、あしたからは会社へ行かんならんが。わしは行ったが。はじめは電車に乗って行ったけど、そのうちにすぐ会社の車買《こ》うて、それで出勤よ。具合ええが。けど、もう終ったはずの自分が、なんで会社へ行くんか。つらいの。悲しいの。けど、わしは会社へ行った。なんで行くのか分からへんけど、行った。給料もらいに行くんよ。ボーナスもらいに行くんよ。人に金もらいに行くいうの、あれつらいの。悲しいの。勿論《もちろん》いまでも柿山へもらいに行きようけどの。雀《すずめ》の泪《なみだ》ほどの銭をの。人に銭もらうの、淋《さび》しいの。いや、ありがたいの。頭下げて、ありがとうございます、言うての。乞食《こじき》といっしょやがえ。背広着て、恰好つけて、ええ自動車に乗って、乞食しに行きよんのやがえ。けど、乞食には見えん。高級サラリーマンに見えるが。ええ車に乗っての。粋《いき》やの。颯爽《さっそう》と行くがえ。交通渋滞の道をの。いらいらしながら。えあんた自分のこと、乞食や思わへん。えッ。思う。思わへん。思う。ほう粋な。そうやろ、やっぱり思うやろ。粋やの。あんた柿山で毎日毎日、鍋や天麩羅作っとって、これみないずれ人の口に入って、いずれみな糞《くそ》や小便になって行くんや。思うやろ。思う。思わへん。水槽《すいそう》の中に泳いどう鯛《たい》や平目。あれみないずれ人の尻《けつ》の穴から、糞と小便になって、水洗便所へ流されて、海へ流れて行くが。わしら毎日、柿山の調理場へ糞と小便作りに行きよんのやがえ。きれいな皿に糞と小便、うまそうに盛り付けしての。それで銭もらう。料理人ちゅうのは、悲しいの。粋やの。あッ、小学校の時に、学校で検便いうのがあったの。マッチ箱に糞詰めて、学校へ持って行くんよ。わしらも料理場で、折り箱に糞詰めての。粋やの。わしは二十七の時に、会社から休み取った。鞄《かばん》に衣類詰めて、有り金全部持って、預金通帳と判こ持って、家を出た。けど、どこへ行くんやろ。行きたいとこ、どこもあらへんが。いまでも、行きたいとこ、どこもあらへんが。けど、いずれ行く先は決まっとる。あの世や。その時はとりあえず東海道線の茅ヶ崎駅へ行って、最短区間の切符買うた。当時、なんぼやったやろ。二十円かの。三十円かの。それで東京駅へ着いた。着いたら、電車降りな、しょうがない。こんどは山ノ手線に乗り換えてぐるぐる、ぐるぐる何周かして、着いたとこが上野駅。わしはいったんそこで改札口を出て、駅前の旅館に泊まった。それからその明くる日、またとりあえず初乗り区間の切符買うて、埼玉県の大宮へ行った。そこでまたとりあえず東北本線、津軽の弘前《ひろさき》行きの鈍行列車に乗った。別に弘前へ行きたいわけやない。行き当りばったり、どこでもええんや。どこまで行っても、とりあえずや。汽車の窓から外見とって、不意に気が向いたら、そこで切符精算して降りる。勿論、列車の中で検札に来ることもあった。その時はその時のことや。来たら、そこでも、とりあえずや。適当なとこまで切符買うての。そんなことしながら、わしは仙台から山形県の酒田へ行った。そこで鳥海山と日本海見て、また宮城県の栗駒山《くりこまやま》。とりあえず一ノ関。それから岩手県をほっつき歩き、ぶらついての。あッ、『ぶらつく』という漢字、どない書くか知っとうか。『しんにょう』に狂人の『狂』。つまりこない書くんよ。『迸く』。わし妙なこと知っとうやろ。週刊誌の『漢字コーナー』に書いてあったが。バスで八甲田山の山ン中の酸《す》ヶ湯《ゆ》温泉へ行った。それから、青森から青函《せいかん》連絡船に乗って、北海道へ行った。もうそのころには会社の夏休みは切れとった。けど、そんなことは茅ヶ崎を出る時から、どうでもええことやった。三陸海岸の気仙沼《けせんぬま》の宿屋で、今日で休みは終りや、とは思た。が、それはそれだけのことや。とりあえず、そない思た、いうことや。その翌日は、宮古の町をうろうろし、宿屋で住込みの女中しとる婆《ば》ァさんに一萬円チップをやっての。わしその時、生れてはじめてチップいうもん出した。ほら、自分が金持っとるいうの、なんや知らんけど、胸糞悪いやろ。

口のうまい婆ァさんでの。わし一萬円だけ、だまされて見となって、うずうずしての。ほんなら婆ァさん、これで何ですか、言うての。わしは、あ、あ、言うとった。ほんならその三十過ぎの女、夜中にわしの部屋へ来たが、お背中をさすらせて下さい、言うての。わしのちんぽこ、こってりもみほぐしてくれたが。あはは。さあ、そないなったら、翌日は別れるのんがつらいが。女はわしの朝飯、よそいでくれるんよ。いそいそしての。あれが女や。けど、わしは宮古から船に乗って、北山崎の断崖《だんがい》を見に行ったが。凄《すご》い断崖絶壁での。雨の降る日ィやった。波のうねりは激しいし。颱風《たいふう》が近づいとる言うとったが。暗い海や。わしはこのまま船が沈めばええ思とった。もう無断欠勤二日目や。そろそろ会社では、あれこれ言いはじめたころやろ。親も心配しはじめたやろ。けど、宮古で女にこってりもみほぐされたあとやでの。たった一萬円で、ひつこい女での。気が狂うたように、うちの乳吸うて、吸うて言うての。くり返し、もみほぐしてくれんのよ。具合ええが。つらいが。朝まで。わしはもう抜かれてもて。この船、もうこのまま沈んでしまえばええ思て、北山崎の絶壁見とるが。けど、そのままわしは三沢、八戸《はちのへ》。そのあとは下北半島と津軽半島をそれぞれぶらついて、そのあとが、青森から八甲田山の酸ヶ湯の千人風呂《ぶろ》や。また青森へ引っ返し、青函連絡船に乗って、八甲田丸。夏の終りでの。八月の最後の週に、わしは一週間休み取ったんよ。八甲田丸に乗船した時は、もう九月も半ばになっとったが。さあ、それから十一月の末まで、わしは北海道をぶらついた。函館《はこだて》、室蘭《むろらん》、苫小牧《とまこまい》、札幌、小樽《おたる》。札幌では、薄野《すすきの》で女買《こ》うたが。宮古では思い掛けないことやったけど、札幌では何やむしゃくしゃしての、それで、女一発蹴《け》りに行ったろ、思ての。抜かずの三連発よ。あは。いや、それからは行く先行く先で、女買うて。小樽でも買うたが。小樽からは船で利尻《りしり》・礼文《れぶん》。稚内《わっかない》。稚内は日本最北端や。そのあとは旭川《あさひかわ》。ここでも買うた。ここには自衛隊の生きのええ兄《にい》ちゃん目当ての女が、じょうにおるが。男に功徳《くどく》ほどしての、男から銭むしり取るんよ。女も悲しいな。わしみたいな世間知らずにも、だんだん世間が身に沁《し》みて来たが。旭川には町ン中に、路面電車が走っとったが。勿論、親にも会社にも連絡はせえへん。その時分の流行語で言うたら、『蒸発』や。もうどないでもなれ、なるようになったらええ、いう気ィや。女買うがな。釧路《くしろ》、根室、知床《しれとこ》半島の先っぽ、網走《あばしり》。買わずにはいられへんがな。このあたりにも漁師目当ての女が、ようけ流れて来とるが。サロマ湖。どこまで行っても、とりあえずや。あッ、サロマ湖の観光食堂で、昼飯にうに丼《どん》喰うとったら、テレビが目の前においてあって、三島由紀夫が市ヶ谷の自衛隊で腹切った言うて、大騒ぎしよったが、あんたあの時、どこにおった。何、東京日本橋の会社。ほう、粋な。わしもあれで、ぷっつんや。もう帰ろ思て。こななことしとっても、しゃあない思て。昼飯喰いながらテレビ見る、いうことは、ようあることや。けど、それがわしにとって特別の日ィになる、いうことは、おかしなことやの。粋やの。悲しいの。あんたでも、あの日のことはちゃんと憶《おぼ》えとうやないか。わしが二十歳《はたち》の時に、アメリカでケネディが暗殺されたが。あの日のことも、よう憶えとうが。あの日も、特別の日ィや。三島もケネディも、わしには何の関係もあらへん人やけどの。けど、その日ィ、わしがそこで死んでも、そのへんのドブ鼠《ねずみ》が一匹死ぬんといっしょや。また汽車に乗って、札幌、函館。淋しいの。津軽海峡の上には、一面に鰯雲《いわしぐも》が広がっとったが。けど、ほんま言うたら、わしにはもう帰るとこはあらへんが。」

青川さんは不意に、ここで言葉を切った。しんみりした空気が生れた。が、こちらとしても言葉の接《つ》ぎ様がなかった。これほどの土手の決壊ではなくても、「もう帰るとこはあらへんが。」については、私にも身に覚えのあることだった。

「津軽海峡の上に、きれいな雲が広がっとるが。それが夕焼けにそまって。摩周丸は青森へ向って航行されて行く。わしには何の関係もなしに、舵《かじ》は切られて行くが。恐ろしいが。恐ろしい船やが。けど、船は青森目指して、行くが。行くが。青森へ着いた。どないしょ、思た。夜の九時ごろや。国鉄へ乗り換えるための、長い連絡通路があるやろ。暗い電燈《でんとう》のついた通路。人はどんどん先へ歩いて行くが。けど、わしには歩いて行く先があらへん。最後に残ったんが、わしや。売店のおばはんが、店仕舞いしよるが。その背中見とったら、おばはんが小銭入れの銭箱ひっくり返した。バラ銭が散らばった。わしの足許《あしもと》にも十円玉が一個、転がって来た。おばはんは、あわてて拾う。拾い終ったら、荷物かかえて向うへ行ってしもた。早《はよ》う家へ帰りたい一心や。わしの足許の十円玉は、そのままや。わしはそれを拾た。わしは十円玉、上へ放り上げた。裏が出たら、夜行列車で茅ヶ崎へ帰ろう。表やったら、ここにとどまって、あしたのことはあした考えよう、そういう気ィやった。結果は表やった。わしは急に恐ろしなった。も一回、十円玉を上へ振った。手のひらで受けた。未練なもんや。未練なもんやで。中開けて見るのが恐かった。慄えたぞ。やっぱり表やった。わしはその翌日、秋田行きの汽車に乗った。途中、陣場いう小さな駅で降りて、日景《ひかげ》温泉へ行った。白神山地の谷間《たにあい》の、一軒宿の温泉やった。もう冬が近いが。わしはもう茅ヶ崎へは帰らへん気ィやった。十円玉は、表やった。そんなことで行き先決めるの、おかしいかも知れへんけど、まあ、人生はゲームもんやがえ。二遍も表が出たんや。学校の入学試験でも、同じようなもんや。違うか。えッ。ゲームもんやろ。山ノ手線の電車が上野止りやったんも、大宮駅で弘前行きの鈍行に乗ったんも、たまたまや。十円玉がわしの足許へ転がって来たんかて、たまたまやろ。わしはそれから日本海沿いに、またふらふらと金沢の方へ下《くだ》った。行き当りばったり、なり行きまかせ、粋な旅人《たびにん》や。ほら、映画や歌謡曲にあるやないか。吹浦では、夏に見た鳥海山をまた見た。冬の青空に、全山雪におおわれ、神さんみたいな姿やったが。目ェの底に沁みたが。親は警察に捜索願いを出したかどうか。指名手配の容疑者みたいなもんや。もう持っとる銭も、あとわずかや。わしはどうあっても、これを使い果たしてしまう積もりやった。あとのことは、あとのことや。この世は一寸先は闇《やみ》や。途中、富山県の高岡で素寒貧《すかんぴん》になった。やっとなった。もう十二月の歳《とし》の暮れが近い。高岡は梵鐘《つりがね》の町や。いや、銅製品を作る町で、銅板葺《ぶ》きの家が並んだ古い町や。腹すかして、町の外歩いとったら、小さな肥料工場があって、『従業員募集』と書いた白い紙がはってあった。わしはそこの事務所へ入って行って、雇ってもらえへんやろか言うた。痩《や》せぎすのおやじやった。わしは簡単な履歴書を書いた。神奈川県で自動車会社に勤めとったが、いやになったので辞めたと言うた。高岡には、はじめて来た。銭は一銭もない。泊まるとこもない。とも正直に言うた。肥料の臭《くさ》い臭《にお》いがしとった。寒い日やった。おやじはそんなら、うちの社員寮に寝泊まりしたらええが、と言うてくれたが。その翌日から仕事や。仕事は牛や馬の糞《ふん》を乾燥させて、それを袋詰めにするんよ。日産自動車の流れ作業の中で、車体を組み立てるのと、どっちがええか。まあ、どっちもどっちやな。仕事は仕事や。仕事して、銭もらうんよ。それだけや。じきに正月が来た。寮は田んぼの真ン中にあった。一階が倉庫で、二階に二タ部屋。そこにわしをふくめて三人がおった。わしより年取った、五十過ぎのおっさんが二人。二人とも、正月にはそれぞれ富山県と新潟県の山ン中の家へ帰ったな。わしは一人で、寮のふとんにくるまって、寝とった。そしたら二日の朝、その肥料工場の社長の娘で、小学生の直子ちゃんいう女の子が、焼いた餅《もち》、砂糖醬油《じょうゆ》につけて、持って来てくれたが。お母さんがこれ持って行ったげ、言うたんや、言うての。黒目の大きい、可愛《かわい》らしい子ゥや。けど、わしは一文なしや。ほんまやったら、そういう時、お年玉せなあかんのやろ、思うんやけど、銭がない。わしはありがとう言うて受け取って、一人で餅喰うたが。浅ましい餅やった。それからわしはその肥料工場に、その年の夏までおった。仕事は一生懸命した。別にいやではなかった。社長もそろそろ、青川もここに落ち着いてくれそうや思いはじめたやろ。わしは寮と工場を往復するだけや。どこへも行かへん。あたりの田んぼに稲の苗が植えられて、それがだんだん生育して行くの、毎日見とった。それが楽しみ言うたら、楽しみやった。山の上に月が上がる。それ見ながら、寮へ帰る。夜、ふとんの中で、一晩中蛙《かえる》が鳴いとるの、じっと聞いとる。それも楽しみやったの。

高岡の町外れの、田んぼの中では、何でもないことやけどの。けど、あれが楽しみやった言うたら、楽しみやったの。静かな時間やったが。いま思えば、あの半年間が、わしのこれまでの人生の中で、一番ええ時やったの。直子ちゃんが工場の庭で、縄飛《なわと》びしよったが。わしはすまんことした思ての。宮古でいっしょに寝てくれた婆《ばば》ァにも、すまんことしたな思ての。わしに飯、よそおうてくれたな。あの女も、淋しかったんよの。気が狂うたように、わしにしがみ付いての。男がよろこぶこと、何遍もしてくれたが。わしはあれで抜かれてもたんよ。男の生血《いきち》。あの明くる日、わしは北山崎の断崖を見に行った。悪天候の中。わしの頭ン中にも崖《がけ》があるんかの。夏の終りやった。八月分の給料を月末にもうて、その明くる、明くる日ぐらいやった。わしはまた荷物をまとめて、その肥料工場の寮を抜け出した。なんでやろの。自分でも分からへん。電車に乗って、金沢へ行った。四十分ほどや。電車の中では、おやじさんに手ェ合せるような気持や。わしの窮地を、なんも言わんと救うてくれた人や。口数の少ない、ええ人やったが。牛や馬の糞で、肥料作っての。青川君、私は自分が人の世の肥料になれたらええ思うて、この仕事しよるんです言うての。けど、わしはおやじさんを裏切った。なんでやろの。わしは裏切った。山の上に上がった月、見とったら不意にいやになったんよ。何もかもが、いやになったんよ。わしは逃げ出したんや。けど、そうして金沢へ来たけど、別に当てがあるわけやない。行って見たいとこがあるわけでもない。まだ夜の九時半ぐらいや。とりあえず、あッ、またとりあえずやけど、ともかくそのとりあえず、駅裏の安宿へ入った。わしはそこで考えた。いまからやったら、まだ高岡のあの田んぼの中の寮へ帰れると。わしはまた十円玉を上へ放り上げた。裏が出たら、終電で帰る積もりやった。併《しか》し今度も表やった。わしはその十円玉の表見て、恐ろしい思た。目の前が真ッ暗になった。逆へ逆へ自分の運命が転がって行くような気がした。表が出るか裏が出るか、そんなことは偶然や。偶然裏が出て高岡へ帰るんも、偶然や。表が出たんも、偶然や。どっちでもいっしょや。わしはこの偶然を必然に換えて、生きて行く以外にない思た。わしは、わしがわしであることが、いややったんや。自分が自分であるいうことは、堪えがたいことやろ。明くる日、宿を出て町をぶらぶら歩いて行くと、武蔵《むさし》ヶ辻《つじ》いうとこへ出た。がらんとした、大きな交叉《こうさ》点《てん》やった。そのすぐ先に、近江町《おうみちょう》市場いう市場があった。魚や蟹《かに》や野菜や肉や、いろんなもの並べた店が百軒ほど。にぎやかな市場やった。その市場の中の食堂で、昼飯喰うた。刺身定食。金払《はろ》て店出る時、ふと見たら、表の窓ガラスに『洗い場さん募集』いう貼《は》り紙がしてあった。わしはそれから二日間、金沢の町ン中、ぶらぶらほっつき歩いとった。九月はじめの、まだ残暑のきびしいころや。犀川《さいがわ》の水が涸《か》れて、河原の石が手に持てへんほど熱かったが。別に観光名所へ行くわけやない。一日目はほとんど、そうして河原の中うろうろしとっただけや。翌日は、どっちの方向か分からへんけど、町の外へ外へと歩いて行った。その日は灼熱《しゃくねつ》の暑さやった。裏日本独特のフェーン現象いうのかの。三十七、八度はあったんと違うやろか。」

青川さんは、また言葉を切った。私の目を見た。ぞッとした。白目の充血した目である。併しその目が動かない。

「いや、わしはなんでここへ来たんかの。わしはいま何を話しよんのかの。いや、そやない。そうや、その日は、暑い日やった。けど、そういう暑い日に、日が照りつける道をどこまでも、どこまでも歩いて行くんは、気持がえが。歩いて行くうちに、所々、田んぼが見えはじめたが。腹もへった。併し食堂のようなものはあらへん。バス停があったんで、そこで待っとった。ともかく来たバスに乗って終点で降りたら、そこに食堂ぐらいはあるやろ思て。バスは来た。後ろの方の座席に坐《すわ》った。どこへ行くんかは分からへん。バスの前に書いてあったかも知らんけど、金沢は知らん町や。二つ三つ先の停留所に止まったとこで、小学生の男の子が二人乗って来た。おや、思た。その日は学校がある日や。それにまだ学校がある時間や。けど、その男の子二人は、学校帰りの風をしてない。手ぶらで、どこぞへ遊びに行くような恰好や。何や知らんけど、二人でカードのようなもん取り出して、ささやき合《お》うとる。学校ずる休みして、どこぞへ行くんやろか。もしそうやとしたら、わしが会社の休暇を過ぎても、東北・北海道をぶらついとったんといっしょや。まだこんな餓鬼の癖して、早くも外れること知っとんのか。そう思うと、胸が詰まった。わしは子供のころは、そんなことは一遍もしたことなかった。ところがそのうちに、二人はポケットから有り金全部出して、算《かぞ》え出した。どうやら降りるバス停が近づいたらしいが、料金が足らんらしい。二人は目の色変えて、ポケットをひっくり返しよるが。が、金は出て来《こ》うへん。わしはそれ見とって、足らんのか、と声かけた。二人は顔見合せて、いいえ、言う。併しまた必死になって小金算えよる。足らんのやったら出したるで、返さんでもええ銭、とわしはまた声をかけた。ほんのわずかの銭やが。けど、わしはその時、二人がわしの銭で救われたら、わしも救われる、思た。なんでやろ。分からへん。次第に、どうぞわしの銭使《つこ》てくれ、いうような、何どを必死に願うような気持になって来る。拝むような気持になって来る。けど、二人はまだ目ェ見合せて、何かをささやき合《お》うとうが。突然、バスが停車した。男の子は二人、だあッと前へ走って行って、金を料金箱へ入れ、下車した。わしは息を呑《の》んだ。勝手な願いをいだいたわしは、バスの中に取り残された。はぐらかされた願いが宙をさ迷うとうが。次ぎの停留所が、終点やった。わしは白々とした気分で降りた。そこは内灘町《うちなだまち》いうとこやった。北陸鉄道の内灘駅、いうのがあった。私鉄や。わしは何や知らんけど、げっそりしたような気分や。内灘、いうたら、聞いたことがあるが。わしが小学校の時分、映画館のニュースで見たが。たしか何や米軍基地反対闘争みたいなことしよったが。けど、そんな気配はもうかけらもあらへん。ただの田舎町や。駅の観光看板見たら、海べりに砂丘があるらしい。わしは駅前の中華屋でビール一本呑んで、炒飯《チャーハン》喰うた。それから海に向って上《のぼ》り勾配《こうばい》の道を、歩いて行った。最前も言うたようにフェーン現象の、凄《すさ》まじい暑い日や。目ン中がちかちかするが。白い光と黒い影がはっきり分かれた、真昼の午後よ。ビール呑んだあとや。物凄《ものすご》い汗が噴き出して来るが。けど、坂道を歩いて行くに従って、砂地の丘の上に、かなり広い宅地造成された場所が広がり、そこにぽつん、ぽつんと家が建ちはじめよう。併し大部分は木も生えてへん裸土《はだかつち》や。どこにも光を遮るもんがあらへんが。かげろうの影が、地上からゆらゆら立ち昇っとうが。風景がゆがんで見えるが。人ッ子一人通らへん、真昼の舗装道路や。暑い。ただそれだけや。わしはそういう道を歩いて行った。粋《いき》やろ。かなり歩いて行ったら、坂道の天井みたいなとこへ出た。海が見えた。そこには立派な幹線道路が横に走るように出来とって、その道の海側には、防風林いうのかの、防砂林いうのかの、松やアカシアや、木がいっぱい植えてあるが。その道をつっ切って、今度はわしは海に向って下りて行く坂道を歩いて行った。両側は松林や。目の前は日本海や。砂浜には物凄い砂かげろうが立っとるが。その砂かげろうの中へ向って、坂道を下りて行くんよ。暑かったぞ。ビール呑んだあとや。あとからあとから汗が噴き出して来るが。と同時に、喉《のど》がからからに渇いて来る。ついに砂浜へ出た。海や。ぎらぎらしとるが。けど、夏の終りや。しーんとして、誰もおらへん。大きな海の家が並んどるけど、みな戸ォ閉めて、そこにも誰もおらへん。真昼の幽霊屋敷や。わしはそこの日陰に入って、海を見た。海は、真昼の海や。それだけや、これから、どないして生きて行くねん。考えとうないことが、吐ッ気みたいに上《のぼ》って来るが。渇いた喉に。ふと足許見たら、砂の上にいっぱい、小さい双葉が散らばっとるが。西瓜《すいか》の種から出た、緑色の双葉や。誰どが西瓜喰うて、吐き出した種が芽ェ出しとんや。わしはこれから、どないすんねん。ここはどこや。内灘砂丘や。いや、そんなことやない。茅ヶ崎を捨て、東北・北海道をほっつき歩き、あの高岡の肥料会社を籠抜《かごぬ》けして来た果てのここは、どういうとこや。海からの涼しい風が吹いて来るここは、この幽霊屋敷の日陰は、どういうとこや。十円玉の賭《か》けで表が出た場所が、ここや。けど、わしにはここがどういうとこか、分からへん。すべてを捨てて来た果ての場所なんか、すべてを失った果ての場所なんか。所持金は、わずかしかあらへんが。あと二、三日したら、また空っぽや。すっからかんや。そのあとは、どないして生きて行くねん。考えとうはないことが、立ち上がってくるが。わしの中に、棒みたいに立ち上がってくるが。つらいが。悲しいが。粋やが。その時、ふと三人連れの男と女がやって来て、わしの顔見た。一人は坊主《ぼうず》刈りで、丸い眼鏡をかけとるが。紺色の頭陀袋《ずだ》提げて。一人は背の高い、日の経《た》ったお祝いの花みたいな女や。もう一人の男。これは『ポパイ』いう漫画に、オリーブいう女が出て来るやろ。手と足の長い、ひょろ高い、痩せの女。あの女を男にしたみたいなやつよ。ところがこの男、このえらい暑い日に、長袖《ながそで》の上着、着とるんよ。粋な縞柄《しまがら》の、ジャケットいうのかの。それで、いやァ、言いながら、汗ふくんよ。映画に出て来る西洋紳士みたいな手つきで。日陰へ入っても、上着脱がへんが。わしは卦ッ体《けたい》なやつらやな、思た。三人はわしの顔見るんよ。見るともなしに、じっと見るんよ。ことに丸坊主のやつは。三人とも四十代やろか。三人の話に、下谷《したや》の御徒町《おかちまち》、いう言葉が聞こえたが。下谷の御徒町、いうたら、東京やないか。わしは海の家の壁に、手指の先を這《は》わせながら、歩いて行った。海の家は五、六軒並んどった。それが果てたとこは、また烈《はげ》しい日差しの砂やった。目の前に、コンクリート二階建ての廃墟《はいきょ》があった。もう古い建物や。戸ォが打ちつけてあるんで、中へは入れへんけど、窓ガラスは全部割れとるが。戸ォに何や横文字が見えた。恐らくは米軍施設の跡なんやろ。ガラスの毀《こわ》れた窓が、黒々としたほら穴みたいに見えたが。救いのない穴みたいに。その廃墟の先は、徐々に砂が盛り上がり、長い砂丘や。わしはそれからその砂丘を一日中、さ迷い歩いたが。呑み水もなしに。夏の日差しと、焼けた砂と、ぎらぎら光る海と、熱い風と、挫折《ざせつかん》感。靴の裏が熱うて、立っとらへんが。けど、とどの詰まり、結論ははじめから見えとったが。パチンコの外れ玉が、最後に消えて行く穴があるやろ。あの穴が、はじめから見えとったが。別にええ恰好して、砂丘や、さ迷い歩かんでも。金沢の近江町市場の食堂にはってあった、あの白い紙や。要するに市場食堂の洗い場さんよ。日が暮れるころになって、わしはまた海の家が並んどう場所まで帰って来た。するとそこでまた人の姿を見た。建物と建物との間に、あのバスの中で見た子供がいた。ほかには誰もおらへん。しーんとしとるが。子供は、今度は一人やった。小学校四年生ぐらいやろか。子供も驚いた目ェで、わしを見た。学校へも行かんと、こんなとこで何しよんやろ、と思た。けど、子供の方でも、わしの足の先から頭のてっぺんまでを、じっと見とるが。見られたら、わしはなりの悪い男じゃが。が、子供はさっと背中を向けると、逃げ出した。咄嗟《とっさ》にこっちも走った。なんでわしは走り出したか分からへん。分からへんけども、走り出した。砂の上や。足取られるが。けど、それはわしだけやない。

子供は転んだ。わしは、飛びかかった。子供はもがいた。わしの手頸《てくび》に嚙《か》みついた。そこに、釘抜《くぎぬ》きの鉄棒が落ちとった。咄嗟にわしはそれを拾《ひろ》た。子供の頭を殴りつけた。手頸に嚙みついた歯ァがゆるんだ。子供は、全身に痙攣《けいれん》走らせた。ぐったりした。死んだんや。わしはあの十円玉の表を思い出した。いや、あんた心配せんでええで。これは話や、話なんや。そやから何も気にすることあらへんが。話やないかえッ。ま、ま、あんたも、も一杯いこ。さ。」

青川さんは、こう言って私に酒をついでくれた。「話」とは何なのか。幼稚園で保母さんが園児に読んで聞かせる「舌切り雀《すずめ》」も「話」であり、テレビから流れて来るCMも「話」と言えば「話」であるが。いや、日日《にちにち》の新聞に出る記事もすべて「話」であり、思想書の中の言葉もすべて「話」である。私たちは半ば「話」を通じて、現実を呼吸して行くのである。青川さんは布包みの中から、釘抜きの鉄棒を取り出して、「これや。」と言った。私は驚いた。工事現場などで使う、片鈎《かぎ》の形をした、錆色《さびいろ》の釘抜きである。

青川さんはまた、「これが。」と言った。血痕《けっこん》反応を見れば、出るのだろうか。浜茶屋のような簡易普請《ぶしん》の建物を建てる時には、かならずと言っていいほど使うものだろう。が、これを見せられただけでは、それが内灘の海べりに落ちていたものであるとは言い切れない。こんなものは、どこの普請場にもあるのだ。とするならば、青川さんがこの釘抜きを取り出して見せたのも、実はこれも「話」なのではないか。いちおうは、それも考えられた。が、これまでの長い「話」の果てに、この釘抜きを取り出したのは、やはり何事かではあった。けれども青川さんは、「これは話や。話やないかえ。気にせんでええが。」と言う。言われて見れば、新聞やテレビ、小説、映画などには、人殺しの「話」など、犬の糞《くそ》ほども転がっている。そういう「話」を読んでも、見ても、いちいちこちらは気にしない。併しこの青川さんの「話」は何なのか。通常はこういう「話」を「自白」と言うのであるが。青川さんは舌打ちをし、唇の内側を噛んで、しばらく沈黙していたあとで、また語り出した。

「わしはその子供の屍体《したい》を、とりあえず、あッ、またとりあえずや、ともかくそのそばの海の家の床下へ押し込んで、いったんその場を離れたが、それからまた砂丘の上へ戻った。海は夕焼けや。夕焼け言うても、海面の上のとこだけは靄《もや》のような雲がかかっとって、そッ中へ夕日が落ちて行くんよ。横に長い、蛇みたいな形の雲や。心臓はどきどきしとるがえ。たとえばやな、鉄の棒で西瓜をたたき割っても、別にどきどきはせん。鯛《たい》の頭、庖丁《ほうちょう》で割っても、別にどきどきはせん。わしら、いまは毎日、調理場で生《い》けの鯛しめよるが。けど、子供の頭をたたき割ったら、これは別や。わしはことがばれたら、それはそれでええ思た。捕まるんやったら、それはそれでええ思た、けど、自分から警察へ行く気はせなんだ。会社にも親にも、わしがどこにおるか分かってしまう。あのおやじさんにも、直子ちゃんにも分かってしまう。わしはもうこの世にはおらへん人や。けど、まだおるんやな。心臓がどきん、どきん動いとるが。慄《ふる》えとるが。砂丘の後ろは野菜畑やった。そこへ下りて、歩いて行くと、さっき言うた防風林や。その藪《やぶ》ン中抜けて、道へ出た。その先は宅地造成された広い裸土や。あっちこっち掘り返したようなとこもある。わしは普通に道を歩いて、内灘駅へ戻った。宅地造成してあるとこでは、一人だけ女の姿見た。ぽつんぽつんと建っとる家の、どこぞの家の主婦やろ。坂道の反対側の歩道、買物袋提げて上《のぼ》って来たが。わしは普通に前見て歩いとった。顔見られるんやったら、それはそれでええいう気ィや。ふとその時、昼間、顔見られたあの三人連れの顔を思い出した。駅が近づいたとこでは、ほかにも人に出逢《でお》うた。わしは電車に乗って、金沢へ帰った。三十分ほどや。わしはその日ィ、紺色のポロ・シャツ着とったんやけど。金沢へ帰ってから見たら、シャツに血痕がついとった。手ェの甲にもついとった。シャツは、その明くる日ィ、国鉄金沢駅の公衆便所のごみ箱へ捨てた。北鉄金沢駅は、その隣りやが。その日はまた金沢の町ン中うろうろしとって、夕方、また電車で内灘へ行った。きのう宅地造成してあるとこで、スコップが一本放《ほ》かしてあるのを見とった。坂道のそばや。電信柱に立てかけてある野立看板の布が破れとるそばや。まだうっすら夕明りが残っとるころやし、すぐに分かった。わしはそれ持って、防風林の中へ入って行った。道の側からも、畑の側からも一番奥になるようなとこに、穴を掘った。えらい藪蚊《か》や。わしは畑ン中を走って行って、砂丘に上《のぼ》った。海が見えた。沖のいさり火がちかちかして、波の音が耳に響いた。きのうもここに立ったはずやのに、はじめて波の音を聞くような気がした。夜ン中に白い波頭《なみがしら》がくり返し、来るが。わしは走って行った。れいの廃墟があった。大きな幽霊屋敷の陰へ入った。屋敷と屋敷の間の路地へ入って、咄嗟に身を屈《かが》めた。人の話し声が、ふと聞こえたんや。波の音に混じって、かすかに聞こえて来るが。男と女の声や。海の家は五、六軒並んどる。二、三軒先の路地におるらしい。わしは息をひそめた。きのうの三人とは違う。あたりは真ッ暗や。家の陰や。わしは腹を決めた。そんなとこに、ぐずぐずしていとうはなかった。見られるんやったら、見られてもええ、思た。向うかて、顔は見られとうはないはずや。わしは男の子の屍体を引き出した。その時、指が釘抜きにもさわった。これや。わしの手ェが、きのうこれにさわったがために。子供は、目ェ剝《む》いとるが。わしはそれを抱えて、藪ン中へ戻った。そのまま子供を穴の中へ放り込んだ。スコップを取った。が、子供は俯《うつぶ》せになっとるが。わしは男の子の屍体を起こして、上向きにした。また目と目が合うた。星みたいな目ェや。わしは息を呑んだ。わしは砂土《すなつち》をかぶせた。けど、ああいう時は、顔には一番に土かけられれんもんやな。顔が見えんようになった時は、ほっとした。どんどん土をかぶせた。ところがその時になって、わしはこれもいっしょに埋めんの、忘れとったことに気がついた。この釘抜き。しゃあない。わしはこれを持って行くことにして、枯れ落葉をかぶせて、藪を出た。スコップはしばらく行ったとこで、造成地の端に放かした。そのあとは内灘駅へは行かず、途中で横へ折れて、一つ先の駅まで歩いて行った。だんだんに田んぼ道になった。満天下の星やった。きれいな星やった。バスの中でわしの銭もうてくれとったら、わしは救われとったのに、たった一滴かも知らんけど、わしは救われとったのに、そない思ての。いまでもあの男の子の顔思い出すが。星の目ェやったが。その明くる日、わしは近江町市場のれいの食堂へ行った。そしたらそこの女が、あんた客の汚した鉢や皿を洗うのもええけどな、うちは実はこの市場の中で魚屋もやっとんね、いうことで、わしはそっちで働くことになった。わしはそこではじめて魚の扱い覚えた。けど、毎日朝晩にはかならず新聞見る。北國新聞。けど、あの子供が発見された、いう記事は出えへなんだ。子供が行方不明になった、いう記事も出えへなんだ。何やしらん、物たりないような気持やった。出たら、どないするか。それはその時のことや。そない思うて、わしは毎朝毎晩、新聞見た。青川さんは新聞見るん好きやな、言われて。どきんッ、とした。人はよう見とるが。新聞見る時は、戦慄《せんりつ》が走るが。けど、出えへなんだ。そないなると、わしはだんだんにこれを捨てられんようになった。早う捨てよ、早う捨てろ思うんやけど、ますただんだんにこの釘抜きが、わしン中へ喰い込んで来て、捨てられんようになった。あの時、スコップといっしょに放かしてまえば、よかったんやけど。わしが、わしを捨てることが出来るか。あこの釘抜きが、わしや。わしそのものや。わしが、わしを捨てることが出来るか。魚屋では、仕出しの弁当も作るやろ。魚の扱いにもなれる。わしはだんだんに料理覚えて、そこに三年おった。料理人になる、いうても、いきなり追い回しで料理場へ入ったら、はじめて魚にさわらしてもらうまでには、まず二年はかかるが。それまでは雑用係や。それに料理場で扱う魚の数いうたら、魚屋の十分の一や。わしはいきなり魚を覚えた。これが十円玉の表が出た、いうことやったんかの。わしはそのあと京都へ出て、寺町蛸薬《たこやく》師《し》の料理屋にちょっとおった。あんたも京都におった、言うやないか。あとは大阪へ来て、市内やその周辺の料理屋、和歌山県の白浜や裏六甲の有馬温泉、転々として、三年前からこの堺や。淋《さび》しいの。わしら、漂流物やの。北陸や紀州の温泉場から温泉場、回り歩くやつもようけおるが。流れ者《もん》になって。その日暮らしの、はかない生活や。いや、わしも大阪におった時、そこの親ッさんに、スケに行たってくれへんか、言われて山陰の美保ノ関の旅館へ、一年ほど行ったことがある。その時また、日本海見ての。えさどい海やが。あッ、『えさどい』いうのは、金沢弁で『きれいな』いう意味や。つらかったが。わしには、この釘抜きでは抜けん五寸釘が突き刺さっとるが。わしには救いはない、思ての。わしは返り血あびた男やが。その日その日、料理場で魚や蟹やマル（すっぽん）や、殺すがえ。血みどろやの。時には鼠《ねずみ》捕り仕掛けて、鼠も殺すがえ。いや、鼠はまだ生きとるの、そのままごみ箱へ捨てることもあるが。板場いうのは、罪が深いの。わしらにそういうことさせて、喰うやつはもっと深いの。ほんなら、わしはもう帰る。深いの。……。あんた、すまなんだの。あんたはこの小鳥、片づけへんのやの。そういう男やの。旅鴉《たびがらす》やの。漂流物やの。粋《いき》やの。繁野がこの鳥、飼《こ》うとったんやが。あいつもの、加賀の山中温泉まで女追っかけて行って、どないしたかの。わしはあいつとも、ゆきずりやったが。ほんならの。あんたに、ごみの片づけさして悪いの。」

青川さんは、帰った。青川さんの「話」は、「これが、わしや。わしそのものや。」という「話」であった。その呑み残した酒が、茶碗《ちゃわん》の底に少し残っていた。手が慄えていた。アルコール中毒らしい。顔色が悪く、すさんで、白目の部分が充血していた。

無論、この青川さんの「話」は、十数年前に青川さんが私に語った「話」を、私の記憶に基づいて、たどったものである。恐らくは細部においては、錯誤があるだろう。けれども大筋においては、凡《およ》そこういう「話」だった。「話」がうそでないならば、黙っているのは苦しいことである。恐らく青川さんは「自白」したくて、うずうずしていたのだろう。たとえ「話」の半分はうそだとしても、きやきやしていたのだろう。

それは、私とて同じである。私には、青川さんから「話」を聞いたことだけが本当であって、「話」の内容が本当であるのかどうかは分からないことである。それでも私は「語り」たくて、うずうずして来た。それを思えば、何事をも「語らない」で、生を終える人は凄《すご》い人である。「語る」ことによって、身を破滅させた人は多い。私にしても、古里の人々の運命を「物語り」はじめたことによって、一度は無一物の腑《ふ》抜《ぬ》けになった。そこには当然、因果の風が吹き渡り、言葉はすべて自分に撥《は》ね返って来る。「語る」ことは、恐ろしいことである。小俣氏も「語った」のである。恐らくは「語らない」ではいられなかったのであろう。詩集「遺書」を私《ひそ》かに上板後、小俣氏は沈黙の生活を送って来た。その謂《いい》では、氏の「話」も、「これが、私である。」という「話」ではあった。けれども、氏の「話」の真偽もまた、どこまでが実で、どこからが虚なのかは、私には分からないことである。「語り」は多分に「かたり」である。強請《ゆすり》かたりの「騙《かた》り」である。とは言うても、氏がまったく根も葉もないことを「語った」とも思えないし、私の聞く耳にもゆがみはあろう。「語る」ことは、血みどろである。恐らくことの眞《まこと》は、近松浄瑠璃《じょうるり》に言われるように、虚実皮膜の間《かん》にあるのであろうが。青川さんの「話」も「語り」であった。

去年の秋、私はたまたま、いま勤めている会社の用で、はじめて金沢へ行った。その時、内灘へも行った。北陸鉄道内灘駅から砂丘のあたりの光景は、ほぼ青川さんから聞いた通りだった。防風林もあった。ただ青川さんの「話」では、宅地造成後の裸土だったあたりには、今風の、住宅会社が商品開発したショートケーキ・ハウスが、ぎっしり建ち並んでいた。これが時代の思想である。思想は、思想書の中にだけあるのではない。雨の降る日だった。砂丘の上に立つと、前に海が見え、後ろに長い防砂林が見えた。米軍の廃墟《はいきょ》もあり、戸を閉じた海の家も並んでいた。沖に防潮堤が築かれた影響で、この数年で砂浜が三倍も沖に向って広くなった、と言うことだった。青川さんは砂丘の上に立つと、心臓がどきん、どきんと慄えたと言った。波の音が高く聞こえたと言った。私にもその動悸《どうき》が聞こえるようだった。私は九年間の住所不定の生活のあと、ふたたび無一物で東京へ戻って来て、また会社勤めをはじめたのだった。それからでも、もう十一年余が過ぎた。青川さんが言うた「漂流物」という言葉は忘れられないことだった。東京での生活も、区役所に住所届けは出してはいても、漂流物の生活だった。

青川さんと話をしたのは、あの晩一遍だけである。その後も時々、私のいる新店の方へ顔を出していた。私はたまたま目が合えば、目顔で挨拶《あいさつ》するにはしたが、そういう時は、にがい思いがした。それはまた同時に、もう一つの危懼《きく》でもあった。

そのころすでに青川さんには、別の「話」が発生していた。店へ、やくざ者風の男が二人、三人と、青川さんを訪ねて来ると言うのである。「今日もまた来た。」と言うのである。サラリーマン金融。つまり、サラ金から青川さんは途方もない借金をし、その債権を買った取立屋が来て、店で青川さんがもらう給料を差し押さえて行ったとか、どうとか。いや、それ以前にすでに、店から相当に前借りをしていたとか。恐らくは競馬や競艇か、何か博奕《ばくち》に金を突っ込んだのだろうと言うことだった。いつぞや競輪場でばったり出喰わした別の若い衆の「話」では、空恐ろしい車券の買い方だったとか。外れれば外れるほど、目を血走らせて、「粋やの。」「粋やの。」と言うのだそうである。

青川さんは、店へ来なくなった。店の若い衆が、親ッさんに言われてアパートへ行って見たら、すでに蛻《もぬけ》の殼だった。親ッさんは、「ふんッ、馬の餞《はなむけ》じゃ。」と言っていた。青川さんが踏み倒した前借りのことを言ったのだ。

私は胸を衝《つ》かれた。青川さんは、姓は青川であるが、下の名前が何であるかも、私は知らない。板場のつき合いは、毎日一つ釜《かま》の飯を喰い、一つ屋根の下に起き伏ししてはいても、併《しか》し大抵はそういうつき合いである。その多くは渡り者であり、その日その日のことは、その場限りのことである。

さらに、追い回しの中には、修業の辛《つら》さに堪え得ないで、タコ部屋から夜逃げする人も多い。そうなれば、それはそれッ切りで、翌日にはもう忘れられている。夏原は、目先の利にあせって、夜中にいなくなった。青川さんが消息を断った前後のことだった。なまじ頭がいいので、早く楽になりたい、と考えたようだったが、小利口なやつは小利口なやつなりのことを思案して、じたばたするのだった。西島は、意地の坐《すわ》ったやつだったが。青川さんは、あの釘抜きだけは抱いて逃げたに相違なかった。たとえ、つかの間、一ト夜の「語り」の中だけで輝いた釘抜きであったとしても。けれども、その輝きは私の中には喰い込んでいた。

私はそれからしばらくして、親ッさんに「話」をつけ、神戸三ノ宮町の料理屋へ移った。「部屋に証文をまいて。」移るのである。この場合の「部屋」とは、板場職人の口入屋のことであるが。そういう風に、板場が料理場から料理場を転々とすることを、仲間内では「旅に出る。」と言うのである。会社員の言語感覚では、無論、大時代な気取った言い方である。会社員くずれになってはいても、私には昔の生活感覚の根が残っている。だから、私は「旅鴉」などという言葉を使うことはなかったが、併し荷物をまとめて部屋を出る時はいつも、己れが漂流物だという気はした。堺では、私は小鳥の屍骸《しがい》はそのまま残して来た。

（「文學界」平成七年二月号）

変

平成七年は、私の身には凶事《まがごと》の連続だった。

三月に、いきなり飆風《ひょうふう》が吹いた。会社のリストラクチャリングで、嘱託社員解雇を申し渡された。私のように田舎から東京へ出てきて、借家住まいをしている身には、何を措《お》いても月々の家賃を払って行かなければ、生活が基いから崩壊してしまう。それが払えなくなった。些少の貯えがあるとは言え、思い屈した。四十九歳の私は、健康保険、厚生年金の支払いも出来なくなり、当然、将来のことが不安になる。毎日、家の中に閉じ籠もっている身には、居ても立ってもいられず、併しどこへ行く当てもなく、ただじっと小暗い家の中に坐っているばかりだった。

家は駒込動坂町の貉《むじな》坂の露地の奥にある。嫁はんの叔母・石津信子は霊能者で、私達がこの家を借りた時、「家相が悪いわ。」と言われた、あばら家である。

だいたいこの年は正月明けの一月十七日午前五時四十六分、突然、阪神淡路大震災が起こって、阪神高速道路が倒壊するなど、目を瞠《みは》るような被災があり、続いて三月二十日午前八時過ぎ、東京の帝都高速度交通営団でオウム真理教の兇徒による地下鉄サリン事件が発生、さらに三月三十日午前八時半、國松孝次警察庁長官が南千住の自宅前で何者かによって狙撃されるという事件が相次いだ。

私が会社解雇を申し渡されたのは、この暗殺未遂事件の翌日である。帰宅して、嫁はんにその事実を告げると、嫁はんは一瞬、顔から血の気が引いた。その色を見て、会社で私が解雇を告げられた時の顔色もこれだろうと思った。

この時、嫁はんが言うた言葉で、いまに忘れられないことがある。正月に下総九十九里浜飯岡町へ里帰りした時、生家にあった高島易断の卜《うらない》を見たら、昭和二十年生れ、つまり、あなたは一白水星の星の許に生れたのだけれど、今年のあなたの運勢は●、低迷運と言って最低の星なのよね、と言うのだった。

されば、五月四日の夜半、風呂から上がると、突然、心臓発作に襲われ、胸から背へ太い畳針を貫《つらぬ》き通されるような差し込みが来た。私は「ううッ。」とうめいた。卒倒した。嫁はんが驚いて駆け寄って来る。胸と背をなでてくれる。併し劇痛はますます烈しくなる。そのうちに手と足が痺れて来た。冷たくなって来た。心臓から送り出される血が、手足の先まで届かなくなって来たのである。

私は死ぬなと思うた。死んでもいいと思うた。併し嫁はんは私にしがみ付いて、「長吉さんッ、長吉さんッ、死なないでッ。」と叫ぶ。絶叫する。まだ新婚二年目であるが、嫁はんは祝言を上げた直後に、私の中の霊《もの》に感じて、「あなたは、死を恐れない人です。恐い。」と言うたことがあった。私は頭の中で辞世の俳句を考えていた。嫁はんが上ずった声で東京消防庁へ電話をした。救急車を呼ぼうとしたのである。が、生憎《あいにく》救急車は払底していた。こんどは日本医科大学病院へ電話をした。では、自動車ですぐに連れて来なさい、という返事だった。併し私方《かた》には自動車などないし、と言うて、表通りのタクシーが走っているところまで歩いて行くのも、容易ではない。けれども、そうしてそこに卒倒したままでいるわけにも行かない。烈しい痛みである。全身に膏汗《あぶらあせ》がにじみ出て来る。私は玄関まで四つン這いに這って行くと、下駄を突っ掛け、外へ転げ出ると、あとは蟇《がま》が地べたを這うような恰好で露地を出、谿坂を降りて行った。

着いたところは、日本医科大学病院高度救命救急センターである。もう深夜である。すぐに車椅子に乗せられ、集中治療室へ運ばれた。煌々と電燈の輝いた、白々しい部屋である。若い医者が聴診器を当てたり、血圧を測ったりしたあと、「しばらく様子を見たあと、すぐにカテーテル検査を行ないたいと思います。ただし、カテーテルは非常に危険な検査なので、あらかじめ患者さん本人の同意が必要です。奥さん、いかがでしょう。」と言うた。

「カテーテル」は独逸《ドイツ》語で、日本語では「管」という意味である。それぐらいのことは分かったが、医者は管で何をするのかは言わない。言わなくても分かっていると考えているのか、言う必要はないと思うているのか。嫁はんが慄え声で「カテーテルというのは、どうするのですか。」と訊くと、目玉の大きな医者は「あッ。」と言う声を出して、「足の太腿《ふともも》の付け根から、血管の中へ管を差し込んで、管を心臓まで押し込み、心臓の様子を調べるのです。」と言うた。

私はそなな恐ろしい検査はいやだと思うた。併し嫁はんは「はあ、何でも結構です。出来ることは、すべてやって下さい。」と勝手に言うている。私はこの阿呆めと思うが、劇痛で声が出ない。医者が「それでは、すぐにそうさせていただきます。」と答える。それが奇妙に嬉しそうな声だった。

カテーテル検査は、全身麻酔を掛けて行なわれた。が、よく麻酔の効かない私には異常な苦痛だった。ところが、である。医者は心臓の臓器には異常はないと言う。私は怒りに囚《とら》われた。異常がなくて、どうしてこんな畳針を貫き通されたような劇痛が起こるのか。私は奥歯を嚙み締めた。

集中治療室から病室へ移された。ここでもまた引き続き検査である。全身に電極を十七本も繫がれ、それがそれぞれにTVの受像機に繫いであって、画面に心電図が現れる仕掛けになっているのだった。画面は二十四時間、集中管理室で監視されている。従って電極を外すわけには行かないので、便所へ立つことも許されない。ベッドの上で、お丸で大・小便をするのである。

病室へ移って四日目のことだった。ベッドの上のお丸では大便が出ないことを訴えて、私ははじめて電極を外してもらって、廊下の便所へ行った。その時、廊下の角々に異形《いぎょう》の人相の、目付きの鋭い、いかつい男が何人も立っているのを見た。みんな拳銃を抜き身で構えている。撃鉄を起こして、いつでも弾《たま》を発射できる体勢なのである。何だろうと思うて、便所から帰って看護婦に尋ねて見ると、何と私達の病室の隣りの部屋には、暗殺未遂事件で九死に一生を得た國松孝次警察庁長官が入院していて、廊下に立っていた男たちは私服刑事で、オウム真理教の兇徒がふたたび襲って来るのを警戒しているのだと言うのだった。

その翌日だった。突然、廊下で一発の銃声がした。看護婦室で騒ぎが起こった。それから廊下の方で、何か叫ぶ者があったり、走り過ぎる人がいたり、慌《あわ》ただしい動きが続いた。するうち、ことの次第が知れた。國松長官を警備していた刑事のうちの一人が、便所の大便用個室へ入って、ズボン・下穿きをずり降ろしてしゃがんだ瞬間、ズボンのポケットに押し込んだ拳銃が暴発したと言うのだった。自分の拳銃で自分の腹を撃ち抜いた。無論、安全装置が外してあったから、そういうことになったのだが。

一週間の全身検査の結果、私の心臓の差し込みは、心臓の臓器そのものに障害のある内因性の痛みではなく、さまざまな内力《ストレス》による心因性のものだという診断が下された。医者の話では、あなたは文章を書く人です、しかもあなたの小説を読んで見たら、読む人が読むだけで気が滅入るような内容です、そんなものをあなたは書いているのだから、心臓に差し込みが来る内力《ストレス》が溜まるのは当然でしょう、あなたが身を削ってお書きになっているのはよく分かりますが、我われでも医学論文を書く時は、それだけで胃が痛くなったりしますよ、書くことをお止めになるのが一番いいと思いますがね、と言うことだった。

ところで、と医者は言った。一枚のレントゲン写真を見せて、ここに黒い固まりが写っているでしょう、ほら、これはあなたの胃の中ですが、これは癌ですよ、すぐに、もう一遍胃の再検査、癌だと判明したら、ただちに手術、と言った。胃癌だと聞いて、私は血が引くのを覚えた。髪が小刻みに逆立った。心臓が悪いのかと思うていたら、意外な魔がひそんでいたのである。

その翌日、私はふたたび胃カメラをのんだ。胃カメラというのは、グラスファイバーの管の先に付けられた小型カメラを、口から胃の腑の中に押し込むのであるから、それだけでもくり返し嘔吐をもよおすほど苦しいのであるが、天井から目の前に吊り下げられたTVの画面に、胃の腑の内部の様子が写し出されるのを、見せつけられるのである。赤黒い肉の、醜悪な画像である。美人の女医がグラスファイバーの先のカメラを動かすに従って、赤黒い肉の襞《ひだ》が盛り上がる。胃は烈しく生きているのだ。

やがて女医はグラスファイバーの管の中に仕込まれた鋼鉄線の先の小さな鋏《はさみ》で、患部の肉を切断し、口の外へ取り出して、顕微鏡で調べはじめた。癌細胞ではないかと疑われている肉片である。女医が「あッ。」と声を出した。私の目玉が静止した。併し女医はまた次ぎの肉片を取り出して調べる。そういうことを何度もくり返す。丹念に調べているのだろう。へたをすれば、この女医は私に死刑宣告をする羽目に陥るのである。医者というのは、何といやな職業だろう。無論、文士だって自分の小説の中で人を殺すこともしばしばあるのだが。私の緊張は極点にまで達した。

医院を出る日は、嫁はんが迎えに来た。私は胃癌ではなく、胃潰瘍だった。会社解雇通告後の心労がもたらしたものに相違なかった。日本医科大学病院の隣りは根津権《ねづごん》現《げん》である。嫁はんが眩《まぶ》しそうな顔をして、「長吉さんが入院してる間、私、毎晩、根津権現にお参りに来てたの。」と言う。私は口の中で舌を噛んだ。病院の前には警察の警備車が停車しており、あたりには制服の警察官が立っている。國松長官はまだ入院しているのだった。

六月八日だった。私が病院から駒込動坂町の家へ帰ると、文藝春秋の人から電話が掛かって来た。私がその年の文學界二月号に発表した「漂流物」が、平成七年上半期の芥川賞候補作になったという報せだった。日本文学振興会が行なう文藝春秋社内の予選では、満場一致で推挙されたという。みずから願望していたことではあるが、えらいことになった、と思うた。私は過去に一遍芥川賞の候補になったことがあって、その時の経験では、七月十八日の銓衡会の当日まで、箸一本が転がり落ちてもそれが落選の前触れではないかと怯える、緊張の日々を過ごさねばならないのである。

翌六月九日の夜だった。田舎のお袋から電話が掛かって来た。「あんたッ、えらいこっちゃ、雅彦が自殺したんや。」私ははッとした。雅彦というのは母の末弟で、私よりは年が一つ上、同じ村内《むらうち》で私とは乳兄弟として育った。三十年余前、田舎からいっしょに慶應義塾の入学試験を受けた時は、私だけが合格して雅彦叔父は落第した。以来、「わしはお前に戀人を奪われた。」と言うて、私のことを怨み続けて来た人である。享年五十。私は、ド佛滅《ぶつめ》が入った、と思うた。茫然とした。

翌六月十日の夜、日本文学振興会から私の経歴書を送れと言うて来たので、それをしたため、千駄木小学校前の郵便ポストへ投函しに行った。ゴソッ、という悪い響きだった。そのあと、小学校のそばのたばこ屋の自動販売機に二百二十円入れた。が、釦《ボタン》を押してもたばこは落ちなかった。いくら押しても落ちず、金銭返却レバーを回しても、お金も落ちない。私はたばこ屋の戸をたたいた。併し誰も出て来ない。結局、二百二十円損して家へ帰った。

が、追い追い他の候補がどういう顔ぶれであるかが分かって来ると、また各新聞社の文藝記者の下馬評では、私の書いたものが有力であるという話なども伝わって来て、私は憂鬱な気分の中にも、期待は高まった。愚かである。受賞すれば、その賞金で、秋に迫った借家契約更改の金も払えるのである。それ以外には何の当てもなかった。

私は気持がくさくさしていた。七月初めのよく晴れた日、山ノ手線田町駅で降りて、虹橋《レインボー・ブリッジ》を渡り、品川沖のお台場へ行った。お台場は擂り鉢状になった小島で、その底に降りると、辺りには一面に夏草が生い繁り、ひっそりしていた。夏の顔が青に染まるような空だった。私はたばこを一服喫うた。そして土手を登ろうとしたら、足が草に滑って、下へ転げ落ちた。咄嗟に、先夜二百二十円盗られたのを思い出して、いやな予感がした。阿呆な験《げん》かつぎであるが、併し次ぎ次ぎに験が現れるのが恐ろしかった。

さて、七月十八日の銓衡会の当日、私は朝のうち、根津八重垣町の床屋へ散髪に行った。その帰り、根津権現の樹木の鬱蒼と繁った森の中を通り抜けようとした。ふと左手の乙女稲荷の下の池を覗くと、金色の鯉が白い腹を見せて死んでいた。その瞬間、落ちた、と思うた。候補になって以来、次ぎ次ぎになり行く勢いで現れる予兆に怯えて、そう観念した。いやな気分だった。

果たしてその夜、文藝春秋の人から電話が掛かって来て、落選を告げられた。糞ッ、と思うた。一回目の投票では、私の「漂流物」は過半数に達していたのに、併し「漂流物」の如き妖刀のような殺人小説は、阪神淡路大震災やオウム真理教事件で世の中が打ちひしがれている時には、芥川賞にふさわしくない、という理由で落とされたのだった。

入選したのは、保坂和志氏の毒にも薬にもならない平穏な日常を書いた「この人の閾《いき》」（新潮三月号）という作品だった。記者会見で、日野啓三が「こういう物情騒然とした世の中にあっては、何事も起こらない静かな日常がいかにありがたいか、を感じさせてくれる作品である。」と言うたとか。おのれッ、と思うた。

翌日、所用があって小石川柳町のキネマ旬報社へ行った。烈しい日盛りの道を歩いていると、水のないプールの底に、私の屍体が沈んでいるような気がした。用を済ませて、夕方、また歩いて帰って来ると、私は道灌山下の金物屋で五寸釘を九本求めた。

夜になった。私は二階で白紙を鋏で切り抜いて、九枚の人形《ひとがた》を作った。その人形にそれぞれ、日野啓三、河野多恵子、黒井千次、三浦哲郎、大江健三郎、丸谷才一、大庭みな子、古井由吉、田久保英夫、と九人の銓衡委員の名前を書いた。書き了えると、嫁はんが寝静まるのを待った。

私は金槌と五寸釘と人形を持って、深夜の道を歩いていた。旧駒込村の鎮守の森・天祖神社へ丑《うし》の刻《とき》参りに行くのである。私は私の執念で九人の銓衡委員を呪い殺してやる積もりだった。人を呪わば穴二つと言うが、併したとえ自分が呪い殺されることになろうとも、どうあってもそうしないではいられない呪詛が、ふつふつと滾《たぎ》っていた。水のないプールの底の私の屍体が、それを狂的に渇望した。

天祖神社は鬱蒼とした樫や公孫樹《いちょう》の奥に静まっていた。あたりは深い闇である。私は公孫樹の巨木に人形を当てると、その心臓に五寸釘を突き立て、金槌で打ち込んだ。金槌が釘の頭を打つ音が、深夜の森に木霊《こだま》した。一枚終ると、また次ぎと、「死ねッ。」「天誅ッ。」と心に念じながら、打ち込んで行った。打ち終ると、全身にじっとり冷たい汗をかいていた。全身に憎悪の血が逆流した。

八月に入ると、いよいよ家賃が払えなくなった。嫁はんといっしょに、京成電鉄お花茶屋、常磐線亀有《かめあり》、千葉県流山、江東区大島《おおじま》などへ借家捜しに行った。いまの家の契約は九月いっぱいだから、どうしても八月中には家主に出ると言わなければならない。言ってしまえば、またどうしても、九月中にはどこかへ越さなければならない。歩き疲れて帰宅すると、嫁はんも私も物を言う気力もなかった。

そういうある日、嫁はんが住宅情報誌で、いまの駒込動坂町とは隣り町の、駒込林町に家賃の安い家があるのを見つけた。早速に二人で見に行った。安いと言うても、失業者には荷が重い家賃だったが、もう歩き疲れた私はそこに決めることにした。こんども露地の奥で、しかもこんどは袋小路のどんつきの家だった。不動産屋の言う死ニ地である。一日中、日の当らない家だった。九月十七日の土砂降りの日に引っ越した。引っ越しの夜、疲れた私はまた心臓発作に襲われた。

新しい家の向いは老婆が一人で住んでいた。この女は夜中に大きな音で歌謡曲を鳴らすことがあった。その奥の家にも、老婆が一人で住んでいた。こちらの方はことりとも音をさせなかった。庭に虫喰いだらけのダリヤの花を植えていて、余計それがいとおしいようであった。私方の隣家には、何で飯を喰うているのか分からない、得体の知れない五十過ぎの男が一人で暮らしていた。要するにこの露地のどんつきの死ニ地にいる住人は、みな敗残者の臭いを持っていた。男は勤めに出るでもなく、朝から晩まで、家の中の掃除をし、庭の草毟《むし》りばかりしていた。目が貝殻の内側のような光を発している男である。うちの嫁はんの高橋順子が詩を書いて、ユリイカに発表した。

隣家の男

隣家の主人の懸け声が定時に聞こえてくる
なにものか上げ下げしている
バーベルか胴体か
一から十をつぶれた声で三回数えると気息が止む
腰痛体操か延命体操の類いか
今日はうちの洗濯機が懸け声にあわせて
水の胴体をひねっている

そのうちに木枯しが吹き、お酉《とり》さまに行った。十一月二十四日の朝、三好陽子さんから電話が掛かって来た。まず嫁はんが電話に出て、私を起こしたのだが、併し私が電話口に出ても、陽子さんは何も言わない。恐ろしい沈黙である。毛物《けもの》のような、烈しい息遣いばかりが聞こえて来た。「三好が死にました。」「えッ。」「……。」「どうしたんですか。本当ですか。」「……。」畏友三好隆史氏は、平成七年十一月二十四日午前四時二十九分、心筋梗塞のため他界した。享年五十三。三好氏は十七歳の時、急性灰白髄炎（小児麻痺）のために両足を喪った。以来、鉄の義足だった。どんなにか苦しい生涯だったことだろう。

やがてこの厄年も年の暮れになって、平成八年が来た。正月に嫁はんと句会をして、駄句を作った。

元旦や柱時計の音がある
去年《こぞ》今年逢ひたき人はさらになし
千駄木に犬鳴く夜や肉喰らふ

平成八年の五月四日は荒川砂町水辺公園へ罌粟《けし》の花を見に行った。新聞に写真入りで二萬本の花がいまが見ごろと書いてあったので、行ったのだが、貧相な花の群れだった。私の身には、去年五月四日の入院以来、まだ時折心臓発作が起こるのだった。嫁はんと私は川べりで握り飯を喰うたあと、河口まで歩いて行った。貧しい夫婦者の休日である。

それから暫くして、会社の先輩の小川道明氏から電話をいただいた。「あッ、車谷くん、どうしてるの。」「はあ……。」用件は、また会社へ復帰しないかというものだった。一も二もなく飛び付いた。ただし以前は全時間勤務だったが、こんどは木・金曜日だけの出勤で、給与も四分の一になるという条件だった。手取り十萬円余。併しそれでも素寒貧の私には、ありがたかった。小川氏の尽力でそうしていただいたのである。

六月十五日から出勤しはじめた。一年三ヶ月ぶりの復帰だった。

間もなく夏が来た。小川氏は囲碁が趣味で、四段の腕前である。夏休みに囲碁仲間と伊香保温泉へ研修合宿に行くのだと話しておられた。それが迚《とて》も楽しみで、うずうずしておられるような話し方だった。ところが、その小旅行から帰って来てから、小川氏は会社へ顔を出されなくなった。病院へ検査入院なさったのだと聞いた。秋になると、肝臓癌だったという話が伝わって来た。目の先が暗くなった。

十二月十日、私の短篇小説集『漂流物』が新潮社から上板された。私の生の残骸のような作品集だった。勿論、小川氏にも一冊献本させていただいた。

が、小川氏は平成八年十二月二十三日午前零時四十二分、東京東大和市の病院に逝かれた。新聞に死亡記事が出た。享年六十七。翌十二月二十四日の降誕祭《クリスマスイヴ》前夜の通夜は寒い晩だった。下高井戸の龍泉寺には、沢山の白菊黄菊が飾ってあった。御香奠を差し出すと、係りの人から一通の封書を渡された。帰宅したあと、開封して見ると、小川氏直筆の会葬者へのお礼の言葉がしたためてあった。

皆さんへ

小川道明

人間は生れた時から死へのカウントダウンがはじまります。だから何年生きたかに価値があるのではなく、どれだけ充実し凝縮した人生を送るかにあります。

私は素晴しい家族に恵まれ、良き兄弟・身内に囲まれ、とくに子供のファミリーは過ぎたる果報これに尽きるものはありません。

私の生れた昭和一桁は貧困と激動で良く命がつながったものと思っております。その頃だったら眺めることもできなかった絵画、聴くこともできなかった音楽、心豊かなあるいは人生を考えるための文学・思想に深く感謝する次第です。
あと四年で世紀がかわります。驕りたかぶりは地球環境の危機に至りました。
どうぞクリーンな地球で生活してください。
六十七歳まで本当に有難うございました。

私は見事な訣別の辞であると思うた。胸を打たれた。あとで紀子夫人に伺ったところでは、小川氏は夫人に秘して、この文章をすでに十一月半ばに記しておられたとか。死の床では、枕辺《まくらべ》に飾られた花を見て、この花や草もやがて枯れて行くが、また咲く、そうして生命は循環してるんだ、とよくつぶやいておられたと言う。
また、小川氏の亡くなる少し前、紀子夫人が自宅に届いた私の『漂流物』を、病院へ持って行かれると、氏にはもう早、本を読む力は残っていず、本の表紙をなでさすりながら「ああ、やっぱり車谷くんの言っていた通りになった。」と何度も小声で洩らされたとか。夫人が「車谷さんが何を仰っていたんです。」と何度訊き返されても、やはり「ああ、やっぱり車谷くんの言った通りになった。」とだけ洩らされたと言う。それが死の二、三日前のことだったとか。私は小川氏に何を言うたのだろう。まったく思い当るふしはなかった。

越えて平成九年五月四日、夜、阿辻祥郎がやって来て、岡藤静男が下咽頭癌で入院したと告げた。年はまだ五十二歳である。もう駄目だという話であった。阿辻は昔、私が二十歳代《はたち》の頃、勤めていた会社の同僚で、岡藤は年が二つ上の先輩だった。岡藤は企画会議にまともな企画書一つ出せない私を軽蔑し、目の敵にして、私に骨の髄まで己れの無能を知らしめた男である。そういう意味では私とは逆縁の人であるが、併し私は己れの無能を思い知らされたお蔭で、その後の生を、この無能を己れの原罪にして生きて来ることが出来た。岡藤の業病を伝える阿辻の頭は、吹き出物だらけだった。

阿辻を送って近所までいっしょに出ると、ある邸の樹木の影が道に覆い被さるようになっていて、その側の電信柱の下で、犬を連れて散歩中の女が小便をさせていた。私はその黒い影の女を憎んだ。阿辻と別れて、家へ帰ろうとすると、西の空に濃い鱗雲《うろこぐも》が掛かり、併しその雲のまだらな隙間に気味悪い赤みが射していて、雲の広がりが蛇の肌のように見えた。

続いて平成九年六月十八日の夕、TVで中村吉右衛門の池波正太郎原作「鬼平犯科帳」を見ていたら、突然、講談社の人から電話が掛かって来て、私の『漂流物』が平林たい子賞に決まったことを知らされた。私は平林たい子なんて、読んだことがない。

明日、図書館へ行って読んでから、お受けするかどうか返事をしたいのですが、と言うと、新聞発表の時間が迫っていますので、と強引に押し切られた。何が何だか分からないうちの受賞だった。

翌日、新聞を見ると私といっしょに保坂和志氏の『季節の記憶』(講談社刊)が受賞していた。二年前の芥川賞落選の不快な記憶が甦って来て、私は保坂氏を忌んだ。

講談社の人から、あなたの受賞の言葉と写真を群像八月号に載せるから、すぐに文章を書いて写真といっしょに送れ、という手紙が来た。命令である。私は急いで受賞の言葉を書いて、写真といっしょに講談社へ持って行った。駒込林町から講談社のある音羽町までは、歩いて三十分ほどの距離なのである。私ははじめて講談社へ行った。講談社は一ト昔前までは大日本雄辯會講談社という社名であっただけに、その名に恥じず、屋上に旗を靡《なび》かせた大正時代風の、大時代《おおじだい》な、物々しい建物である。

その日、私は玄関脇の古風な応接室で、ある一人の女性と出逢った。二十数年前、私が思いを寄せ、戀い焦がれていた女性である。名前を佐沼瑶子と言う。

佐沼瑶子と知り合ったのは、四ッ谷番衆町の酒場「ほたる」だった。講談社の女性編輯者たちで「音羽ゆりかご会」という仲間を作っていて、よく呑みに来ていたのである。

「音羽ゆりかご会」とは言うものの、実際は嫁《い》かず後家たちの集まりで、佐沼さんはその中では一番若く、併しそれでも私よりは六つ年上の三十二歳だった。私は毒舌を吐いて「音羽ごみため一家」と言うていた。

ある時、会社で若い社員たちが衝立のこちら側に佐沼さんがいるのを知らないで、「あのおばさんも誘わないと、怒るかな。」と放言しているのを耳にして、「あのおば「あのおばさん。」が自分のことだと分かった時は、「佐沼さんもさすがに衝撃を受けたらしいのよ。」と、仲間の石川秋子が言うていた。

佐沼さんは奈良女子大学国文科の卒業、父は東京高等師範学校出の物堅い数学の先生で、夕食後には高木貞治の『解析概論』を繙《ひもと》いて時を過ごすような人だと聞いたことがある。瑶子さんが、戦前の伏字の多い改造社版モーパッサン全集を読んでいると、お父さんが「そんなものは、余り読まない方がいいよ。」と優しくたしなめたことがあるとも。

会社では小説現代編輯部に所属し、中山あい子のエロ小説などを担当していたので、酒を呑むと、つい口が軽くなって、ある時、「短小包茎」「早漏」などという言葉を口走った。咄嗟に私が「あなたはまだ処女の癖に、そんな言葉を、知ったかぶりして言わない方がいいよ。」と言うと、佐沼さんは耳まで赤くなって下を向いてしまった。

私としては生意気な耳年増をやり込めてやったので、いい気分であった。

私は意を決し、生真面目な青インキの文字で、佐沼瑶子に戀文を書いた。数ヶ月して返事が来た。勿論、拒絶の手紙だった。その手紙はその後の私の貧乏生活の間に失ってしまったが、次ぎのようなことがしたためてあったのを鮮烈に憶えている。

小学校六年生の学芸会で、いっしょに「橋姫物語」に出ることになった一級下の女の子が、それを切っ掛けに瑶子さんの家へしばしば遊びに来るようになった。はじめは、いっしょにお稽古させて下さいな、と言って来ていたのであるが、学芸会が終ってもやって来る。そしてその辺りにあるものを勝手に触ったり、「おねえさまの目、迚もきれい。」と言って、瑶子さんの目を見詰めたりする。瑶子さんの顔は瓜実《うりざね》の蛇顔である。母方の叔母が、母にそんなことを言うているのを耳にしたことがあった。瑶子さんはいつしかその女の子が来るのを、うとましいと思うようになり、やがては髪をなでられたりすることを、いやだと感じるようになった。ある日、「触らないでッ。」と言うた。ほとんど悲鳴に近い声だった。女の子は泣きながら帰って行った。

以来、人が近づいて来るのを、おぞましいと感じるようになった。誰が近づいて来ても、そうである。だから自分から人に近づくこともない。臆病なのだと思うこともあるが、併し生物《いきもの》に触れるのが恐い。男に見初められた喜びを頬に輝かせている女を見ると、虫酸が走る。瑶子さんは「私は私《ひそ》かなミュザントロープなのです。」と文章を結んでいた。佛蘭西語の読めない私は、「ミュザントロープ」を辞書で調べると、「人間嫌い」と出ていた。

以来、二十数年が過ぎた。講談社の古風な応接室で再会した佐沼瑶子は、一ト目見てまだ結婚していない老嬢だった。併し頬が薔薇色に輝いて、肌がつやつやしている。相変らず自信に満ちた物腰だった。「私ももう五十八歳で、あと三年で定年退職なの。石川秋子さんは去年定年になって、いまは悠々自適だわ。私は母が数年前に亡くなって、いまは父と二人暮しなの。恐いものはもう何もないの、私。」こういう話を、にこにこ笑いながら取り留めもなく語る。私は悪い癖で、またこの女を虐《いじ》めたくなった。いきなり「あなた、まだ処女ですか。」と訊いた。併し佐沼瑶子は「ええ、そうよ。それがどうかして。おほほ。」と平気な顔で答えた。その笑いが気味悪かった。私は、これは化け物だ、と思うた。

平林たい子賞の授賞式は、平成九年七月十九日夜、丸ノ内の東京會舘で行なわれた。第二十五回平林たい子賞で、この賞は今回を切りに廃止されるので、最後の授賞式だった。会場で保坂和志氏にはじめて逢って、挨拶されたので、私も深々と頭を下げた。併し私の中の保坂氏を忌む感情は少しも薄れなかった。そういう謂《いわ》れのない人を忌む感情が、絶えず血みどろに私を切り裂いていた。

私方のある露地の奥にばたばたと足音がした。普段はまったく人通りがないので、不思議なことである。足音はさらに頻繁になって、誰かが闇の中で「おいッ、こっちだ。」と叫ぶ声もする。平成九年七月二十四日の夜である。

私は夕食後、二階の自室に引き取って、明治の内閣総理大臣樞密院議長陸軍大将元帥従一位公爵山縣有朋関係の資料を読んでいた。この世の悪を極《きわ》めた男である。露地の騒がしさはいよいよ烈しくなった。嫁はんが二階へ上がって来て、「長吉さんッ、大変、お隣りの高橋さんが殺されたの。」と言った。咄嗟に、目に貝殻の内側のような光を発している隣家の男の顔が浮かんだ。「台所に倒れているんだって。庖丁で刺されて。死後五日は経ってる腐爛屍体だってよ。」

私は急いで下へ降りて行った。玄関の戸を開けた。暗い街燈の下に警察官や近所の人が立っている。警察官が「この露地から出てッ。」と言いながら、人を制しようとしている。私服刑事風の男が私に近づいて「お隣りの方ですか。」と言う。嫁はんは私の後ろに身を隠している。「この数日、隣りに何か変ったことはありませんでしたか。たとえば叫び声が聞こえるとか。」刑事風は身を押し付けるようにして訊問して来る。そう言われれば、この数日、れいの腰痛体操だか延命体操だかの懸け声が聞こえて来なかった。併しそれはいつから聞こえて来なかったかと言われると、定かではない。

　隣家の高橋春夫氏とは、うちの嫁はんの名前が高橋順子で苗字が同じなので、時折、郵便物やお届け物があっちに行ったりこっちに来たりするので、その時、互いに知らせ合う以外には、付き合いがない。つまり普段は互いの動静については、ほとんど無関心で、あとは顔を合わせた時に、目礼するだけである。「そうすると、その腰痛体操だか延命体操だかの懸け声は、この数日間聞こえなかったのですね。」「そうです。」「それ以外には。」「さあ……。」

　梅雨のむし暑い日に、若い女が昼間から遊びに来ていて、隣家で嬌声が聞こえたことがあった。「さあさあ、早く裸になって、風呂へ入って。」高橋春夫氏のこんな声も聞こえた。隣家へ人が訪ねて来るなんてことは、絶えてなかったことだ。いつもひっそりしていた。いや、いつも朝から夕方まで庭の草取りに躍起になり、偏執的に除草剤や殺虫剤を撒いたりするだけで日を潰していた。だから、庭はいつもつんつるてんだった。なのに、高橋氏の上ずった声が聞こえて来たので、阿呆め、と思うた。その阿呆めの部分を省いて、そんな話を刑事風に話したあと、私は戸を閉めて、二階へ引き上げた。あとから嫁はんが上がって来て、私のそばに坐ると、蒼白な顔で「恐いわね。」と言うた。私は五月四日に阿辻が来た夜、西の空に懸かっていた。紅に染まった気味悪い鱗雲のことを思い出していた。

翌朝、新聞に高橋氏の事件は報じられなかった。夕刻、会社から帰ると、嫁はんは近所の老婆たちからさまざまな情報を聞き込んでいた。それによれば、高橋氏は若い頃は絵描きだったが、無論、それでは喰うては行けないので、浅草六区の映画館の絵看板を描いて生計《たつき》を立てているうちに、腰を痛め、絵看板が描けなくなったので、そのあとはずっと無職で暮らして来た、ということだった。併しいつごろ腰を痛めたのかは知れないが、以来、無職でどうして喰うて来れたのか。

嫁はんは一《ト》しきり自慢顔にそういう話をしてしまうと、「私、今日、高輪の叔母に電話をして見たの。あの人、霊能者でしょう。だから、何か言ってくれるかと思って。」「石津の叔母さんは何て言ったんだ。」「それがその殺された人には、背中に若い女の生霊《いきりょう》が取り憑いていた、って言うのよ。」「……。」

私は麦酒《ビール》を呑みながら、あの高橋氏の「さあさあ、早く裸になって、風呂へ入って。」という言葉を反芻していた。あれがこの世で聞いた高橋春夫氏の最後の声だった。

（「別冊文藝春秋」平成十年秋季号）

武蔵丸

　平成十一年十一月二十日朝、武蔵丸《むさしまる》が死んだ。武蔵丸と言うても、いまを時めく大相撲の横綱武蔵丸光洋関のことではない。うちの愛玩《あいがん》動物の牡《おす》の兜虫《かぶとむし》のことである。私が横綱武蔵丸のファンなので、雄々しい角《つの》を振り立てて怒る兜虫に、武蔵丸と名付けたのである。うちの嫁はん（高橋順子）は、はじめ「武蔵丸ちゃん。」と称《よ》んでいたが、固有名詞を略して言う日本人の通弊として、そのうち「武蔵ちゃん。」と言うようになり、やがては「むさちゃん。」と称んでいた。

　武蔵丸がうちへ来るまでの経過を、簡単に書く。私達が駒込動坂町《こまごめどうざかちょう》の露地の奥に所帯を持ったのは、平成五年秋だった。嫁はんは四十九歳、私は四十八歳、ともに初婚だった。その直後、私が会社からの帰りに、山ノ手線西日暮里《にしにっぽり》駅前の道灌山《どうかんやま》の崖《がけ》で、葛《くず》の葉を一ト茎引き千切った。帰宅して花瓶に挿そうとすると、広い葉の裏に小さな虫が息をひそめていた。翌日、日本昆虫図鑑で調べて見ると、細針亀虫《ほそはりかめむし》だった。この虫は鳴かない虫で、併《しか》し葛の葉の露を吸うて、時折、尻《しり》から美しい玉のような小便をするので、私達を感動させた。

やがて平成六年正月が来、私達はたわむれに夏目漱石の「漱石山房」に倣《なら》って、私達の借家にも名前を付けようということになった。「蟲息山房《ちゅうそくさんぼう》」と名付け、手漉《てす》きの和紙に私が「蟲息山房」と墨書し、嫁はんと二人、それぞれ「長吉」「順」と朱の落《らっ》款《かん》を捺《お》して、壁に掲げた。ところが、正月が明けると細針亀虫はどこかへ姿を消してしまった。私達はがっかりした。

その後、私達は私が失業したことから家賃が払えなくなり、隣り町の駒込林町のより小さい借家に移った。ここでも「蟲息山房」の額を壁に掲げていたが、併し虫は油虫《ごきぶり》と蟻《あり》が畳の上を這《は》い廻っているだけだった。秋の終りになれば毎年、私達は入谷《いりや》の鷲《おおとり》神社のお酉《とり》さまに行った。嫁はんは小さな熊手《くまで》を買い、「これで来年こそはガッポ、ガッポとお金をかき集めるの。」と言い言いしていた。

されば、世の中には思いも掛けない幸運があるもので、平成十年夏、私が直木賞を受賞した。すると、貧乏人の私達に口から心臓が飛び出すほどの大金がころがり込んで来た。つまり、名誉と金が一遍に入って来たのである。そうなると、欲の皮が突っ張った嫁はんは大いに喜び、「家を買います。」と言い出した。そして、隣り町の駒込千駄木町の露地の奥にあばら家が売りに出ているのを見つけて来た。

その家は神田岩本町の不動産屋・A住宅販売㈱が扱っている物件で、同じ不動産屋仲間のよしみで、根津須賀町《すがちょう》の不動産屋・T不動産企画㈱の店頭にも張り紙が出ていたものだった。平成十一年正月四日朝に、私も嫁はんに連れられて見に行き、外観を見ただけだったが、一応気に入ったので、私達は早速にT不動産企画㈱に購入を申し出た。すると、すぐにA住宅販売㈱に連絡してくれて、家の内部を見せてくれた。驚いたことに、前住者の生活の必需品、箪笥《たんす》とか洋服とか、机、椅子《いす》とか、本とか、その他有りとあらゆるものがまだそっくりそのままおいてあった。台所には猫の餌《えさ》まで散らばっていた。要するに、今日の東京である家族がごく普通に生活していたところ、住人と猫と佛壇《ぶつだん》の位牌《いはい》だけが抜け落ちたというたたずまいだった。

それにこの家は変な構造になっていて、部屋が十あるのはいいとしても、玄関が五つ、階段が三つ、厨《くりや》の流しが四つ、電気メーターが四つ、便所が二つ、あるのだった。つまり、家の中が奇怪な迷宮のようになっているのだった。併しそれでも私達は買うことにした。辺りが戦災に焼け残った住宅地であること、根津権現《ごんげん》の森が近いこと、家が露地の奥にあって、自動車も通らず、きわめて静かであることなどが気に入ったのである。

さて、それで交渉がはじまったが、それからの過程で、この売り家がさまざまのいわく付きの家であることが分かって来た。もともとな氏の所有に掛かるものだったが、な氏の長女が嫁いでいる先の聟《むこ》が、その知り合いの会社経営者に頼まれて、商工ローン某社から金を借りるのの連帯保証人になった。併し知り合いの会社は倒産、知り合いは逃亡。そうなると連帯保証人である聟に取り立ての催促が来る。併し払う金はない。そこで困窮した聟は嫁の父、つまりな氏に泣き付いた。な氏は仕方なく娘可愛《かわい》さに自宅を抵当に入れて新宿の高利貸しく氏から金を借りて、急場の穴埋めをした。ところが、こんどはな氏が金貸しく氏から返金の催促を受ける番になり、けれども払えないので着の身着の儘《まま》、猫を連れ、佛壇の位牌だけを持って夜逃げ。そうなると当然、く氏は抵当物件であるな氏の家を差し押さえ、これを東京足立区皿沼の産業廃棄物処理業・S㈱に売却した。S㈱でもこの頃の不況で経営資金のやり繰りが苦しい。S㈱はそれをただちにA住宅販売㈱を通じて売りに出した。

うちの嫁はんが見つけて来た家は、そういう家だったのである。また、家の構造が迷宮のようになっているのは、な氏はこの家で東京大学の女子学生相手の下宿屋をやっていたせいということも判明。併し家主が突然夜逃げしてしまったあとの女子学生たちは、どうしたのか、その点は不明だった。

　さらに、面倒なことに、この交渉の経緯の中でT不動産企画㈱のさ氏とA住宅販売㈱のむ氏との間に揉《も》め事が起こった。実は二千八百萬円で売りに出されたが、併し土地家屋の実測図がないのである。それでさ氏が実測図を売り主であるS㈱の負担で作成せよと言い出し、これはむ氏が、では買い手である車谷氏と折半でと主張して折り合いが着いた。S㈱も私もそれぞれ十五萬円ずつを負担することになった。併しそうして実測をした結果、当初売りに出された時の面積と差異が出ても、その分は売買価格に反映させない、という覚書きを交わした。そして実際に区役所の人に立ち合ってもらって実測図を作って見ると、結果は当初売りに出された時の敷地面積よりも一坪ばかり広いということが分かった。

　そうなると、む氏は黙っていなかった。覚書きでは、面積に増減が出ても、それは基本的には売買価格に反映させないとはなっていたのであるが、併し、但《ただ》し社会通念上著しい増減が出た場合は別途協議する、という付帯条件が付いていて、む氏はそれを盾に取って、一坪増を金に換算して、あと百五萬円上乗せせよ、とねじ込んで来たのである。さ氏はそれを拒否した。すると、む氏は買い手である車谷夫妻の意向はどうなのか、もし車谷氏が上乗せを厭《いや》だと言うならば、この交渉は決裂である、と最後通帳《つうちょう》を突き付けて来た。

私はその話をさ氏の部下のか氏から聞かされた時、では、あと百五萬円負担します、と嫁はんに相談なしで回答した。二千八百萬円にあと百五萬円上乗せしても、この家は買い得だという判断が働いたのである。そうして、ようやく私達は平成十一年一月二十九日、根津のT不動産企画㈱の事務所で契約を交わすことになった。

ところが、こういう不動産取引きには大金が動くので、通常は銀行口座振り込みか、小切手で取り引きされるのであるが、S㈱の担当者・た氏はその日、私達に二千九百五萬円、現金で耳を揃《そろ》えて持って来て欲しいと言うのである。私達はかつてそんな大金を現金で持ち歩いた経験がない。銀行から金を引き下すのは簡単だが、そのあとT不動産企画㈱の事務所まで運ぶのは危険であり、不安である。併した氏は頑として譲らないのだった。た氏の鼻はある独特の偏平な形をしたものだった。これは親が梅毒に冒された経験のある場合、その子供に現れる特異な症状である。

私達はびくびくしながら現金を運んだ。すると、た氏は私達の目の前で二千九百五萬円の金を、百萬円ごとに銀行の帯封がしてあるにも拘《かかわ》らず、それをわざわざばらして、一枚一枚、丁寧に算《かぞ》えた。長い時間が掛かった。が、算え了《お》えると、金をリュック・ザックに押し込んで帰った。またその日、私達はT不動産企画㈱への土地建物売買契約仲介手数料として九十七萬八千七十五円、司法書士に依頼した土地建物登記料として八十四萬八千七百五十円を支払った。

そうして、私達はこの駒込千駄木町の露地の奥の家を手に入れた。が、前に住んでいたな氏の荷物を捨てることはA住宅販売㈱がただでしてくれたが、そのあとの清掃費に十五萬七千五百円、内装のやり替えに九十萬九百四十四円、電気メーターを四つから一つにしてもらう工事に二十四萬三千六百円、運送屋への引っ越し代金に八萬二千八百十五円掛かった。そして二月二十七日、私達は移って来ると、早速に壁に「蟲息山房」の額を掲げた。

家屋は木造バラック建築の二階建てで、漱石が『吾輩《わがはい》は猫である』を書いた家のすぐ裏手にある。漱石がいた家は、いまは愛知県犬山の明治村へ移築されてしまい、そのあとに川端康成《やすなり》の揮毫《きごう》に掛かる「夏目漱石旧居跡」の碑が立っている。従ってこの辺りをいまうろついている野良猫《のらねこ》は、漱石の猫の子孫だと言われている。私達としてはここを死に場所と定めたのである。

が、それにしてもな氏はどこへ行ったのだろう。東京文京区区役所汐見《しおみ》出張所に転出届けも出していないのである。私達の幸運に引き較《くら》べ、な氏の落魄《らくはく》が身に沁《し》みた。な氏は電気代、ガス代、水道代、電話代、税金、その他、すべて踏み倒して夜逃げしたらしく、私達が転居したのち、そういう関係者が次ぎ次ぎに行き先を知らないかと言うて、訪《おとの》うてくるのだった。いや、それだけではない。な氏は友達、知人にも一切連絡していないらしく、そういう人達も夜逃げという事実を知らずに、次ぎ次ぎに訪ねて来、驚いて帰るのだった。

けれども、それはそれとして、私達には私達への直接の売り手になったS㈱とは、どんな会社だろうという好奇心があった。売買契約の時、現金取引きを要求して来た会社とは、どういう会社か、何かあやしい、という好奇心である。それで七月十九日午後、日暮里駅前からバスに乗って、皿沼へ行った。

私達としては産業廃棄物処理会社とはどんなところか、ただ見て帰って来る積りだった。ところが、行って見てびっくり、不動産売買契約書に記してあるS㈱の所番地には木工所があり、その隣りは駐車場になっているのだった。不動産を売却すれば、当然、不動産売却税を税務署に納めなければならないのであるが、S㈱はその登記してある場所にはなく、つまり、察するところ税金逃れの抜け穴会社だったのである。私達は呆然《ぼうぜん》とした。

そうなると、あとはもう用はない。私はた氏に独特のあの不幸な鼻の形を思い浮かべた。皿沼バス停のそばに舎人《とねり》公園という大きな公園があったので、そこを散策してから帰ることにした。その舎人公園の木の下で、私が兜虫を見つけた。すぐに頭陀《ずだ》袋《ぶくろ》に入れた。わくわくするほど嬉《うれ》しかった。帰路、谷中《やなか》銀座の荒物屋で弁慶籠《かご》（米を洗う時に使う籠）を買い、家に着くと、すぐに籠を逆さに伏せて兜虫をその中に放った。兜虫は籠の中を這い廻った。その肩を怒らせた、肌の黒い、ずんぐりむっくりした姿から「武蔵丸」と命名した。何しろ武蔵野の林の中にいたのである。

夜になった。会社の元同僚・小川真理子さん宅では以前、子供が兜虫を飼っていたという話を思い出したので、電話をした。真理子さんは、うちで飼っていた兜虫は小石川後楽園で捕まえたものですが、好物は西瓜《すいか》、メロンなど甘いもので、九月十五日に死にましたと言うた。日本昆虫図鑑を見ると、兜虫はこがね虫科の昆虫で、別名、さいかち虫、自分の体重の百倍ものものを引く力を持っており、もぐり、けとばし、ぶちかまし、おしあい、つのあて、はねとばし、かかえあげ、てこあげ、などの技で遊び、併し目はほとんど見えず、口の両側に付いている二本の髭《ひげ》と角の先で、餌や牝《めす》の匂《にお》いを嗅《か》ぎ当て、初夏に生れ、初秋に死ぬと出ていた。

真理子さんの話から、丁度その夜、いただき物のメロンがあったので、それを一切れ籠の中に入れてやると、武蔵丸は後ろ足をばたばたさせて齧《かじ》り付いた。舎人公園の自然の中では、櫟《くぬぎ》や皀莢《さいかち》の樹液ぐらいしか吸うたことがなかったに相違なく、メロンのような甘い汁を吸うのははじめてだっただろう。全身を顫《ふる》わせて齧り付くその姿に、胸を衝《つ》かれた。

ところが、その翌朝起きて見ると、武蔵丸が籠の中にいない。籠は居間の箪笥の上において寝たのである。角で籠を持ち上げ、逃亡したのだった。図鑑に力持ちとは出ていたが、まさか弁慶籠を持ち上げて逃亡するとは、まさに武蔵坊弁慶である。私も嫁はんも虚を衝かれたような形だった。すぐに家の中をくま無く捜した。すると、厨の土間の上に足を上にしてころがっていた。こんどは籠の上に丼鉢《どんぶりばち》を被《かぶ》せた。夜行性なので昼間はじっと眠っており、その黒褐色の翅《はね》の輝きは、まるでストラディヴァリウスのヴァイオリンのようだった。

最初の夜はメロンを上げたが、そんな高価な果物はいつもいつもうちにあるわけがないので、次ぎの夜からは、嫁はんが八百屋で買うて来た西瓜を上げた。すると、驚いたことに自分の軀《からだ》と同じぐらいの量を食べ、またそれと等量ぐらいの赤い小便をするのだった。小便をする時は、後ろ足の片っぽを上げて、ぴッと後ろに飛ばすのである。ある夜、箪笥の上の籠を覗《のぞ》き込んでいたら、私の顔にぴッと小便を引っ掛けた。嫁はんが笑った。

夕飯後はいつも籠から出して、台所の板の間に放してやった。すると、けとばし、ぶちかまし、てこあげ、などで遊び、ある時は電気冷蔵庫のそばまで這って行って、角で冷蔵庫を持ち上げようとするのだった。

八月のお盆が過ぎた。嫁はんが夏休みにどこかへ骨休めに連れて行ってくれと言うので、私達は奥秩父《おくちちぶ》の名栗《なぐり》温泉・大松閣へ行った。昔、若山牧水がしばしば逗留《とうりゅう》し、「杉落葉しげき渓間《たにま》の湯のやどの屋根にすてられて白き茶の花。」「わかし湯のラヂウムの湯はこちたくもよごれてぬるし窓に梅咲き。」などと詠《よ》んだ宿である。無論、武蔵丸を放っておいて出掛けるわけには行かないので、西瓜を持ち、籠ごと紙袋の手提げに入れて連れて行った。西武池袋線飯能駅で下車して、バスに乗り換えると、バスの振動を恐《こわ》がって、籠の中でさかんに暴れた。

嫁はんが、法政大学文学部日本文学科高橋順子ゼミナール誌「氷いちご」(平成十一年八月二十九日刊)に、詩を発表した。

兜虫《かぶとむし》の家

高橋順子

安達《あだち》ヶ原の舎人公園の木の下に
兜虫がいるのをつれあいが見つけた
「何かいたんですか」
たちまち近所の子がやってきた
つれあいは黙って虫を頭陀袋の中に入れた

箪笥の上に弁慶籠を伏せ
櫟《くぬぎ》の枯葉を一枚
西瓜を一きれ
砂糖水をみたした小皿を置き
つれあいは立派な角をもつ虫に武蔵丸と命名した

二日目の朝　籠の中はからっぽだった
武蔵丸が籠のすきまから角をさし入れ
籠の全重量をはじいて逃亡したのである
武蔵坊弁慶のいない弁慶籠をつれあいは見つめていた

やっと土間のたたきの上に墜落し
腹をみせているのを発見した
生きていた

武蔵丸は籠の目に足の爪《つめ》をかけてぶら下がり
斜めになり　逆さになり
六本脚ゆえさまざまなかっこうをしてねむる
「血も神経もないから平気なんだ」
二時間後、角の力も抜いて
左の後脚一本高々と伸ばす
「なんてかっこうなんだ」
六本脚で踏んばるすがたは図鑑用だったのか

兜虫のしずかな時間が
つれあいの強迫神経症の時間をひたす
「寿命はあと一ヵ月なんだ

武蔵丸はそれを知らない」
「少し大きくなったみたい」

兜虫がねむっている家で
つれあいとわたしもねむる

――蟲息山房にて

九月に入ると、うちの風呂釜《ふろがま》のガスが毀《こわ》れた。東京ガスの人に来てもらって、その修繕工事をしてもらいはじめた。ガス屋は電動鋸《のこぎり》で、ガス保温機の蓋《ふた》を開けようとする。ガッ、ガッ、ガッ、という物凄《ものすさ》まじい振動音が家全体に響いた。すると、武蔵丸はまたその振動音に怯《おび》え、籠の中で暴れた。

いよいよ九月十五日が近づいて来た。真理子さん宅の兜虫が死んだ日である。が、うちの武蔵丸の身には何事もなく、その厄日が過ぎた。次ぎの目標は九月十九日である。と言うのは、九月十九日は武蔵丸が「蟲息山房」へ来て二ヶ月目の日である。その頃から、私達夫婦は朝な朝な祈るような気持で、弁慶籠を覗き込むようになった。

が、その九月十九日も無事過ぎた。

九月二十日、熱海の新藤涼子さんから、うちの嫁はん宛《あ》てに手紙が届いた。

《今日で、我がつれあい（註・古屋奎二近畿《きんき》大学中国文化史教授）の長い夏休みは終りです。我が家でも、カブト虫を虫かごに飼っていて、つれあいは「昆虫えさマット若葉」という土を買ってきて、その上、栄養ゼリーという天然樹液入りのハチミツのようなものをあたえています。ツノを一㎜のばすと、百万円だとか申し、カツオ節をすり鉢ですって、栄養ゼリーにまぜたのですが、カブト虫はそれを無視して、食べませんでした。木の枝のようなものも買ってきて、その頂上で、エサをとられまいとがんばっているようです。この頃は土の中で寝るようになりました。六年ぐらいは生きるそうです。》

私は「百万円」とか「六年ぐらい生きる」の文字から、新藤さんは兜虫と鍬形虫《くわがたむし》とを錯誤しているな、と思うた。果たして次ぎの手紙には、《うちのは、カブト虫ではなく、くわがたでありました。エサをやりますと、指にかみつくので、「恩知らず」と呼んでおります。》と記してあった。その直後に、新藤さんから電話が掛かって来たので、尋ねると、伊豆の大室高原の別荘の窓から飛び込んで来たの、と言うた。

「新藤さん、あなた恩知らずなんて名前つけたそうだけど、それは飼い主に似てるから、そうなんだ。」

「何言ってんのよ。うちの鍬形は七年は生きるってよ。お宅の兜虫なんて、半年じゃないの。あした死ぬよ。」

新藤さんは憎らしいことを言うのだった。糞《くそ》ッ、と思うた。私が一番気にしていることを突いて来たのである。

十月になった。だんだんに秋が深まって来る。武蔵丸が生きているのが、不思議な気がした。それは単なる虫ではなく、恰《あた》かも何か我が家の神であるような気がした。私達は電車に乗って、代々木公園へ兜虫が好きな櫟《くぬぎ》の葉をいっぱい拾いに行った。が、困ったことに、この時分から八百屋の店先から西瓜が消えた。それでも嫁はんが何軒も捜し廻って、ようやく買うて来た。糖尿病の人の利尿食として、西瓜は世の必需品なのだそうである。ところが、切って見ると、中身の赤い部分がどろどろに溶けていた。そんなものを武蔵丸に喰わすわけには行かない。嫁はんに聞いてみると、西瓜は一個二百円だったと言う。それではならじと、私が千八百円出して、メロンを買うて来た。私は生来、けちで吝嗇《りんしょく》で強欲で、道に痰《たん》を吐くのも惜しいと思うような男であるが、併《しか》し武蔵丸のためならば、いくら金を出しても、惜しいと思わないのだった。

けれども、だんだんに秋が深まって来るのは、切ないことだった。日に日に気温が下がって来るのである。それはそれだけ武蔵丸の死が近づいて来ることである。無論、武蔵丸は虫であるから、過去現在未来という時間意識がなく、従って自分が死ぬことを知らないのであるが、併し私達夫婦は死の危機感に苛《さいな》まれるようになった。人だけがみずからが死ぬことを知っている悲しい生物《いきもの》である。

十月半ばが過ぎた。もうその日その日の最低気温は摂氏十五度を切るようになった。電気冷蔵庫のそばならば、一、二度温度が高いかも知れないと思うて、籠を移すと、武蔵丸は食事をしなくなった。冷蔵庫の振動音に拒絶反応を示したのだった。

私は嫁はんに命じて、いつもの年より一ヶ月半も早く電気絨《じゅう》毯《たん》を出させ、その上に茣《ご》蓙《ざ》を敷き、さらにその上にビニール袋、何枚もの新聞紙を重ねて、武蔵丸の弁慶籠をその上に移し、上から風呂敷を被せるようにした。すると、風呂敷の内側では摂氏二十八度ぐらいになった。

これで一ト安心である。と思いきや、籠の中では変《へん》が起こった。武蔵丸が発情して、朝となく、昼となく、夜となく、腹の尻《しり》に近いところから男根を突き出し、牝《めす》を求めて籠の中を徘《はい》徊《かい》し、時には新聞紙の重ねたのを六本足の爪で引っ掻《か》いて、穴を開け、その中へもぐり込んで、丼鉢を被せた籠を引き摺《ず》り歩くのである。凄《すご》い時には一尺ぐらい籠を移動させるのである。

余りのことに私達夫婦は困惑し、併し私が武蔵丸を籠から出して、左手の指に止まらせると、武蔵丸は私の中指を牝と思うらしく、指を足でだくようにするのである。そして中指の爪と肉との間の窪《くぼ》みを、牝の火陰《ほと》の割れ目と勘違いして、己《おの》が男根をその指の割れ目に猛烈な勢いで挿入し、軀全体、口髭までを烈《はげ》しく顫わし、痙攣《けいれん》させるのだった。この性行為はいつも時間にして、十分余は続くのだった。武蔵丸の体重は秤《はかり》で量ると、十㌘である。男根の長さは一㌢である。私の体重は五十九㌔である。それだけの体重があって、性交の挿入行為に腰を連続十分以上動かすのは、なかなかの骨である。にも拘《かかわ》らず、武蔵丸は体重僅《わず》か十㌘で十分以上も性行為を続けるのだった。

そういう日が四日ほど続いた。武蔵丸の男根には白い精液が、練り歯磨粉のように、約一㌢ほど喰っ付いたままになった。すると、困ったことに小便が出なくなった。嫁はんがそれを心配して、脱脂綿を湯に浸して、精液をきれいに拭《ぬぐ》い取ってやった。すると、また男根の先っぽから透明な雫《しずく》を一滴したたらせた。嫁はんは私との性交のあとでは、そんなことは一遍もしてくれたことはないのであるが。私は嫁はんが拭い取った武蔵丸の精液を嗅《か》いで見た。併し人の精液と違って、何の匂《にお》いもしなかった。白い柔らかい固まりである。

ところが、この数日続いた暴発の結果、武蔵丸の身には悪いことが起こった。新聞紙を引っ掻いて穴を掘ろうとした時、六本の足のうち、左の前足一本を骨折し（中には骨はないが）、足の先っぽが無くなってしまったのである。が、虫には血も神経もないので、痛みは感じないらしく、先っぽの無くなってしまった足で器用に躄《いざ》っているのだった。

十月二十三日、また熱海の新藤涼子さんから手紙が来た。

《家の「恩知らず」は十月二十二日、死去しました。

大室高原の座敷に来た時すでに、七歳ぐらいだったのだろうと古屋は言っています。あんなにドッサリ、エサを買ってきたのにと残念がっています。来年は、三百円ぐらいでもっと若い「恩知らず」を買うそうです。

なついている様子もあったのですが、なついているのではなくて、弱っていたのでしょう。ガッカリして、急に家の中がとげとげしくなりました。「ムサシマル」はどうしているかしらと、古屋は毎日言っています。》

私は、ざまァ見やがれ、と思うた。

そのまま霜月になった。まさか十一月まで武蔵丸が生きているとは思わなかった。

足の裏に冷気がひとしお沁《し》みるようになった。が、武蔵丸は元気だった。私達は子のない五十過ぎの夫婦である。子のない夫婦の悲劇は、平成十一年七月二十一日夜に自殺した江藤淳《じゅん》の死で思い知らされた。江藤淳は九ヶ月前に、妻・江頭《えがしら》慶子さんに先立たれ、妻恋い自殺をしたのだった。思えば、七月二十一日は武蔵丸がこの「蟲息山房」へ来て、三日目のことである。いつしか私達夫婦は互いのことを「お父さん。」「お母さん。」と呼び合っていた。

突然、また武蔵丸が発情した。前回と同じく、新聞紙を足で引っ掻き、破き、角で籠《かご》を押しまくり、また私の左手の中指に止まって性行為をはじめた。が、こんどは精液は出ない。秤で体重を量って見ると、九㌘に減っていた。前回、軀《からだ》の中に溜《た》まっていた精液を出し尽くしたのだろう。その重量が一㌘だった。何と軀全体の重量の十分の一である。軀の殻の中が空洞になって、私の掌《てのひら》に載せても、軽くなったのがはっきりと感じられる。

この二度目の暴れで、武蔵丸は残り五本の足のうち、四本の先っぽを失った。残るは右前足一本である。が、武蔵丸には自分が足を失ったことの自覚がないらしく、先っぽの無い足で、さかんに弁慶籠の内側によじ登ろうとするのである。併し足の先の三股《みつまた》の爪がないため、籠の網目を摑《つか》むことが出来ない。そうなると、籠の側面からころげ落ちて、仰向《あおむけ》に引っくり返るのである。併しまた足の先っぽがないがゆえに、元の足を踏ん張った姿に戻ることが出来ない。私達はしばしば籠の中を覗《のぞ》いて、起《お》き上がらせてやらねばならなくなった。

足がそういう不自由な状態になると、武蔵丸は小便をする時、後ろ足を上げることが出来なくなり、自分で自分の足に小便を引っ掛けるようになった。西瓜《すいか》を喰うていた時は赤い小便であったが、メロンを喰うようになってからは、小便が白くなってしまった。その白い色で腹も足も真ッ白である。それを、嫁はんは哀れがって、また脱脂綿を湯に浸して、足が折れないように大事に拭《ふ》いてやるのだった。

ある日、木枯し一号が吹いた。嫁はんが風呂敷の上に、自分の毛糸のセーターを掛けてやった。その日、気が付いて見ると、右前足の先っぽも無くなっていた。嫁はんに言わせれば「もうぼろぼろね。」である。ストラディヴァリウスのヴァイオリンのように輝いていた翅《はね》の光沢も、鈍い色に衰えて来た。無論、自然界においては、兜《かぶと》虫《むし》はすべて死滅しているだろう。うちの武蔵丸はそういう条件の中にあって、電気絨毯の温《ぬく》みに守られて、生きていた。嫁はんは朝起きて来るとまず一番に、「どう、むさちゃん、元気。」と言いながら、卓袱台《ちゃぶだい》の下の、弁慶籠の中を覗き込むのだった。

すると、日によっては腹を見せて引っくり返っていることもあり、また日によっては小便もせず、籠の隅にじっと這《は》いつくばっていることもあった。小便が出ないことは、新陳代謝がうまく行っていないということである。私達は危機感をつのらせた。が、朝の冷気は日増しに強くなって来る。私もどてらを羽織るようになった。

またメロンがなくなった。嫁はんが近所の八百屋、水菓子屋へ西瓜かメロンを捜しに行った。が、西瓜はどこにもなく、またメロンはどこの店でも三千五百円、五千円という値段で、嫁はんに言わせれば「兜虫に食べさせるには、ちょっと……。」と思うて、田端銀座の八百屋で夕張メロンを買うて来た。これなら、一個五百円である。中身が橙色《だいだいいろ》なのである。私がそれを試食して見ると、まずかった。「こんなメロンは武蔵丸《むさしまる》ちゃんには喰わせられへんで。」と叫んで、財布から一萬円札を出し、これで然《しか》るべきメロンを買うて来てくれと言うた。嫁はんは買いに行った。が、四千円で買うて来たメロンを切って、試食して見ると、これが全然熟れていなかった。

仕方がないので、嫁はんが買うて来た夕張メロンを武蔵丸に喰わせることにした。ところが、私が喰うてちっとも旨《うま》くなかった夕張メロンを、おいしそうに喰うのである。私達はほッとした。

十一月十九日朝は、この秋一番の冷え込みだった。私は嫁はんに居間のガス・ストーブを点火してくれと言うた。けれども、夕はさほど寒くなかった。嫁はんが武蔵丸に夕張メロンを切ってやると、この家へ来た時と同じように、両の後ろ足をばたばたさせて喜んだ。無論、先っぽのない両足ではあるが。

翌十一月二十日朝、いつものように嫁はんが私より遅く起きて来て、「どう、むさちゃん、元気。」と言うて、風呂敷《ふろしき》とその上に掛けた羊毛の肩掛けをどけると、籠の中で武蔵丸が動かなかった。右前足を内側に曲げ、やや斜めになった姿勢である。「むさちゃん、どうしたの。どうしたの。動かないの。」と嫁はんが籠の縁《ふち》で武蔵丸の軀を揺すぶった。併し武蔵丸は動かなかった。白木蓮《はくもくれん》の枯葉の上で死んでいたのである。武蔵丸が「蟲息山房」へ来て、丁度四ヶ月目の朝だった。

私は昭和四十九年五月二十六日朝、古里・播州飾磨《ばんしゅうしかま》の在所の家で、母が奥の座敷へみかおばあさんを起こしに行ったら、ゆうべまで元気だった祖母が、布団《ふとん》の中で冷たくなっていたことを思い出した。享年《きょうねん》九十、年に不足はない往生であった。

嫁はんは目を泣きはらし、居間の簞笥《たんす》の上に、真ッ赤な柿《かき》の葉を敷き、周りに代々木公園で拾って来た櫟《くぬぎ》の葉を配して、その中に武蔵丸の屍《しかばね》を安置し、祭壇をしつらえた。屍は石のようだった。恐らく生涯独身、童貞であったであろう。私は直立して、両手を合せ、佛説摩訶般若波羅蜜多心経《ぶっせつまかはんにゃはらみったしんぎょう》を誦《ず》した。

昼前、嫁はんの里の下総《しもうさ》九十九里浜飯岡町《いいおかまち》から、私が『金輪際』（文藝春秋刊）を上板したことのお祝いとして、真ッ赤に茹《ゆ》でた大きな渡り蟹《がに》二疋《ひき》と甘酒を送って来た。夜、その蟹で嫁はんと武蔵丸の通夜酒《つやざけ》を呑《の》んだ。思えば、武蔵丸が我が家へ来たのは妙な因縁だった。嫁はんが「この四ヶ月、私は武蔵丸ちゃんのお陰で仕合せだったわ。」と言うた。私は大きな真ッ赤な蟹を見て、「これは武蔵丸ちゃんの涅槃《ねはん》のお祝いだ。」と言うた。嫁はんが「私、蟹を食べたら、何だか寒くなって来た。」と言うた。二人に、死の悲しみが襲って来た。

(「新潮」平成十二年二月号)

狂

平成二年七月二十四日朝、私の父・車谷市郎は播州飾磨《ばんしゅうしかま》の家で狂死した。享年《きょうねん》七十五。物狂いしていた時の凄《すさ》まじい形相《ぎょうそう》から一転して、穏やかな死顔だった。あるいは死は一つの救いであるかも知れない、と私は思うた。

父は戦時中、大日本帝国陸軍姫路第三十九聯隊《れんたい》二等兵だった時に肋膜炎《ろくまくえん》を発病、六甲山裏の三田《さんだ》の陸軍結核病棟に収容されていたが、昭和十九年春、病いは医《い》えて、帰郷、嫁取りをして私をもうけた。その後、百姓仕事に従事し、ふたたび結核に冒されることもなかったが、昭和六十年夏、長い間、軀《からだ》の中にひそんでいた結核菌がふたたび活動を開始し、肺結核に罹病《りびょう》、喀血《かっけつ》、青野ヶ原結核病院に収容された。が、医者に見捨てられ、自宅療養中、結核菌が脳に上《のぼ》って、気が狂うたのだった。

狂気してのちの父は、一日十八時間、家の中で毛物《けもの》のような声で喚《わめ》き、みずからの糞尿を壁に投げ付け、どこの誰それにこれだけの貸し金があるから行って取り立て来いと母・信子に迫り、併しその貸し金はありもしない父の妄想で、私が東京から見舞いに帰ると、無論、倅が帰って来たことには気づかず、母の間男が家の中に入って来たと思うて怒り、泣き、そのざまはまことに無慙《むざん》を極めた。そういう日が六年続いた。

が、そういう父にも頭の中に一部分、狂うていない部分があった。それは、そう遠くない時期にみずからが死ぬことを自覚していたことである。いまの姫路地方では、人は死ねば、姫路名古山の火葬場で焼かれるのが決まりになっているが、その火葬場の鋼鉄の竈《かまど》の中に入れられ、業火《ごうか》で焼却される自分を想像して、「熱いッ。」「熱いッ。」と訴えるのである。月並みに言えば、この部分こそが狂うていれば、父も何程かは救われたであろうが、併し具合が悪いことに、一番悲惨な、人に戦慄《せんりつ》を起こさせる部分だけが狂うていなかったのである。私の耳には、いまに父の「熱いッ。」「熱いッ。」という言葉が残響している。

長い間、父の軀の中にひそんでいた結核菌が、ふたたびぶり返して来たのには、わけがある。昭和五十八年四月の姫路市長選挙に、母の義弟で姫路市助役中井猛夏《たけなつ》が出馬、兵庫県出納長戸谷松司と烈《はげ》しく市長の座を争った。田舎の選挙は血族選挙である。

選挙戦終盤、新聞社の結果予想は中井に不利で、併し運動資金が底を尽き、父は血族のしがらみから、資金の提供を懇願され、迷いに迷うた末に、農協から数千萬円の金を借りて提供した。選挙結果は、新聞社の予想通り、中井は戸谷に負けた。残ったのは、借金の山である。父が一生掛かって働いて貯《た》めた金は、一瞬にして悪夢と消えたのである。その失意から、父の軀には変調が起こった。

まず全身の筋肉が硬直する膠原病《こうげんびょう》に罹《かか》り、姫路中央病院へ入院、膠原病の薬を投与してもらったところ、その薬で膠原病は恢復《かいふく》に向ったが、併しその薬は軀の中にひそんでいる結核菌を繁殖させる力を持っていて、若い時分に陸軍結核病棟にいたころの菌がぶり返して来たのだった。その結果、喀血。そのころ、中井も失意から病死。敗戦処理をめぐって、一族は金のことで醜く反目。続いて、父は結核菌が頭に上っての狂気。

気が触れてのちの父の惨状は上述の通りであるが、死の数日前、父はふと正気に戻り、母に「わしが一足先にあの世へ逝《い》って、地獄の閻魔《えんま》はんにええわい言うといちゃるさかい、お前は心配せんで来い。」と言うたとか。

併し私はいまだに父の墓には詣《もう》でていない不孝者である。私が両親の意に反し、文章を書きはじめたのは、二十五歳の時だった。昭和四十五年十一月二十五日、三島由紀夫が東京市ヶ谷の旧陸軍士官学校で自刃《じじん》したのに触発されたのである。けれども、鈍物の私の書くようなものは、長く世のみとめるところとならず、はじめての小説集『鹽壺《しおつぼ》の匙《さじ》』(新潮社)を上板してもらえたのは、平成四年秋、四十七歳の時だった。父の死後、二年を経てだった。

翌平成五年になって、この作品集によって私は藝術選奨文部大臣新人賞、三島賞を立て続けに受賞した。すると、私の名が新聞、雑誌、TVなどで大きく喧伝《けんでん》された。人から「あかん男。」と後ろ指を指されていた男が、一躍文壇の「神に嘉《よみ》せられた男。」に押し上げられたのである。私は困惑した。

この時になって母から聞かされたのは、父は長い間、倅が世に出ることを私《ひそ》かに願い続けていたことである。母が言うには、昭和五十七年正月、私の書いたものが、はじめて芥川賞候補に挙がった時は、親戚《しんせき》から檀家寺《だかでら》のおじゅっさんに至るまで、およそ顔出し出来るところはすべて、父は自慢しに行っていたのである。「えらいことが出来《でけ》ましたんですがな。」と言うて。父は自慢しに行っていたのである。「えらいことが母に「おえ、志賀直哉いうて何する人や。」と聞くような男だった。そんな男が、倅が芥川賞候補になった程度で、自慢しに歩くとは……。けれどもこの時は、私はわずか0・5票差で蹴落《けお》とされたのだった。父は無念がり、気が触れるまで、折に触れてそのことを言い言いしていたとか。母が言うには「お父さんはちと口が軽すぎた。」

平成五年の秋、私は四十八歳にして、はじめて結婚した。相手は四十九歳の、これも初婚の女である。父はこの私がいつ迄《まで》も独身でいることをも、「あいつはよう嫁ももらわへん、あかんたれや。」と言っていたとか。さぞや父親《てておや》として、腑甲斐《ふがい》なく思うていたことだろう。それを思うと、私は断腸の思いに堪え得なかった。

続いて、私は平成九年には平林たい子賞、平成十年には直木賞を受賞した。そのたびに、母は喜び、授賞式に東京へ出て来るや、いつも決まって「お父さんが生きとったら、どない喜んだったやろ。あんたは長い間、梲《うだつ》の上がらん男で、お父さんはようせがない、せがない言よったったが。」と言うのだった。こう言われると受賞という慶事とは裏腹に、私はみずからが罪ある人のように感じるのだった。

併しにも拘《かかわ》らず、私はいまだに父の墓参りに行っていないのである。薄情な男である。私が結婚して、東京に別家を立てると決まった時、播州飾磨の家は弟・照雅が家督を相続することになったので、当然、母から「あんた及びあんたの嫁はんは、この家《ええ》の先祖代々の墓には入れへんでな。墓は別に拵《こしら》えなえ。」と言われたのである。つまり、私は姫路名古山にある車谷家の墓とは縁が切れたのである。けれども無論、それはそれとして、一遍ぐらいは父の墓に詣でるべきである。併しそれを私はいまだに果たしていない。私はそういう男である。

播州平野の冬は、恐ろしいような青空の晴天少雨の日が打ち続き、併しシベリアから吹き付けて来る烈しい朔風《さくふう》のため、野づらを歩くと耳たぶが赤くなる。私はずっと前からそういう冬の寒い日に、機会があれば一度、立花得二先生の墓に詣でたいと思い思いして来た。今年平成十二年一月、NHK・TVの番組の取材で播州へ行くことになった時、立花先生に長い間、師事して来た濱野正美氏（明石工業高等専門学校国語教授）に電話をした。そして立花先生の墓がどこにあるのかを問うと、「墓はないんや。奥さんの話では、墓は作らへんいうことや。」と聞かされた。

私には意外であると同時に、いかにも虚無主義者《ニヒリスト》・立花先生らしいな、と思うた。濱野氏は「奥さんの話では。」と言うたが、併しこれは死者となった立花先生の遺志と受け取った方が自然であろう。これは七年前、母から「墓は別に拵えなえ。」と言われた私の問題でもある。

昭和三十六年春、私は県立姫路西高等学校の入学試験に落第して、市立飾磨高等学校に回された。その時分、姫路地方には公立私立合せて十四の高等学校があったが、世間の評価では、一番上から一番下へ突き落とされたのである。私は烈しい屈辱を覚えた。一つの苦痛が軀の中にうずくまった。受け容《い》れたくない現実を、受け容れざるを得ないところへ追い詰められたのである。

併し実際に学校へ通学しはじめると、この現実がどうしても現実とは感じられなかった。何か悪夢の中に自分が生きているような気がした。十五歳の春である。のちになって考えて見ると、私は現実剝離《はくり》を起こしていたのである。

昭和四十三年春、大学を出て会社員になった時、私はその会社員になったという現実が、またどうしても現実とは感じられず、はじめて己れの現実剝離に気づいた。その時、ただ一つ信じることの出来た現実は、いまにおいてもなお、生々しく私の中に息をしている苦痛だった。これだけが、私のただ一つの生きるよすがとなった。無論、苦痛は七年前の苦痛だけではない。幼少期以来、私の身に沁《し》みたすべての苦痛が、絶えざる現在として、立ち上がって来た。この精神過程は今日においても、基本的には何も変っていない。

人が生きることには、実は存在の根拠など何もないのであるが、併しまたそうであるがゆえに、人は生きるためには、己れの生の根拠を、どこかに定立させねばならない。私は己れの生の拠《よ》り処《どころ》を、この骨身に沁みた苦痛として来た。いや、意志的にそう「した。」のではなく、不可避の現実としてそう「なった。」のである。

飾磨高等学校は、勉強も駄目《あかん》、スポーツも駄目《あかん》、あれも駄目《あかん》、これも駄目《あかん》、すべて駄目《あかん》という学校だった。学校が所在している場所が、播磨灘《はりまなだ》に面した妻鹿《めが》村という漁村の後ろの、妻鹿山の裾《すそ》にあるので、世間の人たちからは「カメ学校。」と侮《あなど》られていた。当然、こういう学校の生徒は、自分が飾磨高等学校の生徒であることに誇りが持てない。そういう綽名《あだな》が付いた学校は、姫路ではほかに市立琴ヶ丘高等学校があり、ここも県立姫路西高等学校からの落ちこぼれを収容する学校であるが、こちらの方は「落ち目コットン。」と小馬鹿《こばか》にされていた。

ことほど左様に世間の目は冷酷で、正確で、容赦のないものである。飾磨高等学校では、当時の鎌谷春市校長がそういう現実を憂《うれ》い、どうかして学校をよくしようと腐心した。まず、各地の中学校から野球の上手な選手を集め、元阪神タイガース四番打者、別当薫の弟を監督に招いて、野球で校名を上げようとした。と同時に、姫路西からの落ちこぼれを拾って、これに特別教育をほどこし、大学進学率を高めることによって世間の評判を呼ぼうとした。

その特別教育というのは、実に差別的な厭《いや》なものだった。学校の建前は男女共学であるが、これを男女別学にし、また男子だけは成績順に組《クラス》編成をして、一番よく出来る組の生徒には特別に目を掛けて、これを可愛《かわい》がるのである。この一番目を掛けられる生徒たちの大部分は、当然、姫路西からの落ち武者たちであって、そうなると、はじめから飾磨を目指して入学して来た生徒たちの間には、自分たちは見捨てられた者やという空気が広がり、一つ学校内に溝《みぞ》が出来て、殺伐とするのである。また、落ち武者たちは落ち武者たちで、校内では選良《エリート》扱いであるが、その実、心の中では姫路西への劣等感に凝り固まっており、選悪の上に選良が折り重なった、二重にゆがんだ人間性の生徒が出来上がるのだった。

従ってこの鎌谷春市校長のもくろみはうまく行くはずがなく、野球部は甲子園を目指すものの、毎年、予選の一回戦敗退、受験の方でも、東京大学・京都大学に入学する者は絶えて出なかった。いや、私たちの先輩で八年も浪人して東大へ入った阿呆が一人いた、という伝説が語り継がれていた。何か「ざまァ見やがれ。」とでも言いたくなるような、体たらくだった。この校長は教師仲間でも嫌われ者で、ある英語の教師などは、自分の家の犬に「春市。」という名前を付け、「こらッ、阿呆ンだらの春市。」と言って頭を殴るのだった。

私がカメ学校を出てから、もう三十六年が過ぎた。無論、世間からいかに小馬鹿にされていようと、まぎれもなく私の母校である。併し私はこの学校のことを思い出しても、何のなつかしさも覚えない。けれども、私はいまでもよく思う、三年間、飾磨高等学校へ行って、一番よかったことは、立花得二先生に出逢《であ》ったことだったと。他に類を見ない、鬱然《うつぜん》たる魂を秘めた、魅力的な人だった。魅力の魅は、魑魅魍魎《ちみもうりょう》の魅である。生きながらにして、すでに死者となった人の魅力である。

似たような人としては、夏目漱石の小説『こゝろ』の「先生」以外には思い当らない。『こゝろ』の「先生」は、学生時代に下宿のお嬢さんに戀をし、併し同時にお嬢さんに戀をしていたKという友達を出し抜き、その結果、お嬢さんを妻に得ることは出来たが、裏切られたKは自殺した、という罪を、心の負荷として、東京本郷の露地奥に妻とひっそり蟄居《ちっきょ》する隠士である。戀が「先生」の生を狂わせたのである。無論、「先生」は小説という虚構の中の人であり、現実の立花先生は俗世間の中に生身で生きていた人であるが。けれども、立花先生の言動には、すでに死者となった人からのみ、もれ聞こえて来る悲しみがあった。異端者の暗闇《くらやみ》、と言うてもよいだろうか。この悲しみは、人を医《いや》す力を持っていた。

『こゝろ』の「先生」は、みずからのことを「淋《さび》しい人。」と言うた。立花先生も、みずからのことを「淋しい人。」と言うた。西行に（山家の冬の心を）と詞書《ことば》きして「さびしさにたへたる人の又もあれな庵《いほり》ならべん冬の山里。」という歌があるが、ある時、立花先生はこの歌を口にして、「わしの心境や。」と言うて、苦笑いしたことがあった。私はみずからのことを「淋しい人。」と言う生身の人に、はじめて出逢った驚きに胸を衝《つ》かれた。

　また、立花先生は時折、皮肉な冗談を言うた。先生に言わせれば、映画俳優の池部良は「スケベ良」であり、岸恵子は「キス恵子」だった。

　あるいは、もっと驚いたことがあった。ある時、先生は授業中に「お前ら、『大楠《だいなん》公《こう》』という歌を知っとうか。〽青葉繁《しげ》れる　桜井の　里のわたりの夕まぐれ　木の下《した》蔭《かげ》に駒《こま》止めて、という歌や。」と言うたあと、いきなり「〽黒く繁れる　股《また》ぐらの谷のわたりに　ちん止めて……」と猥歌《わいか》を歌ったのである。

　併《しか》し私が立花先生について知っていることは、ごく僅《わず》かである。しかもその大半は人から聞いた話であって、正確なことは何も知らないと言うた方がいいだろう。ことに立花先生はみずからの過去については一切語らなかった。けれども、立花先生はその虚無的な薄笑いその他から推して、挫折《ざせつ》という精神を生きている人に相違なかった。恰《あた》かも「罪なくして流罪《るざい》になった人。」の虚無のごときものが、先生の中には絶えざる現在として息をしていた。

　姫路という田舎町の畳職人の倅《せがれ》に、少しばかり勉強のよく出来る青年がいた。その男が敗戦末期のどさくさの中で、旧制姫路中学校（現・県立姫路西高等学校）を卒業、さらに昭和二十三年春、旧制姫路高等学校文科甲類を出て、東京帝國大学経済学部商業学科に入学した。東京大学経済学部OB会である経友会の名簿を見ると、そう記されている。その年、旧制姫高から東京帝大経済学部に入ったのは、この男一人である。さぞや郷党の鬼才と言われたことだろう。

つまり、この人が立花得二先生であるが、併し先生の家は貧しく、また当時の困難な社会情勢も重なって、相当な苦学であったようである。畳の敷いてない寒い部屋に下宿しており、ヴィタミンCの欠乏から手の皮膚ががさがさしていて、いつも蜜柑《みかん》を喰いたいなと渇望《かつぼう》しながら、その蜜柑が買えなかったという話を、先生から聞いたことがある。昭和二十四年春、帝国大学及び旧制高等学校が廃止になり、先生は新制東京大学に編入され、卒業は昭和二十六年である。そして先生は東京丸ノ内の三菱商事本社に入社した。

ここまでは世の中に犬の糞《くそ》ほどもころがっている、ごく月並みな、凡俗の男の物語である。別にこれと言う志があったわけではない。ただ単に貧乏人の倅が立身出世を願っていたに過ぎない。男は三菱商事へ入ったことによって、その糸口を摑《つか》んだのである。順調に行けば、やがては日本の経済（金と権力）を動かす男になるはずであった。それだけの器量・凄《すご》みを備えた人であった。

が、突然、その「はず。」が外れた。私は具体的に何があったのかは正確には知らない。が、順調が狂うたことだけは確かである。

　聞くところによると、昭和二十八年秋、三菱商事における立花氏の上司甲が、自分の落ち度を隠すために、部下の立花氏の功績を横取りし、自分の功績としてそのまま上司乙に報告した。その結果、立花氏は乙に呼び出され詰問《きつもん》を受け、併し立花氏は弁明したところ、反《かえ》ってこんどは甲から乙にありもしないことを讒訴《ざんそ》され、ふたたび立花氏は乙から叱責《しっせき》された。つまり、立花氏は上司甲によって陥《おとしい》れられたのである。怒った立花氏は甲を会社のビルの屋上に呼び出し、これを殴って辞表をたたき付けた。

　この時、立花先生の生は狂うたのである。この狂うたというのが大事である。先生は「順の人。」から「異の人。」に転じた。異の人とは、この世の異者である。先生が狂うたからそうなったのか、あるいは甲が狂うたから先生に悲運がもたらされたのか。いずれにしても立花先生の生は、天と地が反転したのである。恐らくこの時はじめて、先生の中で「精神。」という「物の怪《もののけ》。」が息をしはじめた。精神というものは誰の中にもあるものではなく、一生それを持たずに終ってしまう人の方が多い。世の人にあるのは、うまく立ち廻るための「世間の常識。」だけである。

　立花先生の生活は、たちまち窮した。いかに東大出とは言え、ひどい就職難の時代である。先生は町で洗濯屋の店員募集の貼《は》り紙を見て、ここに雇ってもらおうと思い、店の中へ入って行って、その旨《むね》を申し出ると、主人は履歴書を書いて持って来いと言う。仕方がないので、正直に書いて持って行くと、主人は驚き、呆《あき》れ、「俺を馬鹿にすんなッ。」と呶鳴《どな》ったと言う。

先生は失意のうちに帰郷し、世の人から蔑《さげす》みの目で見られているヵメ学校の英語と倫理・社会の教師になった。立花先生の自嘲《じちょう》によれば、でもしか教師である。学校の教師でもするか、学校の教師しか出来ない人を、そう称《よ》ぶのだそうである。

が、周囲の教師たちは、教師になるべくしてなった人たちである。教師になったことが、みずからの生の頂点として生きている人たちである。自分が教師であることに、何の自己矛盾も感じないですむ順の人である。ひたすら保身をこととする人たちである。併し立花先生は異の人である。受け容れたくはない現実を、ある苦痛とともに受け容れ、生の底で教師になった人である。この男の中には失意という烈《はげ》しい精神の劇が生きている。異彩を放った。が、当然、周囲からは不可解な人として見られた。

飾磨《しかま》高等学校には、姫路西からの落ちこぼれという失意の生徒がたくさんいる。立花先生は、これら失意の生徒たちの大部分に嫌われた。ほとんど嘲笑の的であった。生徒たちの間に「何やあいつ、東大まで出とって、とどの詰まりこんなヵメ学校の先コやないかえ。」という気分があるのと、同時に、自分よりはより巨《おお》きな、併し自己と同類の愚者の面影を、立花先生の中に見るからだった。けれども、私はそういう空気の中でひたすら立花先生の鬱然たる「精神。」に畏敬《いけい》の念をいだいていた。こういう生徒はほんの少数であった。

　ところが、何が狂うているのか、こちらは立花先生に畏敬の念をいだいているのに、私は先生にいきなり「お前は小悧巧《こりこう》な知能犯や。」と言われて、疎《うと》まれていた。従っていつも近寄りがたいものを感じていた。先生としては、自分をしたって近づいて来るのが煩《うるさ》かったのだろう。先生は性、狷介《けんかい》な人だった。

　立花先生には綽名が付いていた。ニヒルな平方根《ルート》という異名が。平方根《ルート》とは代数で取り扱う数値のことで、記号は「$\sqrt{}$」、ある数を二乗して得る値に対し、その元の数、及び元の数の符合をマイナスに切り替えた数を言うのであるが、たとえば2の平方根《ルート》は$\sqrt{2}$の1.41421356……と、$\sqrt{2}$の−1.41421356……で、ともに永遠に割り切れない数になるのである。生徒たちは、立花先生の性質の中に永遠に割り切れない、複雑なものがひそんでいるのを感じ取っていて、それを嘲笑の対象にしていたのだ。

　さらに教師の世界は、基本的に己れが異の人であることが許されない社会である。当然、先生は深い迷いの中へ陥って行く。

推《おも》うに、この迷いこそが立花先生の一生ではなかったか。先生には恐らくは、みずからの現実が悪夢の中をさ迷うているような自覚があったであろう。現実が現実と感じられない現実の中にいるような迷い。本来自分がいる場所ではない場所に、自分がいるような居たたまれなさが。無論、立花先生はある苦痛とともに、己れの生が異に反転したことを受け容《い》れたのではあるが。が、その受け容れた場所は、教師という異であることが許されない世界であった。

されば立花先生は異の人になりながら異の人としては生きられない場所に、みずからをおいたのである。恐らくはそれを選択する以外に、途《みち》はなかったのであろうが。立花先生は悪夢の中で「美貌《びぼう》の妻。」を娶《めと》った。が、これも先生にとっては悪夢でしかなかった。理性が狂うて、色に迷うたのである。

立花先生の妻は、先生のカメ学校での教え子で、妻鹿村の医者の娘である。生徒たちによれば、女優の司葉子《つかさようこ》に似ているとかどうとか、この妻が女の子を産み、さらに続いて双子《ふたご》の女の子を産んだ時は、生徒たちの間では、まったく以《もっ》て物笑いの種だった。何せ男尊女卑の気風が強い田舎のことである。級友の西川利彦などは「平方根《ルート》が双子の女を産ませた。ノー・ストライク・スリー・ボール。漫画や。」と言うていた。立花先生も、みずからを嘲《あざけ》って「これで、わしは死ぬ自由を奪われた。」と言うていた。

だが、どんな人にもしくじりはある。こんなことによって、私の立花先生を畏敬する念には些《いささ》かの翳《かげ》りも生じなかった。先生にはさらに苦悩が深まったのである。

先生は身の丈六尺近い偉丈夫だった。また容貌魁偉《かいい》な美丈夫でもあって、いつも口許《くちもと》に虚無的な白笑《うすらわら》いを浮かべていた。決して蒼白《あおじろ》いインテリではなかった。また、先生はいつも流行遅れのばくばくの背広を着ておられ、ネクタイなども端のすり切れた流行遅れのものだった。先生は当時、三十六、七歳だったが。が、この流行遅れの服のために五、六歳も老《ふ》けて見えるのだった。

生徒たちのみならず、当然、立花先生は大人たちの順の人からも誹《そし》りを受けた。失笑・反感を買うた。が、たまに先生の中にひそむ異者に医《いや》しを求めて近づいて来る人がある。併し先生は基本的にこれを拒絶した。丁度、生徒の私が疎まれたように。また『こゝろ』の「先生」が生きている間は、ある一定の距離内には、人を近づけなかったように。

立花先生はふたたび栄達を求めようとはしなかった。己れを生き返らせようとはしなかった。みずからの苦痛にひたすら堪えた。医しを求めようとはしなかった。信仰にも文学にも走らなかった。医しは求めず、ただ苦痛に堪えて生きた。それが「立花得二。」という「精神。」だった。「√」という「物の怪。」だった。先生の沈黙は、そういう血みどろの失意だったのである。落魄《らくはく》の崇高を、偉大なる異者として生きた。恐らくは何物によっても、己れが医されることはないことを知っていたのだろう。たしかに、私にとって立花得二先生に出逢ったことは何事かであった。私は先生の中に失意の苦痛に堪えて生きる姿を見た。先生は私語の少ない人だった。余分なことは言わない、泣き言は言わない、口を噤《つぐ》む。それが私が先生から学んだことだった。

立花先生は学校では英語と倫理・社会を担任していたが、私たちの組《クラス》の担当は倫理・社会だった。その講義を二年生、三年生の二年間に亘《わた》って聞いた。いや、それだけではない。二年生の四月に先生の講義がはじまって、六月ごろだった。先生は「この教科書に則《のっと》った授業だけでは、わしは不足や思うんや。わしはもう少しほかのことも話して見たい。この中に、わしの話を聞いてくれる者があれば、わしは毎週一回、朝六時から八時まで、特別講義がしたい。どうやろ、聞いてくれる者はおるか。」とおっしゃって、毎週水曜日の朝六時から「立花塾」がはじまった。

はじめ集まったのは十五、六人だった。無論、私は参加した。毎週、先生がガリ版でプリントを切って来て下さって、それが教科書代りなのであるが、そのプリント代が五十円だった。そのほかには一切報酬は受け取られなかった。そこで私たちは、西洋のプラトン、アリストテレス、マルクス・アウレリウス、モンテーニュ、F・ベーコン、デカルト、パスカル、スピノザ、ヘーゲル、ニーチェ、また支那《しな》の孔子、老子、荘子《そうじ》などの思想の核心について講義を受けた。

毎週、これだけの思想家についてガリ版で講義録を作成するのは、さぞや大変な努力であったであろう。併し先生はぎっしりと細字で書き込まれたプリントを切って来て下さった。私はこの特別授業が待ち遠しくてたまらなく、水曜日の朝になると、朝五時に起きて、飯も喰わずに自転車に乗って学校へ一番に駈《か》け着けるのだった。

が、私は先生に近づきがたいものを感じていたので、いつも教室の隅の席に小さくなっていた。するとある日、先生から「おい、車谷、お前いまどんな本を読んでいる。」と訊《き》かれた。「あの、吉川英治の『宮本武蔵』を読んでいます。」「何、吉川英治、あんなしょうもない本は読むな。」それは中央公論社版『宮本武蔵』全六巻の本だったが、この立花先生の一ト言で、私は二巻目の途中で読むのを止《や》めてしまった。

また別の日、別の生徒に向って、「お前はいま、どんな本を読んどんや。」という質問が飛び、その生徒が「夏目漱石の『三四郎』を読んでます。」と答えたら、先生は「漱石は女を書くんがへたや。あんなもん、あかん。」と言うた。「じゃあ、どんな本やったら、ええんですか。」「たとえばやな、松本清張《きよはる》の『或《あ》る「小倉日記」伝』とか『断碑』を読んで見ィ。」私は早速に読んだ。そして分かったのは、松本清張の世界は、才能がありながら、学歴がないゆえに、世の底に埋《うず》もれ生きざるを得ない人たちの、怨《うら》みと憤《いきどお》りの文学であるということだった。松本清張の主人公たちは自己の運命と闘いながら、併しいずれも絶望と破滅の淵《ふち》へ沈んで行くのだ。この怨みと絶望は立花先生自身の私《ひそ》かな心情ではないか、と考えると、何か鳥肌立つような思いがした。

併しこの「立花塾」の試みは、日を経るに従って受講者が一人減り、二人抜け、三年生の夏を過ぎたころには、井澤邦輔と私の二人だけになっていた。ある男は「精神で飯が喰えるか。」と言うて、去って行った。が、それでも立花先生は厭《いや》な顔を見せず、私たち二人のために毎週、ガリ版を切って来て下さるのだった。

これはありがたかった。のちに大学に入って、慶應義塾で日本のアリストテレス研究の第一人者と言われる松本正夫教授の哲学概論の講義を聞いたが、私には「立花塾」で聞いた話の方が、はるかに分かり易《やす》く、緻密《ちみつ》で、奥深く、程度が高かったと思われる。約二年間、あの早朝の「立花塾」で聞いた先生の「言葉。」が、その後の私の基いをなした。「精神。」というものの輝きに魅せられたのである。無論、本論の哲学講義だけではなく、時折、話が横道に逸《そ》れ、その話がまた心に沁《し》みる話だった。たとえば、司馬江漢の遺詠の一首「喰うてひりつるんで迷ふ世界虫、上天子《かみ》より下《しも》庶人まで。」などは、その余談の中でおしえていただいた歌だった。孤独な虚無の歌である。

　また、荘子の講義の時には、前田利鎌《とがま》『宗教的人間』（岩波書店、昭和七年刊）に触れて、臨済録示衆章の「佛《ほとけ》に逢《お》うては佛を殺し、祖に逢うては祖を殺し、羅漢に逢うては羅漢を殺し、父母に逢うては父母を殺し、親眷《しんけん》に逢うては親眷を殺して、始めて解脱《げだつ》を得ん。物と拘《かか》はらず透脱《とうだつ》自在なり。」という言葉をおしえて下さった。

　この臨済録示衆章の言葉は、三島由紀夫『金閣寺』の中で、「物の怪。」的な働きをする。学生僧・溝口がいよいよ金閣寺に放火する段になって、三島は溝口にこの臨済録の中の言葉を思い出させ、火をつけさせたのだった。三島は、言葉（認識）が人をして決定的な行為に走らせると考えていた。

　して見れば、立花先生が東京丸ノ内の三菱商事本社ビルの屋上に、上司を呼び出して、殴った時にも、あるいはこの言葉が先生の頭に去来していたかも知れない。いや、先生はそもそも天性の異の人であったのだろう。それが、ひとたびは順の人として生きようとしたことが、三菱での狂いをまねいたのではなかったか。そうでなければ、先生に独特のあの酷烈な虚無、あの深い謎《なぞ》を秘めた人間味はにじみ出て来ない。私はいまも、この耳に先生の私《ひそ》かな鬼哭《きこく》を聞くのである。

　三年生の六月、高等学校で進路指導があった時、私は立花先生に大学へ行きたい、文学部へ進みたいと申し出た。すると、先生と私との間で次ぎのようなやり取りが交わされた。

「お前、文学部や行って、将来どないする積もりや。えらい文学者になって、人からちやほやされたいんか。」

「いえ、そんなんと違います。」

「やめとけ。」

「いえ、行きます。僕は本を読むことによって医《いや》されたいんです。四年間、目が潰《つぶ》れるほどに、文学の本を読みたいんです。」

「そうか。けど、お前の成績はこれ何や。百点満点で平均点三十一点やないかえ。これでは、お前の入れそうな大学は、まあ近畿大学ぐらいやな。」

「いや、わいは慶應を受けます。」

「何、慶應？　慶應に入るにはまず平均点七十五点はいる。迚《とて》もやないけど、無理やな。」

「それでも、僕は入ります。」

「ほほう。もしお前が慶應に受かったら、わしは運動場で逆立ちして泥鰌《どじょうすく》掬い《》を踊ったる。」

「そうですか。」

私はこの「ほほう。」といううせせら笑いに奮起した。何が何でも「√」に逆立ちして泥鰌掬いを踊らせてやると思うた。それからは一日十八時間勉強し、眠るのも机に凭れて仮眠するだけ、冬は夜中に真水の風呂に入って眠気を醒ました。すると、すれすれで合格した。

喜びいさんで「√」のところへ報告に行くと、先生は「運動場で逆立ちして泥鰌掬いを踊ったる。」は、けろりと忘れたような顔をしていた。そして「知は力ではないで。」と言うて下さった。これは「立花塾」で講義を受けた、F・ベーコンの「知は力なり。」を裏返した言葉だった。

井澤邦輔は、上田秋成『雨月物語』の中の「吉備津《きびつ》の釜《かま》」に描かれた極道者・井澤正太郎の末裔《まつえい》であるが、大阪大学基礎工学部応用化学科に進み、そのころ井澤のお母さんの兄・田中二郎氏が東京大学法学部長から最高裁判所判事に転じたので、井澤はしばしば東京代沢の田中氏の官舎へ遊びに来た。すると、いつも私をその代沢の官舎へ呼んでくれるのであったが、その官舎というのが東條英機《とうじょうひでき》内閣総理大臣の元私邸とかで、玄関を入ると、幅広い檜《ひのき》の一枚板が何枚も並べられた廊下が奥へ続き、それは豪壮な建物だった。

ある時、その井澤からこんな話を聞いた。井澤の従弟《いとこ》が姫路西高等学校へ通っていて、その従弟の家庭教師に立花先生が雇われており、ある夜、立花先生はその従弟の家で晩御飯をご馳走《ちそう》になった時、しみじみと、「私は結婚したことを後悔しています。」と洩《も》らしたと言うのである。この話を聞いた時、あの西川利彦の嘲《あざわら》笑いの声を思い出して、心に血がにじむような思いがした。いや、心に血をにじませていたのは立花先生の方であっただろう。女には男に見染められることが、最高の喜びである。奥さんにして見れば見染められて結婚はしたものの、さぞや自分の連れ合いが、傷ついた虎《とら》のごとく見えていたに相違ない。

私は時折、いつか立花先生から言われた「お前は小悧巧《こりこう》な知能犯や。」という言葉を思い出した。たとえば、立花先生に「わいは慶應を受けます。」と言い切ってからはじめた受験勉強だったが、併《しか》し一から受験勉強をするのは大変だと思い、学年で成績が一番の井澤がすでに上げてしまった受験参考書を貸してもらって、その赤線が引いてある部分だけを憶《おぼ》えればいいのだと考えて、そうした。これなど、まさに私の小悧巧な知能犯的振る舞いであった。先生は私の本性《ほんしょう》を見抜いておられたのだ。

私が大学を出たのは、昭和四十三年春である。その時分は新左翼・全共闘運動が熾《し》烈《れつ》を極め、全国の学園に「造反有理。」の革命ごっこが蔓延《まんえん》していた。その象徴的頂点に立ったのが東大闘争で、昭和四十四年一月十八日朝には最後の山場を迎え、東大の本郷安田講堂に立て籠《こ》もった学生たちに、警視庁機動隊が一斉に攻撃をはじめ、翌十九日夕には、講堂の時計塔の上から火に燃える赤旗が地に落下するのに伴って、全共闘は陥落した。

この学生造反の運動は、播州《ばんしゅう》の片田舎の飾磨《しかま》高等学校にも及び、もともと鎌谷校長の強圧的な差別政策によって、さまざまな自己矛盾をかかえていた学校だけに、生徒たちの学校への反感は深く、全学ストライキという事態に立ち至った。

この時、立花先生は他の数人の教師とともに生徒側に立って、論陣を張った。その論は「飾磨の良心。」とも言われたが、併しこういう泥沼的闘争において敗北するのは、いつも異端者の側であって、立花先生は辞職した。

その後、立花先生の生活はすさみ、ともに辞職した濱野正美氏といっしょに姫路OSミュージック・ホールのストリップ・ショウの特出しを見に行くような生活をしていたが、ある日、腹に帝王切開した傷痕《きずあと》のある、すでに老嬢となった女が、両手で懸命に女陰《ほと》を開いて見せるのを、舞台の袖《そで》で見ていて、先生は「あの女の哀れさは、わしの哀れさや。」と洩らされたとか。特出しに驚喜する、枉々《まがまが》しい俗衆たちの中での言葉である。

併し先生には妻と三人の女の子をかかえた生活がある。思案された末に、神戸阪急六甲駅の近くに部屋を借りて、幼児専門の学習塾を開かれた。時に四十五歳であった。恐らくは最小限の生活の資を確保しながら、どうかして世捨人として生きたいという思いがあったのだろう。

私は飾磨高等学校時代、立花先生に畏敬《いけい》の念をいだきながら、併し先生には疎《うと》まれていたので、卒業後は近づくことも遠慮していたが、大学時代に一遍だけ、夏の暑い日に井澤邦輔にさそわれて、麦酒《ビール》を提げ、その姫路伊伝居《いでい》のお宅に訪《おとの》うて行ったことがあった。併し生憎《あいにく》その日は先生は留守だった。玄関に奥さんとまだ幼児の双子《ふたご》の女の子が現れた。奥さんはかねての噂《うわさ》通り、女優の司葉子に似た清楚《せいそ》な気に加え、目の美しい、若妻の艶麗《えんれい》さが匂《にお》うような人だった。不意に、私はいつか「√」が授業中に歌った猥歌《わいか》を思い出した。双子の女の子は二人とも、お母さんの後ろに隠れるようにして、両側から私たちを盗み見していた。

併し先生がいらっしゃらない以上、上がり込むわけには行かない。仕方がないので、麦酒だけをおき、奥さんの美貌《びぼう》に恐れをなして帰って来た。あれでは立花先生が色に迷うたのも無理はないと思うた。吉田兼好《よしだけんこう》『徒然草《つれづれぐさ》』第八段に「世の人の心まどはす事、色欲にはしかず。」とある。

その後は一度もお目に掛かる機会はなく、淋《さび》しく思っていたところ、平成四年秋、私の『鹽壺《しおつぼ》の匙《さじ》』が上板された時に、濱野氏から「きみの本、立花先生のところへ持って行ってもええか。」という問い合せが来たので、「お願いします。」と答えた。そのころ、立花先生は咽喉癌《いんこうがん》で舌がもつれるようになっておられ、病床で泪《なみだ》を流して喜んで下さったとか。濱野氏からそれを知らせる手紙が来て、その中に「鵙《もず》鳴くや知らん顔して癌を告ぐ。」と記してあった。

平成八年二月二十四日午前三時二十八分、立花得二先生は姫路聖マリア病院に死去された。享年《きょうねん》七十。二月二十六日の葬殮《そうれん》は、私語の少ない葬儀であったと言う。濱野正美句集『春の馬』（私家版、平成八年十月八日刊）に、上記の句と併せて、次ぎの哀悼句が出ている。

春に逝《ゆ》く人の眼《まなこ》の闇《やみ》深し
師は逝きて冬の籬《まがき》の己が影

私は先生の意に反し、無能者《ならず》の文士になった。文士なんて、人間の屑《くず》である。

（「文學界」平成十二年五月号）

「鹽壺の匙」補遺

今年の夏は、私は播磨灘《はりま》の家島《えじま》群島の一つ、坊勢島《ぼうぜじま》へ行った。私の『鹽壺《しおつぼ》の匙《さじ》』（新潮文庫）の主人公・吉田宏之が、昭和三十年五月、中学校の代用教員として赴任して行った島である。宏之は私の母の次弟である。坊勢島に、ある悲劇的な神話と物語を残して、昭和三十二年五月二十二日、播州飾磨《しかま》の在所の自宅の納屋で自殺した。享年二十一。私が小学校六年生の時だった。

昭和四十九年の五月の連休に、私は宏之叔父のことを小説に書くために、新潮編輯部の前田速夫氏と共に、はじめて坊勢島へ行った。飾磨ノ津から連絡船で一時間二十分掛かった。船着場には黄色い菜種の花がいっぱい咲いていた。ところが、東京へ戻ったものの、この小説はなかなか書けなかった。私の遅疑逡巡が主《おも》な理由である。母をはじめ一家眷属《けんぞく》の者から「宏之のことだけは、小説に書いたらあかんで。」と何度も釘を刺されていたから。

併《しか》し禁忌《タブー》を破るのが小説である。平成二年夏、私はようやく迷いを振り切り、宏之叔父のことを小説に書いた。それが「鹽壺の匙」であるが、ある事情があって、発表は新潮平成四年三月号になった。前田氏といっしょに坊勢島へ行ってから、実に十八年の時間が経過していた。愚図の私はそれだけの時間、迷いに迷い、迷いさ迷っていたのである。この小説が本になったのは、平成四年十月だった。当然、一家眷属からは烈火のごとき叱責をあびた。

坊勢島の船着場の近くに「乱菊寿し」という鮨屋《すしや》がある。平成八年の春のある日、若い男がこの店へ入ってきた。

「僕は車谷長吉氏の『鹽壺の匙』を読んで、坊勢島とはどんなとこやろ思て、本土から来たんです。昔、この島の学校で代用教員をしていた人で、本土まで泳いで渡った人があったんだそうですね、たった一人で。のちにその人は自殺したそうですけど。」

乱菊寿しの主人・池田英之氏は驚いた。

「それなら私の小学校時分の先生で、黒田宏之先生のことですがな。」

「あれ、小説の中では吉田宏之となってましたよ。それはともかく、その人の甥に当る人が書いたんですけど。」

「私は今日まで黒田先生のことは一日たりとも忘れたことはありません。」

「この島から本土まで何キロありますか。」

「さあ、約二十キロぐらいはありまっしゃろ。」

「それを伴漕舟《ばんそう》もなく、たった一人で泳いで渡ったというのは、凄いですね。本州と北海道の間の津軽海峡だって、二十キロはあるんですよ。普通は遠泳と言うても、伴漕舟が付いていて、途中で水を補給したり、もう泳げなくなったら引き上げてくれたり、そういう安心感があるから出来ることなんです。」

「そうですな。何しろ黒田先生は桁《けた》外れの人でしたから。」

かくて池田氏は『鹽壺の匙』のことを知り、姫路の本屋から本を取り寄せて読んだ。そして東京の私の家へ新潮社経由で手紙を下さった。私は黒田先生のことを思い出して泪《なみだ》を流した、と。手紙には坊勢小学校四年生修了の時の記念写真の写しが同封されていた。それには男の子十九人、女の子十七人、教師が十二人写っていた。その中の一人が宏之叔父である。まだ二十歳《はたち》の、青年代用教員の初々《ういうい》しい姿である。

それから池田氏は毎年、私方に玉筋魚《いかなご》の釘煮を送って下さるようになった。それには、是非、一度坊勢島へ来て欲しい、という添え書きが付いていた。併し私の方は忙しさに取りまぎれ、なかなか島を訪れる時間が取れなかった。ただ、池田氏の「乱菊寿し」という名前は、家島群島を舞台とした、谷崎潤一郎の小説『乱菊物語』から採られたのだろう、ぐらいのことは考えていた。

今年平成十四年の冬、姫路文学館の要請で私は八月朔に姫路市民会館で講演することが決まった。よし、これを機会に坊勢島へ行こう、と思い、池田氏に連絡を取った。すると池田氏は島には黒田先生の教え子十二が人残っているので、みなに集まってもらいます、と言うた。私は黒田先生の学校での教え子ではなく、夜、黒田先生の宿へお習字を習いに行っていたんです、と言うた。宏之叔父は父が習字の先生だったので、字が上手だった。八月三日に行くことが決まった。

《その年の五月、宏之は播磨灘坊勢島《ぼうぜじま》の中学校の代用教員として赴任して行った。坊勢島は飾磨ノ津から海上五里、家島《えじま》群島の一つで、家島本島の陰に隠れているので、本土からは見えないが、連絡船で一時間二十分のところにある。私は宏之が島へ行ってからどんな生活をしていたのか、つぶさには知らない。つぎの正月に帰って来た時、私方を訪ねて来て、こんな話をした。坊勢島の船着場には黄色い菜種の花がいっぱい咲いていた。そして島へ上がってまず驚いたのは野犬の多いことだった。船着場から中学校への道に、毒殺夫募集の公告が電柱に貼《は》り廻《めぐ》らされていた。魚がうまい。夏は日に日に島のまわりで泳いでいた。島の人たちが一番難儀するのは、飲み水を島の天《てっ》辺《ぺん》の雨溜《だま》りまで日に何度も桶で汲《く》みに行くことで、夏から冬まで掛かって、中学校の生徒に手伝わせて簡易水道を引いた。宏之叔父は茶碗《ちゃわん》酒を呑みながら、煮染《にし》めの結び蒟蒻《こんにゃく》ばかり喰っていたのが記憶にある。》(「鹽壺の匙」)

宏之叔父は昭和三十年五月に坊勢島の中学校の代用教員として赴任して行ったのであるが、その翌年の九月、本土から正規の教諭が赴任して来たので、已《や》むなく隣りの小学校の先生に横すべりしたのだった。そして四年生の組を担任し、翌年三月まで教えた。池田氏の言う十二人の教え子とは、その時の子供たちである。

八月三日朝、うちの嫁はん(高橋順子)と私は飾磨港から連絡船に乗った。昔、前田氏といっしょに行った時に較べれば、驚くほど立派な船になっていた。高速艇だという。坊勢島には三十分で着いた。昔は一時間二十分掛かったのに。島の船着場はすっかり整備され、埋め立てによって島を一周する自動車道路が開かれている。それにどの家もどの家も、みな今日的なたたずまいに建て換えられ、島の中腹に見える小学校・中学校も、もう木造校舎ではなく、鉄筋コンクリート建てになっていた。乱菊寿しを捜して、ぶらぶら歩いていると、バイクに乗った人が近づいて来て、「車谷さんですか。ようこそ、私、池田です。みなさん、もう集まってくれてはりますねん。」と言うた。坊主頭の人で、黒い眸《ひとみ》がいたずら小僧のように、よく動く。バイクを押して歩く池田氏と並んで乱菊寿しへ向った。

「随分この島は近代化されましたね。昔の面影はどこにもありませんが。」

「そうなんです、水道も昔の雨水を利用した簡易水道ではなしに、本土の赤穂から海底に土管を通して、ちゃんと流れて来るようになったし。そやから、みな水洗便所になりました。政府の離島振興政策のお蔭です。黒田先生がおったった時とは、隔世の感です。」

池田氏の物言いは近代化を喜んでいるような口振りだ。乱菊寿しに着くと、二階の座敷に十二人の教え子たちと、年輩の人が一人、あとは池田明治氏と言うて、この前、前田氏と来た時に逢うた人が居流れていた。年輩の男は宏之叔父の元の同僚の先生上がり、名を田中實氏と言うて、池田英之氏の姉聟、代用教員から家島町教育長にまでなった人である。池田明治氏は宏之叔父の中学校の教え子で、中学校卒業後、姫路白浜町甲の俵谷《ひょうだに》鉄工所に就職したが、自分が運転するオート三輪が山陽電車に衝突した事故で左手を失い、前田氏と来た時には石船の仕事をしていた。この家島群島の経済を支えているのは港と石で、石は古くは大坂城築城の時から、近年は関西空港埋め立てに至るまで、この群島の男鹿島《たんがじま》、西島から切り出した石が使われて来たのだった。十二人の教え子たちはいまでは私と同じ五十代で、七人の男は漁師か石工《いしく》か石船の乗組員らしく、真ッ黒に日焼けしていて、両目の白目の部分と歯だけが白い。

すぐに宴《うたげ》がはじまった。蛸《たこ》の天麩羅、穴子の照り焼き、鮨などのご馳走に、冷酒、麦酒《ビール》が出て、話はまず宏之の播磨灘を泳いで渡った当時のことからはじまった。

「六尺褌《ふんどし》を締めて、岬の鼻から飛び込んだんじゃ。それが朝の十時、御津町の新舞子ノ浜に泳ぎ着いたんが夜の八時過ぎやった言うんやさかい、十時間、波の上におったた言うことや。そら、その時は島がめげるような騒動やったど。えらいことになった、言うて。何しろ人の知る限り、本土まで泳いで渡った人はかつてなかったんやからの。」

「何にせよ、黒田先生は型破りやった。」

「うち、黒田先生と島の周りで泳ぐんが一番好きやった。よう泳いだ。けど、まさか本土まで泳いで渡るとは思いもせんかった。先生といっしょに泳ぐ時ほど、楽しい時間は、なかった。ある時、先生とクラスのみんなで、加島まで泳いで渡ったん。加島は小さな島やけど、島の真ン中に島の八割ほどを占める、淡水の底無し沼があって、そこでも泳いだん。底無し沼やいうのに、先生は、わしは潜るどッ、言うて、潜って行きはったわ。私らは恐《こわ》なって、じっと待っとったん。いつ上がって来やはるんやろ思て。そしたら先生の頭が沼の真ン中にぽっと浮き出て。あの時ほど、ほっとしたことなかったわ。」

「子供の一人が机にうつ伏して居眠りをはじめたら、みなも眠たいやろ思て、伏せえッ、と号令を掛けて、全員が居眠りしたことがあったなァ。」

「そうやそうや、午前中の社会だか国語だかの時間に、岬まで競争やッ、と叫んで、全員で駈けっこをした。昼まで学校に帰らへなんだこともあった。」

「先生といっしょに物陰に隠れて隙を窺い、一面に広げて干してある煮干しを何匹か、おやつに頂戴したこともあったが。」

　こんな話が次ぎ次ぎに飛び出して来る。十二人のかつての子供たちは、みな目がきらきらと輝いている。さながら壺井栄『二十四の瞳』（新潮文庫）の現実版だ。この人達は黒田先生の思い出で一つの環になっているのだ。

　ところが黒田先生は病気になり、四月の新学期になっても学校に来なかった。

「四十五年間、黙っていたことやけど、わしは先生にはがきを書いたんや。元気になって下さい。五月になったら、新しい先生が来ました。僕らも元気ですって。それが先生の自殺の引き金になったんやないやろか思て。」

　当時の少年の純真な心が、いまも彼の胸を傷めていたのだった。

「いや、黒田先生には戀の苦しみがあったんや。」

「えッ、それほんまか。わしは当時、先生から五冊の大学ノォトを見せられたことがあったど。それにはぎっしり詩と日日《にちにち》の感想が書いてあった。あとで聞いた話やけど、死ぬ前にそのノォトを焼き捨てたらしい。」

「そら、そういうこともあったかも知れんな。何しろあの先生は物凄いこと考えとったど。ソ連はいずれ滅びる。そないなったら、アメリカの一人勝ちや。それに対抗するには、アジアは、特に東アジアは一つになって掛からなあかん言うて。ヨーロッパもいっしょや、一つにならなあかん言うて。それがいま見てみィ、ヨーロッパは欧州連合、つまりEU言うて一つになりよるが。それを昭和三十年代のはじめに、もう口にしよったが。こんな瀬戸内海の離れ島におって。恐ろしいほどの洞察力や。」

この話を聞いて、私も驚いた。五冊の大学ノォトが残されていたら、どんなにいいだろう、と思うた。残されていれば、原口統三『二十歳のエチュード』（角川文庫）になっていただろう。だが、それもいまとなっては、はかない悪夢だ。死に魅入られたように自殺した。

「黒田先生の葬殮《そうれん》の日は、五月の皐月晴れの日やった。三木留吉校長と組から代表に選ばれた者《もん》が一人行った。わしも連れて行ってくれ言うて、三木校長にしがみ付いて、泣いた。けど、あかん言われた。それで学校の校庭にみんな整列し、午後二時の出棺の時間に合わせて、教頭の、黙禱《もくとう》ッ、言う号令で三分間、黙禱したんや、飾磨の黒田先生の家の方を向いて。わしは泪が出た。」

「田中先生、あんた、わしらに校庭で幻燈見せてくれたことがあったやろ。わしらは嬉しかった。けど、あんたの功績はそれだけじゃ。」

みんなもう五十代になっているが、どの顔もどの顔も、そのかみのやんちゃ坊主やお転婆少女のままで、目が澄み切っている。東京にはこういう人達はいない。午後三時を過ぎた。話は尽きないが、その日は「ぼうぜペーロンフェスタ」という競漕のお祭りがあり、いまからそれを見に行こうということになった。自動車に分乗して、島の反対側の湾へ行くのである。島を縦断する道路が造られていて、その頂上の見晴らし台に立つと、讃岐の小豆島《しょうどしま》が見えた。みんなで記念撮影をした。

祭りはもう終りに近く、十人乗りの競漕が行なわれていた。凄い熱気だった。漕ぎ手はこの島の漁師、石工、石船乗組員たちで、みな一生懸命そのものだった。その純朴な真剣さに感動した。

乱菊寿しへ戻ると、池田英之氏夫妻が待っていた。そして色紙《しきし》に何か書いてくれと言うた。私は「秋の蠅忘れたきこと思ひだす。」と書いた。うちの嫁はんは「白魚は海のいろをして生まれて来る。」と書いた。池田氏が十二人の子供たちの名前を書いた紙を渡してくれた。荒木和明、池田勇、池田広幸、上田忠義、上西清光、桂義房、山本安弘、桂ムヤ子、桂せつよ、小林すま子、竹中いさ子、山本つよみ。中には宴会の時の麦酒の注ぎ方で、幼なじみの夫婦になっている人達もあるようだった。

その夜は、「ぼうぜペーロンフェスタ」開催の影響で、坊勢島の旅館・民宿は全部、予約でいっぱいだった。仕方がないので、家島本島の旅館「志みず」に宿を取ってもらった。嫁はんがどうしても瀬戸内海の島に一遍泊まって見たいと言うたからである。

漁師の荒木さんが、

「わしの船で志みずの下まで送って行くよ。」

と言うてくれた。も一人「わしも行く。」と言うてくれた人があった。「池田さん。」と呼ばれていたから、池田勇さんか池田広幸さんだろう。荒木さんの漁船に乗り込んだ。犬も乗り組んで来た。志みずの下の桟橋に着くと、私たちは下船した。荒木さんと池田さんは、夕映えの播磨灘に手を上げて遠ざかって行った。

志みずの部屋に落ち着くと、嫁はんが、

「みんな、いい人達だったわね。」

と言うた。

「そうだね。今日一日のあの人達との交流は私にとっては奇蹟のような時間だった。

島は近代化されたけど、心は汚《けが》れていないんだ。」

「あの人達を見ていると、宏之さんがどういう人だったのか、ということがよく分かったわ。」

志みずでは、その晩の食事に車子《しゃこ》のしゃぶしゃぶが出た。


（「新潮」平成十四年十二月号）

直木賞受賞修羅日乗

七月十六日・木曜日。雨。

ゆうべ夜中に胃痛、胃潰瘍の薬をのむ。朝、柏原光太郎氏から電話が掛かって来た夢で目が醒める。悪い予感。散髪に行って、会社へ。早引けして、四時半頃に帰宅。

文藝春秋の村上和宏氏が五時過ぎに来訪。蛸と鱧《はも》で呑みはじめる。五月に伊藤整文学賞を蹴って、一か八かの勝負に出た。直木賞銓衡会は午後五時から築地の新喜楽で。はじめの頃、村上氏と和やかに話していたが、午後七時を過ぎた頃から、さすがに口は重くなる。七時半を過ぎて、「もう駄目だ。」と二回口走る。午後七時五十分過ぎ、便所へ入っていたら、電話が鳴った。嫁はんが出る。「いま手を洗っていますので。」と言うと、日本文学振興会の高橋一清氏が「いい知らせですから、ごゆっくり。」私の耳にも、高橋氏の声が聞こえて、入選したのだ、と確信する。恐ろしかった。

古里の母に電話したあと、村上氏、嫁はんと清酒「萬歳楽」で祝杯を上げはじめたら、次ぎ次ぎにお祝いの電話が掛かって来た。新潮社の川嶋眞仁郎氏、冨澤祥郎氏、前田速夫氏、朝日新聞社の山脇文子さん、週刊ポストの小林慎一郎氏、ほとんど二十秒間隔だった。NHK科学文化部の小倉氏から、九時のニュースに流す談話を、と言う取材電話。「『赤目四十八瀧心中未遂』を書くのに六年をついやしました。死物狂いで書きました。それだけに、受賞できて男子の本懐です。これからのことは、ただ恐ろしいだけです。」

ただちに背広に着替えて、記者会見のために東京會舘へ。自動車の中で、「三年前の芥川賞の雪辱をした。」と喚く。芥川賞は藤沢周氏、花村萬月氏。記者会見では、NHKに喋ったのとだいたい同じことを話す。NHKの小山内園子さんからTV出演を依頼される。小説現代編輯部の金田明年氏から原稿を依頼される。断わる。

記者会見終了後、銀座「クラブ数寄屋橋」へ連れて行かれ、酒を呑む。文藝春秋の安藤滿社長、阿刀田高氏、黒岩重吾氏、渡辺淳一氏など。阿刀田氏に「直木賞をもらうと、多作をして駄目な作家になって行く人が多いが、車谷さんは三年に一度、五年に一度でもいいから、よい作品を書いて下さい。」と言うてもらう。

夜中、十二時半に帰宅。玄関前に穂積晃子さんからのお祝いの酒がおいてあった。

お祝いの留守番電話十六本。熱海の新藤涼子さんに電話。新幹線車中の電光ニュースに流れたとか。

七月十七日・金曜日。雨。

会社へ。会社の人がお祝いの言葉を言うて下さる。胃痛。胃潰瘍の薬をのむ。午後四時に文藝春秋へ行く。途中四ツ谷の土手を歩いていたら、高い松の木があって、それを見上げていたら、長い間の芥川賞・直木賞のトラウマ（心の傷）から解放され、何でも許せるような、広々とした気持になる。

文藝春秋に着くと、すぐに写真撮影。出版部の村上和宏氏から、『赤目四十八瀧心中未遂』五萬部増刷すると告げられる。別冊文藝春秋の明円一郎編輯長から受賞第一作を依頼される。オール讀物の鈴木文彦編輯長から、受賞の言葉、受賞インタヴュー、赤目・飾磨《しかま》の生家への写真撮影旅行、来年二月号の直木賞作家特集号への小説執筆を依頼される。文藝春秋編輯長平尾隆弘氏から「わたしの月間日記」執筆を依頼される。平尾氏が江藤淳氏に電話を入れたら、江藤氏が受賞を迚も喜んでいらしたと告げられる。文學界編輯長庄野音比古氏から白洲正子さんとの対談を依頼される。引き受ける。ＴＢＳからＴＶ出演を依頼される。断わる。ラジオ関西から出演を依頼される。引き受ける。新潮社の冨澤祥郎氏から、文藝春秋へ電話が入って、私の『鹽壺の匙』『漂流物』『業柱抱き』をそれぞれ各三千部ずつ、『鹽壺の匙』文庫本を五千部増刷と告げられる。週刊文春の渡辺彰子さんのインタヴューを受ける。胃痛いよいよ烈しく、また胃潰瘍の薬と抗鬱剤・精神安定剤をのむ。編輯者によって殺されるような危機感。文藝春秋の配慮でうちの嫁はんも呼んで、紀尾井町の「二葉鮨」で夕飯をいただく。寺田英視、大川繁樹、舩山幹雄、村上和宏、森正明、中田奈子、岡本進氏。

十時過ぎに帰宅すると、お祝いの留守番電話十九本、電報十七本、FAX六本。伊集院静氏から豪華な蘭の鉢植え。加納寿美子・森田弘子・山田祐子・大西和男氏から酒。

高山芳樹氏、濱野正美氏に電話。

七月十八日・土曜日。晴。

嫁はんは朝から環太平洋詩祭へ行く。

朝日新聞社の赤藤了勇氏に電話。坂本忠雄氏から電話。「ゆうべ堤清二氏に逢ったんだけど、堤さんが君の受賞を迚も喜んでおられてね。」野家啓一氏、山下勝利氏から電話。飾磨の本屋から電話、サイン会へ来てくれ、との依頼。断わる。関陽子さんから速達。見知らぬ人から祝電。荒戸源次郎氏から花籠と酒。サントリーから酒。穂積晃子さんから団扇と団扇立て。

前田富士男氏が来訪。驚く。酒を贈られる。

お祝いの手紙六通届く。

朝から、オール讀物に載せていただく「直木賞受賞の言葉」、共同通信社文化部に渡す原稿を書く。

夕、順子ちゃんがお祝いの会を開いてくれる。大正時代のキリンビールを出してくれる。旨いビールだった。

夜、濱野正美氏に電話、直木賞授賞式への出席を依頼するが、断わられる。本間義人氏に電話。

七月十九日・日曜日。陰、午後、晴。

今日も順子ちゃんは朝から環太平洋詩祭へ。山形県の高橋義夫氏に電話。新藤凉子さんから電話。「あなた、直木賞受賞は一家の一大事なのよ。それをあなたの嫁さんである高橋順子は分かっていない。その自覚がない。だから、この大事な時に連日、お出掛けなんかしてるのよ。」持田鋼一郎氏から電話。小林靖子さんに電話。次ぎ次ぎに贈り物が届く。植村秋江・杜みち子さんから酒。車谷信子（母）から焼き穴子。小俣千宜氏から資生堂のスープ。田原秀子さんから果物。濱野正美氏から酒。宮城県中新田町の山和酒造店から清酒「瞑想水」。高橋久さんから地ビール。井野口慧子さんから酒。

昨夜は疲れ切っていた。今朝も頭の中の神経がじんじん痛む。鈍痛である。併し少し喜びが湧いて来た。男子の本懐と言うか、男の花道と言うか。兎も角、これで私も男になれたのだ。これ迄、随分多くの人に小馬鹿にされて来て、悔しい、癪に障る思いをして来たが、そういう人達がＴＶや新聞を見て、どう思ったか。私が捨てた女たち、私を捨てた女たち、あるいはすでに絶交した友たち、私としては、見たかッ、という思いである。これも私の劣等感のなせる業である。

七月二十日・月曜日。陰。

朝八時四十分、ラジオ関西「谷五郎のオー・ハッピー・モーニング」という番組に、電話で出る。「古里は泣きぼくろのようなものだ。」

高橋義夫氏から平清水焼・清瀧窯の白い・丸い・大きな花瓶が送られて来る。宮城県中新田町の情野《せいの》晴一氏から鮎。坂本忠雄氏から皿。

直木賞受賞第一作「変」を書きはじめる。

夕、順子ちゃんは今夜も環太平洋詩祭へ。

夜、金子啓明氏、橋本国威氏から電話。

七月二十一日・火曜日。晴、午後、陰。

朝、六時半にNHKの自動車が迎えに来る。午前七時からの「おはよう日本」に出演。小山内園子ディレクター、三宅民夫・武内陶子アナウンサー。一生一度の男の晴れ姿か。帰宅すると、順子ちゃんが、「早起きしたので、庭に蟇《がま》が出ていた。ほら、去年の夏いたやつよ。生きていたのね。」と言うた。

ブルームバーグテレビジョンの飯野真由美さんから電話。TV出演を依頼される。

週刊文春編輯部の渡辺彰子さんからFAX。文藝春秋の村上和宏氏から電話。「車谷さん、あなたNHKに出て、文藝春秋の人に受賞第一作のことで責め立てられているって仰しゃったそうじゃありませんか。何だったら、うちの西館の執筆室をご用意いたしますよ。」西澤《さいざわ》光義氏より電話、連句会の誘い。断わる。角川春樹事務所の山口亜希子さんから電話。お祝いの品を持参したい。この女はどうあっても私に原稿を書かせたいらしい。

浦和の精神病院へ。悳智彦《いさお》医師から、おめでとう、と言われる。私が強迫神経症に罹ったのは、三年前の夏、「漂流物」が芥川賞に落ちたことが、相当に深く心の傷になって、つまり、あの事件によって完膚なき迄に打ちのめされたことが原因の一つになった。それが、いまになってよく分かる。

お祝いの手紙十通。電報一通。嵯峨山眞知子さんからの手紙が心に残る。「書くこと」への根源的問い。

七月二十二日・水曜日。早暁、雨、朝、陰、午後、豪雨。

目が醒めた時から、右目が赤く充血し、腫れ上がっていた。痛い。赤目四十八瀧の目赤不動尊のような目になった。疲れが出たのだ。嫁はんも相当にへばっている。

朝、文藝春秋へ行こうとしたら、地下鉄本駒込駅で、文藝春秋の岡本進氏にばったり逢う。文藝春秋ではオール讀物編輯部次長の柏原光太郎氏に面談。高橋義夫氏との対談に出てくれと要請される。

午後、疲れが甚だしく、眠る。朝日新聞社学芸部の由里幸子さんから電話。母から電話。姫路文学館館長がお菓子と信州味噌を持ってお祝いに来たと言う。そんなもの送り返せと言う。群像編輯部の石坂秀之氏から電話。「車谷さんは数奇な運命を辿る人ですね。」文藝春秋の村上和宏氏から電話。『赤目四十八瀧心中未遂』増刷、四刷一萬部。大川繁樹氏から電話。白洲正子さんとの対談の打合せ。

夕、順子ちゃんは玄関先で猫の糞を踏んづけた。うん子ちゃんがうんこを踏んづけた。

夜、神戸の嵯峨山眞知子さんに電話。西川利彦氏が二十数年前に自殺したという話を聞かされる。私と絶交した直後のことらしい。真偽はなお定かではないが、衝撃を受ける。

桜井さざえさんから麦酒《ビール》。竹内久子さんから酒。お祝いの手紙三通。電報一通。

七月二十三日・木曜日。晴。

朝、嘔吐。嫁はんがごみを出しに行ったら、近所のおばはんが「お宅でしょう、このあいだ賞をもらったのは。町内に有名人が出来たわ。でも、これからが大変ね。」

朝日新聞朝刊に週刊文春の広告が出る。私の名前と写真が大きく出ていた。

会社へ。生野重夫氏に電話。午後、目を開けていられなくなり、帰宅。二階で寝る。柏原光太郎氏から電話。高橋義夫氏との対談が決まる。直木賞は死の病いだ。文藝春秋によって殺される。

夕、嫁はんとの会話。「俺は実際、数奇な運命を辿って来たよ。」「これからは何事も起こらないといいわね。」「それじゃあ、面白くないじゃないか。」「あら、そんなこと言って。それじゃあ自分で数奇な運命をまねき寄せてるんじゃありませんか。」「俺は勝負師だ。」「そう。そうじゃなかったら、伊藤整文学賞を断わったりしないわね。」「俺「当り前だ。俺は一か八かの勝負に出たんだ。」「断わって、よかったわね。」「それは結果論だよ。」

田島道子さんから袋物。

七月二十四日・金曜日。雨、午後、陰。

目の充血は、極度の興奮と急激な刺戟による内力《ストレス》の高まりによって、眼圧が上がることによって起こる。目が痛い。午後、会社へ。電車の中吊り広告に私の名前が大きく出ていた。蟬の初鳴きを聞く。地下鉄広尾駅で早山《はやま》隆邦氏にばったり逢う。

夜、銀座「きよ田」で白洲正子さんと対談。「私、般若なの。」

高橋順子『時の雨』（青土社）ＮＨＫラジオ・ドラマになることが決定。『時の雨』は私の強迫神経症の日々に素材を得た詩集。去年二月、読売文学賞受賞。

新潮編輯長の前田速夫氏から電話。原稿依頼。由里幸子さんから菓子。川嶋眞仁郎氏から菓子。手紙三通。

七月二十五日・土曜日。陰、午後、晴、夜、雨。

朝、団子坂眼科へ。本日休診。

山口亜希子さん来訪。「おととい辻井喬（堤清二）さんに逢ったんですけど、辻井さんが車谷さんのこと、あの人は面白い人です、ああいう人こそまことの文士と言うんでしょう、と仰しゃっていましたよ。」

北原清志氏から天魚《あまご》の燻製。鈴木東海子さんから私の嫌いな珈琲。手紙三通。

七月二十六日・日曜日。陰、午後、雨。

朝、順子ちゃんが「花咲か爺さん」の節で替え歌を歌っていた。〽意地悪爺さん、鍬借りて、裏の畑を掘ったれば、大判小判が　ザァクザァク、ザクザク。

白洲實氏から電話。奥村土牛のご子息の奥村正氏から袱紗。山口真理子さんから酒。

生野重夫氏から西武百貨店の商品券三萬円。

夕、「変」初稿脱稿。

七月二十七日・月曜日。晴。

朝貌や咲た許りの命哉　漱石。

朝顔やすでにきのふとなりしこと　真砂女

一週間風呂にも入らず、肌着も替えず。嫁はんに追及される。礼状を出す。「拝啓、梅雨もどうやら明けたようです。さて、このたび私は『赤目四十八瀧心中未遂』で、第百十九回直木賞を贈られ、男子の本懐を遂げましたが、早速にお心づくしのご祝意を賜り、まことに忝く、厚く御礼申し上げます。今後とも、よろしくお導きのほどお願い申し上げます。草々。車谷長吉。」

本郷通りの泰雲堂で徳富猪一郎『公爵山縣有朋傳』を求める。手紙三通。

小説現代の金田明年氏、重ねて原稿を求めて来る。嫁はんに断わってもらう。

夜、橋本寿朗氏から電話。夜中に大川繁樹氏が白洲正子さんとの対談ゲラをバイク便で送って来る。

七月二十八日・火曜日。晴。

朝日新聞社の池谷真吾氏から「一冊の本」に原稿依頼。

夕、大川繁樹氏が来訪。緑の葡萄をいただく。手紙二通。

七月二十九日・水曜日。晴。

高橋義夫「狼奉行」「迷い鬼」読了。

マガジンハウス「鳩よ！」編輯部の坂脇秀治氏よりインタヴューの申し込み。

水月りの（平塚陽美）さんから菓子。手紙三通。


七月三十日・木曜日。陰、午後、晴、夕立。

朝、さくら銀行池袋支店へ。サンシャイン60・四十九階で八木忠栄氏に逢う。

会社へ。中央公論社の関陽子さんに逢う。夕立になって、関さんから雨傘を借りる。

帰途、八重洲ブックセンターへ寄ると、『赤目四十八瀧心中未遂』の三刷本が堆く平積みになっていて、私の写真の載った陳ビラ（ふんどし）まで下がっていた。店員に呼び止められ、本にサインをしてくれと頼まれる。鰻丼を馳走になる。

高橋順子エッセイ集『博奕好き』（仮題）が新潮社から上板されることが内定。「博奕好き」は車谷長吉氏の畸人ぶりを描いたもの。

澤井芳江さんから身の丈七十八糎《センチ》もある大鯛を送って来るが、うちでは三枚に卸せず。厄介なものを送って来る女だ。中央公論社から酒。井上久男氏から酒。手紙四通。

七月三十一日・金曜日。晴、午後、陰。

会社へ。

順子ちゃんが近所の魚屋へ鯛を持って行ったら、すでに腐っていた。

新潮社の増刷本が出来る。その新しい帯に曰く、『鹽壺の匙』が「新直木賞作家の原風景」、『漂流物』が「直木賞作家の心の扉」、『業柱抱き』が「新直木賞作家の文章道」。新潮社は普段は「俺たちは文壇の王座だ。」(前田速夫氏)と豪語し、あれほど文藝春秋に対抗心を剝き出しにしているのに、いざ私が直木賞を受賞して見れば、自尊心も誇りもかなぐり捨て、文藝春秋の尻馬に乗って、金儲けに走ろうとする。お陰で、こちらにも印税が入って来るのであるが。これが世の中だ。深い矛盾だ。

八月朔、土曜日。朝、雨、午後、陰。

高山芳樹氏、穂積晃子さん、穂積瑶子ちゃん、順子ちゃんといっしょに、江戸川の花火大会へ。

姫路文学館から講演依頼の手紙が来る。卦ッ体糞悪い。断わる。姫路文学館は姫路前市長戸谷松司氏が作ったものである。昭和五十八年春、叔父・中井猛夏は戸谷氏と市長の座を烈しく争って敗れた。ために中井は病死、私の父・車谷市郎は狂死。手紙六通。

神原京子さんからメロン。高橋安恵さんから酒。

八月二日・日曜日。晴。

水湊。梅雨明け。

荒戸源次郎氏から菓子。

八月三日・月曜日。陰、静岡を過ぎると、晴。

朝、讀賣新聞に『赤目四十八瀧心中未遂』の大きな広告が出る。その隣りに、なかにし礼氏の『兄弟』の広告が小さく出る。「最後まで受賞を争った直木賞候補作！」と広告コピーにある。さぞやなかにし氏は卦ッ体糞悪いことだろう。ほかの落選者も同じ思いだろう。六人の落選者の怨みを背負うて生きて行かなければならなくなった。

オール讀物編輯部の鈴木文彦氏、柏原光太郎氏、石川啓次氏（カメラマン）、順子ちゃんと赤目四十八瀧へ。対泉閣でインタヴューを受ける。露天風呂に入る。気持いい。

八月四日・火曜日。晴。

朝、朝日新聞にきのうの讀賣新聞と同じ広告が出る。

赤目四十八瀧でオール讀物グラビア写真撮影。文藝春秋の森正明氏と取材旅行に行ってから丁度二年ぶりの赤目である。赤目には秋茜《あきあかね》が飛んでいた。溪流で川烏《かわがらす》の水浴びを見る。

大阪から姫路へ向う途中、加古川を過ぎた辺りで、空に大きな虹が懸るのを見る。

姫路白浜町松原の濱野正美氏宅へ。飾磨の生家へ。

八月五日・水曜日。晴、小田原を過ぎると、雨。

車谷次郎氏宅（本家）へ。色紙を書く。佛壇の前で母といっしょに写真撮影。母・親類からのお祝い金二十萬円、小学校の橘君枝先生から一萬円。

尼ヶ崎出屋敷へ。三和《さんわ》市場で写真撮影。阪神出屋敷駅で嘔吐。赤いものを吐いたので、血かと思うたら、昼に喰うた西瓜だった。

由里幸子さんから電話。文藝春秋編輯部の鈴井伸夫氏から巻頭随筆を依頼される。手紙十通。

八月六日・木曜日。陰、午後、夕立。

会社から夏休みを取る。疲れた。

名張赤目町の瀧酒店から酒。大岡信氏から麩。柴田弘志氏から玉蜀黍《とうもろこし》。広島県呉へ帰省中の村上和宏氏から蝦・さよりなどの干物。

お隣りの斎藤よのさんが新聞の切り抜きを持って来て、「これご主人ですか。」「はい、そうです。」「まあまあ、かねがね何をなさっている方だろうと思っておりましたが、ご立派な方で。」「いやいや、へたな小説家で。」麦酒《ビール》券をおいて帰る。

午後、烈しい胃痛・下痢。薬をのんで眠る。手紙二通。

八月七日・金曜日。朝、雨、午後、晴。

会社へ。昼、食欲なし。

午後五時半から七時まで、池袋西武・リブロで『赤目四十八瀧心中未遂』のサイン会。百二十人ぐらい来る。私は筆圧が強く、遅筆なので、手頸が痛くなった。途中、心臓が破裂しそうな圧迫を覚えた。

午後七時半から赤坂「にしきぎ」で高橋義夫氏と対談。鈴木文彦氏、柏原光太郎氏が同席。胃痛で折角のご馳走が喉を通らず。高橋氏は私の文学を「存在の危機の文学」だと言うて下さった。私と同じ年であるが、私よりはるかに大人だ。対談後、胃痛を怺《こら》えて、銀座「オン」へ呑みに行く。

『赤目四十八瀧心中未遂』五刷・五千部増刷。『鹽壺の匙』新潮文庫版の増刷本送られて来る。その新しい帯に曰く、「新直木賞作家が二十年余にわたってたくらんだ悪事としての私小説。」手紙六通。嵯峨山眞知子さんからの手紙にふたたび感動。


八月八日・土曜日。陰。

今日は秋冷を思わせるような涼しさだった。午後、文藝春秋へ行って、柏原光太郎氏に面談し、オール讀物のインタヴュー原稿に朱を入れたものを返す。直木賞をもらうのも、なかなか大変だ。この世に生易しいことは一つもない。

中村寛子さんから酒。手紙一通。


八月九日・日曜日。陰。

冷夏。朝、朝日新聞「ひと」欄に、「第百十九回直木賞を受ける車谷長吉氏」という記事が出る。朝日の「ひと」欄に私の名前が出るのは、生涯の夢だった。順子ちゃんが「私、すべてが夢ではないかしらと思える時があるんです。」「芥川賞・直木賞という制度そのものが、人の幻想を作り出す仕掛けだから。実態は何もないのさ。あるのは作品だけ。」「そうね。でも、その作品にある幻影を付与するわけでしょう。」「うん。そしてその幻影に人は振り回される。」「愚かね。」

本間義人氏から酒。クロネコヤマトのお兄さんが「今朝、新聞に出ていましたね。」季刊銀花編輯長の田原秀子さんから電話。「今朝、新聞を見て、どうしてもお声が聞きたくなったの。」柏原光太郎氏から電話。柏原氏は私のために日曜日出勤をして、仕事をしているのだ。

午前、眠。前歯の挿し歯が抜けた。午後、眠。疲れ切った。

八月十日・月曜日。陰。

冷夏。午前、団子坂歯科へ。本日休診。

午後、胃痛。文藝春秋へ。別冊文藝春秋編輯長明円一郎氏、村上和宏氏に面談。西館の罐詰め室で受賞第一作「変」の手直し。原稿という修羅。この世界は原稿がすべてだ。村上氏は「変」読了後、「傑作ですね。」原稿を書き上げたら、胃痛が治まった。柏原光太郎氏、大嶋由美子さんに面談。高橋義夫氏との対談原稿に手を入れる。荒戸源次郎プロダクションとの映画契約書を渡される。夜、「瓢寿司」で村上氏と食事。

下総飯岡町の嫁はんの里から、赤飯・巾着蟹・ながらみ。手紙六通。


八月十一日・火曜日。陰。

午後、NHKディレクターの角井佑好氏、順子ちゃんの詩集『時の雨』がラジオ・ドラマ化される件で、「千駄木倶楽部」に来訪。順子ちゃんがシナリオを書くことになる。

文藝春秋副編輯長細井秀雄氏、田中茂氏（カメラマン）、グラビア写真撮影のため来訪。田中氏は写真を撮る時、汗みどろだった。「集中力が高まると、こうなるんです。」

手紙六通。


八月十二日・水曜日。陰。

朝、嫁はんが、「くうちゃん、顔色が悪いわね。」へとへと。

私は昭和二十年生れで、昭和二十年生れの星は一白水星である。平成七年夏、私は芥川賞を蹴落とされた。高島易断の卜《うらない》によれば、この年の一白水星の運勢は低迷運で、最低だった。今年は威勢運で、最高であるとか。卜《うらない》というのは、不思議なものだ。

近所のおばはんが『赤目四十八瀧心中未遂』に署名して下さいと言うて、本を三冊持って来る。

午後、朝日新聞社出版局の池谷真吾氏が来訪。手紙五通。

八月十三日・木曜日。晴、午後、少雨。

朝、朝日新聞にまた『赤目四十八瀧心中未遂』の大きな広告が出る。会社へ。

㈱セゾンコーポレーション秘書室の二宮秀勝氏、辻井喬(堤清二)氏からお祝いの酒を持参、嫁はんが動坂上通りの森葬儀屋の角まで出て行って受け取る。

濱野正美氏に電話。「声に力がないね。」ぐったり。手紙三通。

八月十四日・金曜日。朝、豪雨、午後、晴。

会社へ。渡辺昌宏氏から『赤目四十八瀧心中未遂』に署名を頼まれる。心臓に刺し込み。

㈱デコの篠宮奈々子さんから電話。小学館「マフィン」にインタヴューを依頼される。

村上和宏氏から「変」のゲラがＦＡＸで送られて来る。村上氏からのメッセージが付いていて、曰く「この作品は、自分の内なる己《オノレ》に裏切られながら生きざるを得ない、人間の悲しみ、と読みました。傑作と思います。」校正に掛かると、たちまち胃痛。

由井常彦氏から花籠。小山田ひさ子さんから梅酒。手紙一通。


八月十五日・土曜日。陰、夜、雨。

朝、嘔吐。午前中、博品社「木曾御嶽」校正。内職。

午後、新潮社「波」の「意地ッ張り文学誌」第三回原稿を書く。

古屋奎二氏より支那の墨と筆。手紙二通。


八月十六日・日曜日。晴。

強迫神経症の私は、日に何度も何度も手を洗わないではいられない。一日五十回近くになるのではないだろうか。午前中、何度目かに手を洗っていると、順子ちゃんが「くうちゃんはきれいなのは、手だけね。」と言うた。一週間に一度しか風呂へ入らず、その時にしか下着を取り替えないことを言うているのだ。

朝から「意地ッ張り文学誌」の原稿の続きを書く。原稿を書いている間は、たばこを喫わないが、緊張感が高まるので、余計回数多く手を洗いに行ってしまう。午後は摂氏三十五・五度の猛暑のさ中、胸板に汗が流れ落ちるのを我慢して、書き続けた。

夕飯の時、「あれから一ヶ月ね。村上さんがくうちゃんの沈黙に堪え切れなくなって、そわそわしちゃって。」「うん、まったく大変な運命の一日を過ごしたよ。」

昭和五十五年の暮れ、私がはじめて芥川賞の候補になった時、お袋が「あんたッ、うちはこれから田んぼ売って二千萬円の金を作る。それを風呂敷荷物にして背中に背負って東京へ行く。安岡章太郎先生以下、十人の銓衡委員にそれを配って廻る。銓衡委員の名前と住所を教えな。」「何を阿呆なこと言うんやッ。」「何言よんや、そら、どななえらい先生かて錢貰《もろ》たら、違うでェ。」芥川賞・直木賞に執念を燃やして来たのは、お袋だった。私にはそれがよく分かっていただけに、辛いものがあった。銓衡委員に金も配らず、よくも受賞できたものだ。お袋が朝日新聞に候補作の一覧が出てから一週間、毎晩眠《ね》られへなんだ、と言うていたのは本当だろう。


八月十七日・月曜日。晴。

朝、吐ッ気。団子坂歯科へ。挿し歯なおる。歯科医師は澤井芳江さんから聞いて、私が直木賞を受賞したことを知っていた。

午前、文藝春秋へ行き、村上和宏氏に「変」に朱を入れたゲラを返す。

午後、新潮社へ行き、水藤節子さんに原稿を渡す。高橋順子エッセイ集『博奕好き』が新潮社で上板されることが正式に決定。帰り、神楽坂で嘔吐。

隣家の小川誠氏より昆布巻き。手紙一通。


八月十八日・火曜日。陰。

先月七月二十四日の夜、前田速夫氏が電話をして来て、「新潮社としてお祝いをしようかと思うんだけど、お前、何がいい。」「現金がいい。」「それは……。」「去年、俺が平林たい子賞を貰った時は、文藝春秋は現金五萬円くれたぞ。新潮社は何もくれなかったけど。」「一萬五千円くらいの商品券でどうだ。」「けちなこと言うな。」以来、前田氏からは何の音沙汰もなし。前田氏は私が直木賞候補になって以来、気に入らないらしく、「チッ。」「チッ。」と舌打ちばかりしている。

午後、浦和の精神病院へ。待合室に患者が溢れていた。悳《いさお》医師が「編輯長の要求は、断われるものは断わって、自分のこれ迄のリズムを崩さないように、蝸牛《かたつむり》の歩みで原稿を書いて行って下さい。」

母から麦酒《ビール》。手紙二通。

八月十九日・水曜日。朝、霧雨、午後、陰。

朝、朝日新聞に新潮社の『鹽壺の匙』『漂流物』『業柱抱き』の広告が出る。

日本文学振興会の高橋一清氏より電話。高松の菊池寛記念館へ収めるため、色紙揮毫を依頼される。村上和宏氏から電話。『赤目四十八瀧心中未遂』六刷・五千部増刷。

終日、眠。余程疲れが溜まっているのだ。手紙三通。

八月二十日・木曜日。陰、午後、晴。

今朝は私の方が順子ちゃんより早く目が醒めた。順子ちゃんが大きな尻を出して眠ってるので、下穿きをずり降ろして、尻の穴を覗いていると、「ああん。」と言うて、目を醒ました。

朝、根津八重垣町の床屋へ。会社へ。

㈱スリーエーネットワークから原稿の依頼。文藝春秋の豊田健次氏から電話。

順子ちゃんは次ぎ次ぎに送られて来る私への贈り物の中身が知りたくて、箱を開けたくて仕方がない。うずうずしている。私がそれを指摘すると、「日記に書かないでね。」

手紙三通。高等学校時代の同級生後藤一氏からの手紙は不快だった。「親しくすること」と「狎れ狎れしくすること」とを履き違えている。親しくするとは、持続することだ。三十五年間、一度も逢ったことがないのに、どうしていっしょに酒など呑めるものか。こちらが困惑するだけだ。

八月二十一日・金曜日。陰。

今日は直木賞受賞式。苦しい一ヶ月余であった。が、また愉しい一ヶ月余でもあった。もうこういう充実した時間は二度と来ないだろう。今回の直木賞受賞が私の身にもたらしたものは、長い間私の背にのし掛かっていた芥川賞・直木賞の呪縛からの解放であった。併しこれはただちに私の強迫神経症が快方に向うことには、結び付かなかった。依然として私は、よその家の植木鉢（ことにアロエ）から毒素が発散されるのを身に浴びて来た。幻覚である。併しただひたすらそれを恐れて来た。外から家へ帰ると、上着・ズボン等を拭き清めないではいられない。苦しい。

母が午後零時四十二分・ひかり一三四号で東京駅着。順子ちゃんと迎えに出る。飯田町のホテル・エドモントへ。ホテル内の「平川」で昼食。母が、妹・岩坂恵美が五月末に大量のおりものがあって、六月二十九日に姫路日赤で子宮癌の手術をしたことを語る。現在は抗癌剤の投与をしていると言う。四十四歳。

千駄木の私方へ。午後四時半、日本文学振興会から迎えの自動車が来る。東京會舘へ。午後六時から授賞式。田辺聖子さんの祝辞に胸を打たれる。「車谷さんの文章には気品があります。」と言うて下さった。続いて私の挨拶。「私は今回の受賞を、何か栄誉を背負ったこととは考えておりません。死の病いを背負うたと思うております。」見知らぬ人から名刺を三十四枚いただく。人中《ひとあた》りがした。二次会で銀座「ソフィア」へ。母、順子ちゃん。野家啓一・裕子夫妻。橋本寿明氏。前田富士男氏。金子啓明氏。新藤凉子さん。坂本忠雄氏。前田速夫氏。富澤祥郎氏。岡本進氏。文藝春秋の編輯長諸氏。胃痛。

母をホテル・エドモントへ送って行ったあと、深川門前仲町の鮨屋「すしや一番」で新藤凉子さん、順子ちゃんと三次会。午前一時半帰宅。嘔吐。

前田速夫氏から、新潮社からのお祝いとして西武百貨店の商品券五萬円。石津信子さんから二萬円。吉村愛子さんから花束。

八月二十二日・土曜日。陰。

朝、母をホテル・エドモントへ迎えに行く。歌舞伎座へ。「小栗栖の長兵衛」歌昇、「棒しばり」勘九郎、八十助、「与話情浮名横櫛源氏店」橋之助、扇雀。

順子ちゃんと歌舞伎座の前で待ち合せ、銀座「甍」で中食。浜離宮恩賜公園へ。水上バスに乗って浅草へ。金龍山浅草寺にお参りする。恵美の快癒を祈る。仲見世を歩いている時、母の臑《すね》が痛みはじめる。「舟和」で休息、かき氷。母をホテルへ送って行ったあと、帰宅。きのう吉村愛子さんからもらった百合の花が、玄関で怒ったような臭いを発散していた。

手紙二通。


（「文藝春秋」平成十年十月号）

私の小説論

私は風呂に入るのが嫌いで、一ヶ月に一回ぐらいしか入りません。独身時代は年に三回しか入らなかった。春、夏、秋の三回。当時は私は会社員だった。そうすると、会社の人が私のことを「臭い。」「臭い。」とよく言うた。けれども今日は心を新たにするために、今朝、下着を全部取り替えて来ました。だから清潔なんです。

今日は「小説を書くとは、どういうことか。」「なぜ人は小説を書くのか。」ということを、お話させていただきます。

私が講演というものを最初に聞いたのは、大学一年生の時の三田祭に、画家兼彫刻家の岡本太郎氏がお見えになって、講演なさったのを聞いたのが最初でした。その時、岡本氏は「人間は、生れて来たその瞬間に、孤独を決意して生れて来たのだ。」「藝術は爆発だ。」とおっしゃいました。十八歳の私はその言葉だけが耳に残って、いまだに記憶しているのですが、併《しか》し岡本太郎氏のおっしゃった言葉の意味が、ある程度分かったのは、三十歳を過ぎてからでした。

言葉というのは不思議なもので、人から聞いて記憶に残った言葉は、その瞬間に意味が分からなくても、くり返し反芻《はんすう》して、あれはどういう意味だったのだろう、と考えていると、次第にその意味が分かる時が来る。それが齢《とし》を取ることの、一番よいところではないか。勿論、若い時には若さというものがあって、若さとは、向う見ず、無鉄砲、無分別、思慮の浅さ、高望み、あせり、そういうことであって、それはそれのよさもありますが。併し齢を取ることのよさは一つだけあって、人から聞いた言葉の意味の深さが、だんだん分かって来ます。あとは、だんだんに体力が衰えて来て、髪に白髪《しらが》が出来、憂鬱《ゆううつ》な気分で暮らさなければいけないだけです。つまり死が近づいて来るのです。

去年、私は「NHK歌壇」というTV番組に出ました。その時、歌人の伊藤一彦さんからのお願いで、短歌をはじめて詠みました。

死ぬために生れて来たるこの世かは吾の生《あ》れしは夏の曇り日

若い時は、誰しも自分が死ぬために生れて来たとは思うてはいません。少なくとも私は子供の時分には、そうは思うていなかった。併し死ぬことは人間の宿命であって、私は十八歳の頃から、自分は死ぬために生きているのだ、と思うて来た。それ以外に人生の目的はない。死を恐れないで生きる、とは、どうすればよいか。それだけを考えて生きて来た。

そういうことから、私は自分の生れた日はどういう日だったのだろう、ということも思うようになった。ある日、永井荷風の「断腸亭日乗」を読んでいたら、私の生れた昭和二十年七月朔は、荷風は東京を五月の米軍の空襲で焼け出され、岡山県に疎開していて、この日は、時々雨、と記してあるので、私の生れた播州飾磨《しかま》も曇り日だったのだろう、と思うた。父に尋ねると、次ぎのような答えが返って来た。

「そうやな。お前の生れて来たんは昼ごろで、わしが田んぼで田植えしとったら、家から男の子が生れた、と報せて来た。併しその日が曇り日やったかどうかは記憶にないな。けど備前岡山と播州は同じ山陽路の隣りの国やし、同じ瀬戸内海気候の内にあるさかい、また田植えの時分は毎日、梅雨空やから、多分、曇り日やったんやろ。何しろその時は、空に米軍の偵察機が飛んでいて、その機体の影が田植えの苗代《なわしろ》の水に写っとった。それでその翌々晩がB29戦闘爆撃機による姫路・飾磨の空襲やった。」

人間はおぎゃあと生れて来た瞬間に、言葉を記憶している人は一人もいません。誰でも生れて来たあとで、他人の言葉を聞き、読み、書きして、言葉を習得します。従ってはじめから自分の言葉を所有している人は一人もいません。元を糺《ただ》せば、私たちが所有している言葉は、すべて他人の言葉である。それをいつしか自分の言葉のように錯覚して、生きているのです。私が物を書いている言葉も、他人の悪口を言う言葉も、みな元を糺せば、他人の言葉である。

では、そのようにして習得した「他人の言葉」は、いつ「自分の言葉」になるのか。惟《おも》うに、それは他人の言葉が、私たちが生れながらに持っている自分の魂と結び付いた時である。魂とは人間の霊である。霊には生霊《いきりょう》と死霊《しりょう》がある。また魂とは日本の古語で言えば、物である。物心、物思ひ、物語り、物書き、物言ひ、物のあはれ、物の怪《け》、物狂ひ、大物小物、などと言う時の物である。大和《やまと》三輪山には大神大物主《おおみわおおものぬし》神社というのがあって、古代人も大物（魂の大きな人の霊）を崇《あが》めていたのだ。つまり「他人の言葉」と「自分の物」が結び付いた物が、自分の「言霊《ことだま》」である。

私たちが文章、なかんずく小説を書くということは、この自分の言霊を発するということです。文章というのは、普通は小学校に入った頃から学校で文字を習って、先生のおっしゃることをノオトに書いたりするようなことからはじまります。併しその頃は、書くということがどういう意味を持っているか、というようなことはまったく考えません。恐らくそういうことを、一生考えないで死ぬ人の方が圧倒的に多いのですが。私は二十五歳の時から小説を書きはじめました。が、その時分は、小説を書くことにどういう意味があるか、なぜ自分は小説を書くのか、という風なことは全然考えなかった。

当時、私が小説原稿を書いているのを、うちの親父が横から見ていて、「あれは一生暇つぶしのために生きるんや。」とお袋に洩らしたんだそうです。親父は、倅の私が悪徳弁護士になって、しこたま銭儲けをして欲しいと考えるような人でした。大学は法学部に入って、法律の抜け道を勉強し、しこたま金儲けをして欲しいと。そして農地改革で失った土地を取り戻して欲しいと。私の家は元地主だったのです。けれども私はこの世で何が嫌いかと言われれば、金儲けほど嫌いなものはない。私は貧乏が好きなんです。で、親父がそういうのを洩らしたというのを、お袋から聞かされまして、私は「ああ、文章を書くというのは暇つぶしなのか。なかなかいいことを言うな。」と思いました。親父は田舎の百姓で、文章を書くことなんてことは全然ないし、日記をつけるとか手紙を書くとか、そういうことも皆無に近い人でした。だからそういう具合に見えたんでしょう。

では、なぜ人は小説を書くのか。人は死ぬからです。またこの世のすべての生物《いきもの》の中で、みずからがいずれ死ぬことを知っているのは、人間だけだからです。その悲しみに堪えることが、「生きる」ということです。私がこのように考えるようになったのは、三十八歳の時からです。西行に、こんな歌があります。

心なき身にもあはれは知られけり鴫《しぎ》立澤の秋の夕ぐれ

この「あはれ」とは、あるいは「物のあはれ」とは、人は生きながらにしてみずからがいずれ死ぬことを知っている、その悲しみ、ということです。これが岡本太郎氏の言う「人間は、生れて来たその瞬間に、孤独を決意して生れて来たのだ。」という言葉の意味ではないでしょうか。「あはれ」という大和言葉を「孤独」などという漢語におき替えてしまうと、やや言葉の意味にずれがあるようですが。

この世のすべての生物の中で、みずからがいずれ死ぬということを知っているのは、実は人間だけなのです。牛、馬、豚、庭鳥、犬、猫、蛇、蛙、ごきぶり、鰻《うなぎ》、蟹、蝦《えび》、いろいろな生物がいますけれども、彼らはいずれ自分が死ぬことを知りません。たとえば蛇だったら蛙を呑み込んで、自分の栄養にして生きている。生きることに精いっぱいであって、生きることに夢中になっていて、食べることと生殖、それだけを、人間以外の生物《いきもの》はやっているのです。ですから蛇や蛙は「物のあはれ」なぞということを思いません。うちの庭には蟇《がま》が五匹いますが、蟇は蚯蚓《みみず》や蚊、蟋蟀《こおろぎ》などを捕食することと交尾することだけに夢中になって生きています。人間のように、生きることの意味とは何か、というようなことは考えません。えらいもんです。

無論、人間だって生れて来たその瞬間には、いずれ自分は死ぬ宿命にある、などということは知らないのです。けれども二、三歳になると「物心」が付いて来て、つまり「言葉」を憶《おぼ》えて、やがて思春期になり「物思ひ」に耽《ふけ》るようになると、いずれは自分も死ぬ時が来る、ということを知るようになるのです。

人間は二、三歳の頃はまだ自分はいずれ死ぬということは、はっきり自覚しておりませんが、併し「淋しい」という感情はすでに知っています。この淋しいとはどういうことか、と突き詰めて考えて見ると、自分がいずれは死ぬということを人間は知っている、それが淋しいということです。

犬とか豚とか庭鳥とか蛇とか蛙とか、そういうものは自分がいずれ死ぬということを知らないから、淋しいという感情はありません。勿論、犬にも喜怒哀楽はあって、怒ったり、喜んだり、哀しそうな声を出したりすることはあり、併し孤独とか淋しいという感情は一切ありません。

生きるということの究極にあるのは、死ぬということです。生の目的は死です。少なくとも私は、そう考えています。世の中には、金儲けを目的にして生きている人がいますが、私はこういう人には「銭は出来たそうだ。結構なことだ。死ぬ時はそっくり持って行きやがれッ。」と言いたいですね。また名誉を得ることを目的にしている人もいますが、名誉など死ねばすぐ忘れられてしまいます。いまから五十年以上前に、堤千代とか田岡典夫とかいう人が直木賞をもらいましたが、いまでは完全に忘れられた人です。芥川賞の方も、これをもらっても、すでに生きている間に忘れられて行く人は多いですね。私も三島由紀夫賞とか、数々の栄誉を得ましたが、こんなものは、死後五十年も経てば、忘れられてしまいます。

私たちは生れた時から、一歩一歩、死に向って前進しています。これだけは避けがたいことです。普通「老いる」ということは、老人になることと解されています。新聞やTVはそう報道しています。併し小さな二、三歳の子供も一日一日、老いているのです。齢を取っているのです。齢を取るということは、自分の持ち時間を失って行くということです。ここが恐ろしいところです。

持ち時間全体を、普通は「人生」とか「運命」という大袈裟な言葉で言うていますが、人は日々、持ち時間を失って行くということ、つまり老いて行くこと、これが最大の「淋しさ」です。それを「悲しい」とか「悲しみ」という言葉では考えない人もいるけれど、人間の生物《いきもの》としての根底に横たわっている感情・気分は「悲しい」ということです。それは、くどいようですが、自分が死ぬということを知っているから、まず「淋しい」と感じるのです。淋しいから、自分と同じ人間を求める。人生の根本にあるのは、ただ生きているだけで淋しいということです。紫式部に、次ぎのような歌があります。

とし暮れてわがよふけゆく風の音《ね》に心のうちのすさまじきかな

この「すさまじき」は「淋しい」という心の内を、さらに一段強調した表現です。ただ生きているだけで淋しいということを、最初に「物語り」したのは「源氏物語」の紫式部ですが、同じことを明治以降、最初に小説に書いた人は、夏目漱石です。近代になって以後、多くの小説が世に出ましたが、一番たくさん読まれたのは漱石ではないでしょうか。漱石は人間にとって一番の根本問題である「淋しい」というのは、どういうことか、ということを中心命題にして、くり返し小説を書きました。「野分」

「三四郎」「それから」「門」「彼岸過迄」「行人」「こゝろ」「道草」「明暗」。すべて近代人の淋しさを描いたものです。漱石が読者に向って訴えたかったことは、人間はただ生きているだけで淋しいということでした。なぜ淋しいか。人は生きながらにして、すでに死人であるからです。漱石は「道草」の中に書いています。

《兄は過去の人であつた。華美《はなやか》な前途はもう彼の前に横《よこた》はつてゐなかつた。何かに付けて後《うしろ》を振り返り勝《がち》な彼と対座してゐる健三は、自分の進んで行くべき生活の方向から逆に引き戻されるやうな気がした。

「淋《さむ》しいな」

健三は兄の道伴《みちづれ》になるには余りに未来の希望を多く持ち過ぎた。其癖現在の彼も可なりに淋《さむ》しいものに違《ちがひ》なかつた。其現在から順に推した未来の、当然淋《さむ》しかるべき事も彼にはよく解つてゐた。》

「道草」は漱石の自伝小説です。「健三」が漱石その人です。淋しいから、人は人を求めるのです。「愛」を求めるのです。そして戀とか友情とか師弟愛とかが芽生えますが、併し人生の最期《さいご》は一人で死んで行かねばなりません。「生きる」こと、即ち

「悲しみ」に堪えることです。ですから私は自分が人間であることに絶望しています。
この「悲しみ」を歌った詩歌はたくさんあります。岡本太郎氏の母上、岡本かの子は「老妓抄」の中に次ぎのように詠みました。

年々にわが悲しみは深くしていよよ華やぐいのちなりけり

また中原中也は次ぎのように歌いました。

汚れつちまつた悲しみに……

汚れつちまつた悲しみに
今日も小雪の降りかゝる
汚れつちまつた悲しみに
今日も風さへ吹きすぎる
汚れつちまつた悲しみは

たとへば狐の革裘《かはごろも》
汚れつちまつた悲しみは
小雪のかゝつてちゞこまる

汚れつちまつた悲しみは
なにのぞむなくねがふなく
汚れつちまつた悲しみは
倦怠《けだい》のうちに死を夢む

汚れつちまつた悲しみは
いた〳〵しくも怖気《おぢけ》づき
汚れつちまつた悲しみに
なすところもなく日は暮れる……

けれども私がいまここでこのように申し上げていることに、目醒めない人がたくさんいます。いまの日本人の大部分は、金儲けを人生の目的にして生きているから、そう言う人はあまり淋しさを感じません。感じるとしても、会社員《サラリーマン》の場合、停年退職とか、リストラされて毎日家にいて、することがなく、少なくとも命懸けですることがなく、老後になってから「何か淋しいな。」という風なことを思うのだけれど、その時は、時すでに遅しなんです。あとは犬死と葬儀屋が待っているだけです。

死を避けることは出来ません。されば、死を恐れないで生きるには、どうすればよいか。私は思春期の頃からそれだけを考えて生きて来ました。そして三十七歳の時、昭和五十八年六月十六日朝、私は一つの決心をしました。も一度、東京へ出て行って、小説家になろうと。その時は私は播州飾磨の在所に失業者として逼塞《ひっそく》していました。小説家になって、しかるべき作品を書き残せば、夏目漱石のように死後も自分の書いたものを人に読んでもらえる。そう思うたのです。そして二萬四千円にぎって、ほぼ無一物で東京へ出て来ました。それからは、ただひたすら勉強し、ただひたすら物を思い、ただひたすら小説原稿を書いて来ました。そして二十年の時間を失いました。が、その二十年の時間は私の書いて来たものの中に息をしているのです。私の「いきすだま」は、私の「死霊」は、私の「言霊」は、私の書いたものの中に生きているのです。恐らくは私の死後も生き続けるだろうと信じております。

若い時に、淋しいという感情を胸の中に持つ。私の場合は、十二歳の時に宏之叔父が自殺した時からそうなりました。宏之叔父は母の次弟で、私より九歳上、同じ村の中に家があって、赤子の時からほぼ兄弟同然に育ちました。私はこの叔父のことを「宏之兄ちゃん。」と呼んでいました。「宏之兄ちゃん」は私に新潮社日本少国民文庫の、山本有三『心に太陽を持て』、吉野源三郎『君たちはどう生きるか』などを読めと言うてくれました。また叔父はヴァイオリンを奏《ひ》くのが上手で、市川の河原でムソルグスキーの「禿げ山の一夜」などを奏いてくれました。叔父は二十一歳で自殺したのです。

この叔父がいなくなってから、私は私の人生を淋しいと強く思うようになりました。私は自分の心の傷が医《いや》されることを願って、いつしか文学の道に一歩近づきました。つまり夏目漱石、森鷗外を読むようになったのです。

くり返しになりますが、人間にとって死ぬことが一番悲しいことであり、同時に一番恐ろしいことです。死を決心することは、なかなか出来ません。私も何度か自殺の決心をしたことがありますが、実際には死ねないで、今日、五十八歳まで生きて来ました。

死ぬことは一番恐ろしいことですが、併し死を決心して、恐ろしくないと、喜んで死ぬ女を主人公にした小説があります。それは深澤七郎の「楢山節考」です。「楢山節考」は、日本に昔からある姨捨伝説に基づいて書いた小説です。日本人は、昔はみんな貧しかったから、信州とか甲州の村などでは、七十歳になったら、その老人を子供が背中に背負って姨捨山へ捨てに行ったのです。そうすると、そこで餓死すると。

姨捨てという風習は、かなり昔から実際にあったようです。「古今集」の中に、よみ人知らずとして、次ぎのような歌があります。

わが心なぐさめかねつ更科《さらしな》や姨捨山に照る月を見て

これは親を捨てに行った倅の立場から詠んだものです。

いまの日本では、だいたい停年六十で会社を辞めるけれども、それは即ち死ということではなくて、老齢年金とか恩給とか、何かそういうものがあって、細々と生きて行けるということになっていますが、実際には六十歳になれば、まあ、ほぼ死んだも同然です。まあ大部分の人にとっては。特に会社員《サラリーマン》にとっては、停年を迎えるということは、「死が来たということとほぼ同じで。永井龍男に「一個」という停年を主題にした素晴らしい短篇小説があります。

「楢山節考」の女主人公は、おりんという百姓の婆さんです。この人は普通の人と違って、死を恐れない人として深澤七郎は設定しています。普通の人というのは、死を恐れるのです。倅の辰平が嫁をもらって孫が生れ、嫁が不慮の事故で死に、さらに辰平が後妻をもらって、おりんは自分の人生でなすべきことはもうすべてなして、七十が来て姨捨山へ捨てられに行く日を心待ちに待っている。その捨てられに行く日のことを、楢山祭と言うのです。深澤七郎の小説の中では、山の名前が楢山という山になっているけれども、通常は姨捨山というのがあって、信州上田の近所にも姨捨山という山が、実際にあって、「古今集」のよみ人知らずの歌は、この山に照る月を詠んだものです。柳田國男の「遠野物語」第百十一段にも姨捨ての話が出てきます。

《山口、飯豊《いひで》、附馬牛《つくもうし》の字荒川東禅寺及火渡《ひわたり》、青笹の字中沢並に土淵《つちぶち》村の字土淵に、ともにダンノハナ*と云ふ地名あり。その近傍に之と相対して必ず蓮台野と云ふ地あり。昔は六十を超えたる老人はすべて此《この》蓮台野へ追ひ遣るの習《ならひ》ありき。老人は徒《いたづら》に死んで了《しま》ふこともならぬ故《ゆゑ》に、日中は里へ下り農作して口を糊《ぬら》したり。その為に今も山口土淵辺にては朝《あした》に野らに出づるをハカダチと云ひ、夕方野らより帰ることをハカアガリと云ふと云へり。》

＊ダンノハナは壇の塙なるべし。即ち丘の上にて塚を築きたる場所ならん。境の

神を祭る為の塚なりと信ず。蓮台野も此類なるべきこと「石神問答」中に言へり。》

これは現代の風俗に照らせば、厭々ながら養老院へ行かされるに似た話です。けれども「楢山節考」では、喜んで楢山へ捨てられに行く、おりんという女の姿が書いてあります。

私は大学二年生の時にはじめてこの小説を読んだのですが、恐らく人生で最大と言うても過言ではないほど、深い衝撃を受けました。これは小説だから虚構《フィクション》の中の人物ですが、世の中には喜んで死んで行く人がいるのか、と思うて、非常に驚きました。その驚きは、いまも消えません。

これは何を意味しているか、と言うと、世間の常識とか社会の常識では、人間は死ぬことを一番恐れている、ということになっているけれども、それを深澤七郎はひっくり返して、喜んで死んで行くという主題《テーマ》を小説の中で立てたのです。言い換えれば深澤は、反「世間の常識」、反社会性という命題を立てたのです。日本の戦後社会には、憲法第二十五条に基づいて、福祉思想というものがあります。長生きすることはよいことだ、という思想です。そういう「世間の常識」に対して、深澤は反「世間の常識」という命題を立てたのです。つまり深澤は自分を崖から突き落としたのです。小説を書くということは、この世の禁忌《タブー》を破ることです。己れを崖から突き落とすことです。今日の敬老精神（そんなものがあるとは実は誰も信じていませんが）から言えば、書いてはいけないことを書いたということです。この小説は昭和三十一年「中央公論」十一月号に発表されました。非常に多くの人が驚きました。当時、随一のすれっからしと言われた正宗白鳥が、次ぎのような批評文を発表しました。

《ことしの多数の作品のうちで、最も私の心を捉えたものは、新作家である深澤七郎の『楢山節考』である。（中略）私は、この作者は、この一作だけで足れりとしていいとさえ思っている。私はこの小説を面白ずくや娯楽として読んだのじゃない。人生永遠の書の一つとして心読したつもりである。》（新潮文庫『楢山節考』日沼倫太郎「解説」より）

人は普通は世間の常識に従って生きています。が、深澤七郎のように、反「世間の常識」という主題《テーマ》を立てることが、「文学になる」ということです。それが「物を書く」と言う時の「物」です。作家のことを「物書き」と言います。この「物書き」というのは、「物を書く」ということではなく、我われの中の「物が語る」ということです。

先程も申し上げましたが、世間ではよく「あの人は大物だ。」とか「あの人は小物だ。」とか言うたりする場合があります。奈良県の三輪山には大神大物主神社というのがあって、あの神社の祭神は、何が祀ってあるかと言うと、「物」が祀ってあるのです。「大物」が祀ってある。残念ながら「小物」の人は祀られません。誰も崇拝する人がいない。お賽銭を出して拝みに行く人がいない。「大物」の人は、みんなから尊敬されて、死後、神さまになって、古代においては祀られていたのです。そこへお正月とかお祭りの日にはお参りに行く。

さらに「物心」が付くというのは、人間の中に「魂」が発生するということです。いや、「魂」が形をなして来るということです。「生霊」「死霊」「いきすだま」「物」が形をなして来るということです。もともと「魂」とか「霊」とか「いきすだま」とか「物」というのは、生れ付き人間にそなわっているもので、生れ付き「大物」「小物」というのは決まっているのです。「魂」とか「霊」とか「物」というのは、俗語で言えば「肝っ玉」ということです。「あの人は肝っ玉が大きい。」とか「あの人は胆が坐っている。」とか。その逆に「あの人は肝っ玉が小さい。」とか。肝っ玉が小さく生れた「小物」の人は、終生、肝っ玉の大きい「大物」にはなれません。私の親父のように、倅に悪徳弁護士になって、しこたま銭儲けをして欲しいと言うような人は、肝っ玉の小さい「小物」です。こういう人にはお賽銭を出す人はいません。

この「物」によく似た言葉として「虫」という言葉があります。「虫が好く」「虫が好かない」「虫酸《むしず》が走る」「虫の居所が悪い」。こういう言葉があります。この「虫」というのも、人間の「魂」ということです。理屈抜きに「虫が好く」ということがあります。あるいは理屈抜きで「虫が好かない」ということがあります。我われの中には、一匹の「虫」が息をしているのです。また世間には「馬が合う」という言葉があります。この「馬」も「虫」と同じような「物」です。「魂」です。「霊」です。「物書き」とは、この「虫」とか「馬」について表現する人のことです。「楢山節考」で言えば、おりんという百姓のおばあさん、その倅の辰平、後妻のお玉が出て来るのだけれども、おりんの喜んで死んで行く「魂」を書いた。深澤七郎が「思い出多き女おッ母さん」というエセーに書いているところに拠ると、おりんのモデルは深澤さんのお母さんだそうです。深澤さんが若い頃に、お母さんは肝臓癌で亡くなられたそうです。当時は田舎には自動車がない時代だったから、深澤さんは患ったお母さんを背中に背負って、石和《いさわ》の病院まで、笛吹川の土手を歩いて行った。その時、お母さんは悲しがるとか厭がるとか、そういうことはなかったんだそうです。お母さんはその石和の病院で亡くなられました。そういうご自分の体験を、日本古来の姨捨伝説に結び付けて、喜んで死んで行く女の「魂」を書くということをなさったのです。

深澤七郎氏は桃原青二という藝名のギター奏者で、日劇ミュージックホールに出ておられたのですが、その楽屋で原稿を書かれたのだそうです。それは、おりんという女の「物」を書いた。おりんという女の「生霊」と「死霊」を書いた。読者である私は、びっくり仰天した。

「物心」が付くというのは、二、三歳になって、言葉を憶えるということです。小説、戯曲、詩、短歌、俳句は、「物」によって「物」を書くわけだから、「物」とは言葉です。言葉によって表現するということです。その場合、「物」とは作家の魂とか、作家の霊であって、それが小説の中の主人公、及びわき役の魂とか霊について書くということになります。どういう魂の持ち主であるか、それを具体的な例を叙述して書く、それが小説を書くということです。「楢山節考」の中では、おりんの魂が自然に語るという風になっている。これは「物を語る」というよりは、「物が語る」ということです。そういう具合に深澤さんは仕組んで、書いている。

具体的な例を叙述する、とは、たとえば次ぎのようなことです。おりんは七十近くなっても、虫歯など一本もなく、きれいな歯が生え揃っている。それをおりんは恥じて、納戸の隅で、石を歯にぶち当て、歯を砕いてしまう。そうすれば老婆らしくなり、飯が喰えなくなる。これはお山へ捨てられた時に、空腹の余り、山の木の実とか、草とか、そういうものに喰いつくような、恥ずかしい真似をしないように、事前に死の準備をしているのです。このおりんが石で歯をぶち砕く場面は、おりんの哀切な、美しい魂を具体的に叙述していて、悪夢のような場面です。

《おりんは誰も見ていないのを見すますと火打石を握った。口を開いて上下の前歯を火打石でガッガッと叩いた。丈夫な歯を叩いてこわそうとするのだった。ガンガンと脳天に響いて嫌な痛さである。だが我慢してつづけて叩けばいつかは歯が欠けるだろうと思った。欠けるのが楽しみにもなっていたので、此の頃は叩いた痛さも気持がよいぐらいにさえ思えるのだった。

おりんは年をとっても歯が達者であった。若い時から歯が自慢で、とうもろこしの乾《ほ》したのでもバリバリ噛み砕いて食べられるぐらいの良い歯だった。年をとっても一本も抜けなかったので、これはおりんに恥ずかしいことになってしまったのである。息子の辰平の方はかなり欠けてしまったのに、おりんのぎっしり揃っている歯はいかにも食うことには退《ひ》けをとらないようであり、何んでも食べられるというように思われるので、食料の乏しいこの村では恥ずかしいことであった。》

明治以来、実におびただしい数の小説が書かれた来たけれども、私は「楢山節考」が最高傑作だと思うております。深澤さんとしては、みずからを崖から突き落とす思いでお書きになったのではないか、と思います。自分を崖から突き落とすことが出来ない人は駄目です。

深澤さんには、もう一つ死を恐れぬ老婆を主人公にした作品があります。『庶民列伝』の中の「おくま嘘歌」である。『庶民列伝』は昭和四十五年一月に新潮社から上板された。「楢山節考」から十四年後である。これを見ると、深澤七郎の中では「死を恐れない人」というのは、かなり普遍的な主題《テーマ》だったことが分かります。長生きをすることはよいことだ、という偽善的な思想を打ち破りたいという意志が、深澤さんにはあったのだと思います。

先程も申し上げましたが、私たちの中には「虫」というものが一匹生きています。自分の中で「虫が好かない。」と思うと、もう絶対にそれに触れたくない、食べたくない、聞きたくない、見たくない、そういうことになります。反対に「虫が好く。」

となると、何が何でも男、または女に抱きつきたくなるとか、歌を聞きたくなるとか。たとえば美空ひばりの歌を聞いて、虫が好く人は、美空ひばりのＣＤを、昔だったらレコードを買って来て、くり返し聞きたくなるでしょうし、虫の好かない人はその逆でしょう。志賀直哉は、この「虫」を基準にして、物を書いた人です。「虫」、即ち好悪の感情を自己の倫理的基準にして、または美的基準にして、それに基づいて、文章を書いた人です。「剃刀」などいう短篇小説を読むと、この人は「物の怪《け》」に憑かれ、「物狂ひ」していた人ではないか、と思います。「物」も「虫」も同じものです。「物好き」な人です。つまり「変人」です。文士というのは、おしなべて物好き、変人です。

普通、「あなたは、なぜ美空ひばりが好きなんですか。」と尋ねられても、理由は説明できません。少なくとも私には出来ません。理屈抜きで私は美空ひばりが好きです。併し世の中には虫の好かない人が多いですね。長嶋茂雄、石原裕次郎、こういう人は、名前を聞くだに虫酸が走ります。

だいたい戀愛をしたりする時も、相手の容貌がどうとか、学歴がどうとか、収入がどうとか、いい男だなとか、いい女だなとか、金持ちそうだとか、貧乏人らしいとか、まあそういうこともありますが、最後に判断するのは、私たちの中の「虫」です。虫が好くとか、好かないとか、そういうことです。私は世の中の夫婦で、仲がよくて、しあわせな夫婦というのは、十組みに一組みぐらいしかいないと考えていますが、うまく行かない夫婦というのは、容貌とか、学歴とか、収入とか、それだけを見て判断した夫婦です。自分の中の「虫」で判断しなかった夫婦です。つまり相手の中の「虫」を見なかった夫婦です。

　この「虫」というのは、何度も申し上げますが、「物」だから、即ちその人その人の「魂」「霊」なのです。それで相手のことを判断して、虫が好く場合は近寄って行くし、虫が好かない場合は、いくら求められても、厭だ、厭だと思うて、逃げて行きます。そういうわけで、結婚しても、離婚する夫婦は珍しくないし、離婚までは行かなくても、辛抱している夫婦は、十組みに九組みはいますね。人間というのは愚かなものです。この人間の「愚かさ」について考えるのが、文学です。夏目漱石の処女作「吾輩は猫である」から最後の未完の名作「明暗」まで、一貫して漱石が主題としたのは、人間の「愚かさ」ということです。「間抜けさ加減」ということです。うちの嫁はんなんか、すぐ焦《あせ》る、すぐ興奮する、すぐ怒る、すぐに泣き言を言う、すぐに小言を言う、すぐに自慢する、すぐパンツを脱ぎたがる（すぐ便所へ行きたがる）、すぐ世間体を気にする、実に愚かですね。まあその愚かさがよいと言えばよいのだけれど。

私は学校を出ると、東京日本橋の某広告代理店に入社して、営業部員になりました。その時、その会社の社長からまず言われた言葉は「人間の心を捨てろ。」ということでした。「金儲けをするには、人間の心を捨てろ。捨てないと、金に頭を下げることは出来ない。金に頭を下げることが出来なければ、金儲けは出来ない。だから人間の心は捨てろ。うまく人を騙《だま》せ。欺《あざむ》け。」つまり会社員になったのだから、金儲けを人生の目的にして生きろ、ということでした。これが日本資本主義の精神です。こう考えることには、論理の飛躍があると非難する人もいますが、併し私はこの社長の言葉に深く失望しました。

それで、ほかに人生の目的はないだろうか、ということを日夜、命懸けで考えるようになった。それから一年半が過ぎた頃、神田神保町の古本屋で創元文庫の尾山篤二郎校註『西行法師全歌集』という本を求めた。一冊百円でした。それを読んだら、「あ、そうか。人間には世捨てという生き方もあるのだ。」ということに気づきました。

日本は敗戦後、軍事大国から経済大国を目指して、それが自由党の吉田茂から自由民主党の小泉純一郎氏まで、一貫した政策で、日本人は金儲けに邁進《まいしん》して来ました。その典型的な一人が、私が勤めた会社の社長だったわけですが、いまの私を支えているものは、この人に対する失望感です。この人に代表されるものに対する失望感が、私の魂に刻印されています。私は二十二歳でその会社に入り、二十五歳の秋に辞めました。以来、その人の魂に対する失望感を、私の魂の糧《かて》にして生きて来ました。

会社を辞めた時の目標は、「世捨人」になることでした。けれども現実には、この日本という社会の中にあっては、お金が一銭もなければ、生きて行けません。何かして稼がないと、最低限の収入がないと、生きて行けません。そういうことで、私はその後、総会屋の手下、旅館の下足番、料理屋の下働きなどをして、十数年を過ごしました。その間、常に頭にあったことは「世捨人」ということです。

いまは新聞などに紹介される場合は、私の肩書は「作家」「小説家」と書いてあるけれども、それは実を申せば私の本意ではありません。本当は「世捨人」と書いて欲しいのです。あるいは非僧非俗の「贋《にせ》世捨人」と。が、「世捨人」「贋世捨人」という職業はありません。お金が一銭も入って来ないのが世捨人だから、それではやっぱり生きて行けないわけで、お金が一円も入って来なかったら、餓死するか、あるいは嫁はんにぶら下がって、ただ飯を喰わせてもらうか。併しうちの嫁はんは非常に吝嗇《りんしょく》な人だから、貧乏育ちのけちん坊だから、「くうちゃん。もっと働きなさい。」と言うて、背中を鞭《むち》打つわけです。そうすると、やっぱり働くしか途《みち》がないから、已《や》むなく小説を書いているわけで、だから小説を書くことは、私の目的ではないけれど、併し世捨人であるための手段として、出版社・新聞社の人からご喜捨《きしゃ》、お布施をいただくために、まあやっているのです。

江戸時代の国文学者に本居宣長という人がいて、その人の先生に賀茂眞淵《かものまぶち》という国学者がいました。この人が「國意考」という文章の中で、次ぎのように言うています。

《凡《およそ》天地の際に生きとしいけるものは皆虫ならずや、それが中に人のみいかで貴く、人のみいかむことあるにや。》

要するに賀茂眞淵は、この世の生物《いきもの》は全部虫だと言うているわけです。ただこの場合、「虫」というのは、先程から私が言うている「魂」としての「虫」ではなく、昆虫の、言わば「虫けら」という意味で言うているのですが、みんな虫けらであるにも拘らず、その中でなぜ人だけが貴いのか、と疑問を呈しているのです。私は学校時代にこの文章を読んで、はッとした。また司馬江漢という人が、晩年にこんな歌を残している。

喰うてひりつるんで迷ふ世界虫上天子《かみ》から下庶人《しも》まで

この場合、「世界虫」とは人間のことです。つまり、なぜ人間だけが貴いのだろうと。それは誰が決めたのかと言うと、実はほかならぬ、人間が決めた。これは実におかしな話でありまして、当節は人間は貴いと言う場合、「人権」という言葉を使うのです。いまから四、五十年前、私が子供の頃に、国連で世界人権宣言というのが出まして、日本の郵政省も記念切手を発行しました。その時に「人権」という言葉を、私ははじめて耳にしました。

そもそも人間がこの世の生物《いきもの》の中で一番貴いという考え方は、つまり「人権」という言葉は、基督《キリスト》教の教えに基づいた考え方です。即ち人間は神の似姿である、だから貴い、という思い上がった考え方です。それが戦後、アメリカ合衆国など占領軍の持ち込んで来た福祉思想に依拠して、日本に広まったのです。併しこういう毛唐の考え方は、日本古来の精神風土にはなじみません。いや、今日ではすでになじんでいます。が、それが私には気に喰わないのです。賀茂眞淵の表現によれば、人間にだけ「人権」というものがあって、牛とか豚とか庭鳥とか犬とか猫とか蛇とか蛙とか、ほかの生物《いきもの》には権利がない、と言うのは、実におかしな話です。この世の、地球上の生物は生命が貴いと言うならば、人間以外の生物も実は死にたくはないのです。

しかるに人間は、生命は貴いと言うのだけれど、牛や豚や庭鳥や魚などを殺して、平気で喰うている。それは当然のことだと思うている人が、世の中の九割九分です。が、もし生命は貴いということからすれば、人間は日々、人間以外の生物の命を奪って生きているのだから、人間は日々、罪を犯しているのです。人間は畜生以上の畜生、あるいは畜生以下の畜生です。併しそういう風に思う人は、ほとんどいない。少なくとも世間の常識に従って生きている人は、そうは思わない。が、お釈迦さまは、殺生《せっしょう》は罪だと言うている。宮澤賢治には、そういうことを主題にした童話がある。

もし仮に人間に「人権」という風なものがあるとすれば、ほかの生物《いきもの》にもある筈です。牛権、豚権、庭鳥権、魚権、蟹権、蝦権、犬権、猫権、蛇権、蛙権、ごきぶり権など。うちの嫁はんのように、スリッパの裏でごきぶりをたたき殺してもよいのか。私は人間中心主義、ヒューマニズムというのが大嫌いです。虫酸が走る。

私は三十歳の時から三十八歳の時まで、九年間、料理場の下働きをして、実におびただしい数の魚や蟹や蝦や鼠を殺して来た。水槽に鯛、皮剝ぎ、河豚《ふぐ》、蟹、蝦、鰻などを飼っておいて、それを網ですくって、俎《まないた》の上において殺し、謂ゆる料理をしてお客さんに出すと、「おいしい。」「おいしい。」と喜んでくれ、それでいただいたお金の中から、いくばくかの給料をもらって、九年間、暮らして来た。

料理場というのは、勤めた店によって違うけれども、だいたい夜十時、十一時に仕事が終ります。すると所帯持ちの人は自宅とかアパートへ帰るけれども、一番下ッ端の方はタコ部屋へ行って、大抵の場合は賭け麻雀をするか、酒を呑むか、それで疲れたら寝てしまう。併し私はそういうことをする気になれないので、その日殺した魚とか蟹の顔を思い浮かべながら、萬年筆とかボールペンで、新聞の折り込み広告の裏の真っ白なところに、般若心経を書いて、菩提《ぼだい》を弔うというようなことをやっていました。まあ宮澤賢治の真似事みたいなことです。それは宮澤賢治のような、いい文章を書く能力がないから、そういうことをしていたのですが。そうすると、そばで麻雀をしている人にとっては、迷惑なわけです。横で写経なんかをしていると、鬱陶《うっとう》しいのです。「お前、阿呆かッ。」「向うへ行けッ。」と言う罵声が飛ぶ。併し外へ出たら、冬は寒いし、夏は暑いし、蚊に刺されるし。

私としては、「世捨人」であるために、料理場の下働きをしていました。修行です。けど、ほかの人はそうではないのです。料理の親方になることが目標で、日々、修業をしているのです。とどの詰まり、彼らの言うところの「いい生活。」がしたいということです。それはお金がたくさん入って来て、ふんぞり返っていられる生活です。

目標が全然違っていました。私の方は、八百屋の物置きの玉葱なんかが腐った臭いを放っているところの、コンクリートの床に茣蓙《ござ》を一枚敷いて、そこに寝ていた。まあそれは「世捨人」の修行だから、私は満足だったのですが。そしてずっと考えていたのは、この世の生物《いきもの》を殺さないで、どうかして生きたいということでした。併し私はいまでも牛、豚、庭鳥、魚、蟹、蝦などの屍体を喰います。日々、罪を犯しているのです。

「人権」などというたわけ言は、人間が考えた幻想であって、つまり手前勝手なエゴイズムであって、本当は「人権」なんてものはないのです。私の考えでは、自分たちが他の生物を食べていることを合理化するために、そういうことを言うているだけです。眞実は日々、罪を犯して生きているのです。人間の原罪です。

「魂」「霊」「物」「虫」、自分の中にそういうものを発見することは、自分の中の言葉を発見するということです。読み、聞き、書きして、人から教えられた言葉は、自分の言葉ではありません。世の中には、他人の言葉ばかりを頭の中にいっぱい詰め込んでいる阿呆がたくさんいます。そういうのは学者に多いですね。自分の中の言葉に気が付く、自分の中に「物」を発見する、その自分の中の「魂」によって「物書き」になるということが、小説を書くということです。

小林秀雄は、昭和八年に書いた「作家志願者への助言」という短い文章の中で、小説家になりたい人は全集を読みたまえ、と言うています。それで私が小説家になりたいがために全集を全部読んだ人は、夏目漱石、森鷗外、樋口一葉、永井荷風、芥川龍之介、宮澤賢治、嘉村礒多、中島敦、横光利一、太宰治、中勘助、尾崎一雄、宇野千代、幸田文、藤枝静男、深澤七郎、白洲正子。外国の人では、E・ブロンテ、ドストエフスキー、F・カフカ。昔、私は独文科の学生だったので、カフカは独逸語《ドイツ》の原書で全部読みました。無論、これらの人たちの言葉は、私から言えばすべて他人の言葉ですが、自分の言葉を探すヒントになりました。感謝しております。

カフカに「断食藝人」という短篇小説があります。独逸語では「Hungerkünstler」。「断食藝人」というのは苦しまぎれの訳で、素直に訳せば「飢えを見せる藝術家」ということになりましょうか。長谷川四郎はこれを「飢餓術師」と訳しました。

カフカの文学は端的に言えば「判決」「変身」「審判」「流刑地にて」等に典型的に表現されたように、自己に対する死刑宣告の文学である。あるいは「父の心配」のオドラデクのような、糸巻き状の変てこな化け物に変身した自己への、不死の刑を宣告した作品もある。「断食藝人」「歌姫ヨゼフィーネ、あるいは鼠の族《うから》」などは、この世における藝術家の運命を書いたものである。

断食藝人は飢えを見せる（見てもらう）藝術家である。四十日間の断食興行は全ヨーロッパを席捲《せっけん》するほどの人気を博していたが、その断食が正確に実行されているかどうかを監視する、監視人が付いていた。併しやがて彼は、新奇を求める大衆に飽きられ、忌まれ、最後は断食の無限記録（死）を樹立したにも拘らず、そんなことは誰からも一顧だにされず、も早「金にならなくなった」彼の屍は、興行師によって藁《わら》くず同然に捨てられてしまう。

これは現代の寓話である。つまり「金」を牛耳っている者が、権力者として世界を支配する、現実の社会に照らして見れば、興行師とは「出版社社長」、断食藝人とは「詩や小説の書き手」、監視人とは「担当編輯者」ということになる。なるほど、詩や小説の書き手は「魂の飢え」を書き続けるのである。その「魂の飢え」が「商品」として取り扱われる。資本主義とは「金になる」ものなら、いかなるものをも「金にする」体制であり、人も物も言葉も、すべてを「使い捨て」に消費して行く制度である。断食藝人のなれの果てがそうであったように、この世のあらゆるものは、最後はごみか糞尿になって行くのです。この背理からは、カフカの恐ろしいうめきが聞こえて来ます。

またドストエフスキーは「地下生活者の手記」「罪と罰」「白痴」「悪霊」「カラマー

ゾフの兄弟」等において、くり返し「善人が突然、悪人になる」という主題《テーマ》を取り上げました。善人が突然、悪人になって、罪を犯し、またその罪を悔いて善人に戻るが、罪は消えない、という主題です。日本ではこの主題を最初に取り上げたのは、夏目漱石で、「こゝろ」の中にそれを書きました。善人が突然、悪人になる、というのは、原因は金と戀がからんで、人を裏切ったり、人を殺したり、人を自殺に追いやったりするのです。恐ろしい主題です。

作家になるのは、まず何よりも「人間を見る目」「人間を意地悪く見る目」が必要です。この人はどういう魂の持ち主なのか、と見る目。魂とは、その人の言葉、仕種《しぐさ》、表情に、はっきりと現れます。それを見逃さない目。この「目」こそが、文士の生命であって、「意地悪い目」を持たない人は、作家になれません。たとえば樋口一葉は実に「意地悪い目」で男、女を見ています。

《夫れは何《ど》うぃふ子細でと父も母も詰寄つて問《とひ》かゝるに今までは默つて居ましたれど私の家《うち》の夫婦《めをと》さし向ひを半日見て下さつたら大底がお解りに成ませう、物言ふは用事のある時慳貪《けんどん》に申つけられるばかり、朝起まして機嫌をきけば不図《ふと》脇を向ひて庭の草花を態《わざ》とらしき褒め詞《ことば》、是にも腹はたてども良人《をつと》の遊ばす事なれば我慢して私は何も言葉あらそひした事も御座んせぬけれど、朝飯《あさはん》あがる時から小言は絶えず、召使の前にて散々と私が身の不器用不作法を御並べなされ、夫れはまだ〳〵辛棒もしませうけれど、二言目には教育のない身、教育のない身と御蔑《おさげす》みなさる、それは素より華族女学校の椅子にかゝつて育つた物ではないに相違なく、御同僚の奥様がたの様にお花のお茶の、歌の画《え》のと習ひ立てた事もなければ其お話しの御相手は出来ませぬけれど、出来ずは人知れず習はせて下さつても済むべき筈、何も表向き実家の悪るいを風聴なされて、召使ひの婢女《をんな》どもに顔の見られるやうな事なさらずとも宜《よ》かりさうなもの、》(「十三夜」)

　これが一葉女史の男を見る目です。下女の前で妻の欠点をあげつらう男の卑劣さを書いています。次ぎに女を見る目。

《桂次が今をる此許《こゝもと》は養家の縁に引かれて伯父伯母といふ間がら也《なり》、はじめて此家《や》へ来たりしは十八の春、田舎縞の着物に肩縫あげをかしと笑はれ、八つ口をふさぎて大人の姿にこしらへられしより二十二の今日までに、下宿屋住居《ずまゐ》を半分と見つもりても出入り三年はたしかに世話をうけ、伯父の勝義が性質の気むづかしい処から、無敵にわけのわからぬ強情の加減、唯々女房にばかり手やはらかなる可笑《をか》しさも呑込めば、伯母なる人が口先ばかりの利口にて誰《た》れにつきても根からさつぱり親切気のなき、我欲の目当てが明らかに見えねば笑ひかけた口もとまで結んで見せる現金の様子まで、度々の経験に大方は会得のつきて、》(「ゆく雲」)

この「伯母なる人」は「我欲の目当てが明らかに見えねば笑ひかけた口もとまで結んで見せる現金」な人です。そういう女の卑しさを、一葉女史は冷徹に見ています。

作家になるということは、深澤七郎さんの「楢山節考」の話をした時に取り上げたように、反「世間の常識」ということを命題として立てなければならないわけですから、そうでないと文学というものは成立しないから、反「社会の常識」ということを考えていると、だんだんその人は悪人になって行きます。一葉女史の場合でも明らかのように、一人の人間が作家になるということは、即ち悪人になることとです。人から後ろ指を指されるような人間になることとです。つまり因業な人間になることとです。

私は子供の頃は、お袋に「おまはんは、どうらいお人がええ。お人よしや。阿呆や。けど、お人よしではこの世は渡って行けけんで。悪《わる》になりな。」と、いつもどやされていました。その頃、横井英樹という人がいて、次ぎから次ぎへと会社の乗っ取りをやり、乗っ取り王と言われていました。私が小学生だった頃のことですが、お袋は「おまはんも人の会社を乗っ取るような男になりな。」と。これがお袋が小学生の私に突き付けた命題でした。

お袋はそういうことを考えるような魂の持ち主だったのです。私の父も、倅に悪徳弁護士になって、しこたま銭儲けをして欲しいと考えるような魂の持ち主でした。

併し私は人の会社を乗っ取ることは、ついに出来なくて、人の魂を奪い取ることばかりして来ました。作家になるということは、自分の魂を発見し、他人の魂を奪い取る（書く）ことです。だから一部の人たちから忌み嫌われるのです。毒蛇のように嫌われるのです。「一部の人たち」とは、詩や小説のモデルにされ、自分の魂を奪われた人たちです。夏目漱石は今日では、多くの人たちに尊敬されていますが、「道草」のモデルにされた一家眷属《けんぞく》の人たちからは忌まれていました。

うちの嫁はんなんか、私のことを「因業車谷」と言い、「私はあなたほど因業な人に逢ったことがありません。まるで貸した金の取り立てをする高利貸しみたい。」と言うています。

意地悪い目で人を見ること、それが男を磨くことだと、私は思うて来ました。顔にべたべた白粉《おしろい》を塗って、口紅をつけ、指輪、首飾り、耳飾り、腕輪、そういうもので身を飾り立て、高級ファッションの洋服を着て歩いている女がいますが、樋口一葉の場合は、そういうことに無縁で、ただひたすら意地悪い目で人の魂を見て、女を磨いたのです。美しい魂の人です。悪の輝きです。作家になるということは因果なことです。

小林秀雄が、こんなことを書き残しています。

《陰口きくのはたのしいものだ。人の噂が出ると、話ははずむものである。みんな知らず知らずに鬼になる。余程、批評はしたいものらしい。面と向つて随分痛い処を言つた積りでも、考へてみれば屹度《きつと》用心してものを言つてゐる。聞いて貰ふ科白《せりふ》にしてものを言つてゐる。科白となれば棘も相手を傷つけぬ。人の心を傷つけるものは言葉の裏の棘である。

＊

陰口では、人々はのうのうとして棘を出し、棘を棘とも思はない。醸《かも》し出されるきたならしい空気で、みんな生き生きとしてくる。平生は構へてきれい事に小ぢんまりと蒼ざめた男が、ふと、なまなましい音《ね》をあげたりする。そんな時、私は成る程と、きたならしさに心を打たれる。このきたならしさを忘れまい。これは批評の秘訣である。》（「批評家失格Ⅰ」）

小説を書くことも、人の陰口、悪口を容赦なく言うところからはじまります。悪口を言い合っている時ほど、話が盛り上がる時はありません。だんだんに言葉は大袈裟になり、嘘が混じって来る。その「嘘」こそが、創作のはじまりです。併し他人の悪口だけでは、文学は成立しません。自分の陰口をも容赦なく表沙汰にしなければならない時が来る。その時、どうするか。大抵の人はそこで小説を書くことを、小悧巧《こりこう》に、あきらめてしまいます。悧巧者には小説は書けません。阿呆になれないと、小説は書けません。悧巧者とは頭はいいけれども、頭の弱い人です。頭が強い人じゃないと、小説は書けません。

小説は、小説を書くことによって、まず一番に作者みずからが傷つかなければなりません。血を流さなければなりません。世の中には、まず一番に自分を安全地帯に隔離しておいて、小説を書こうとする手合いがいますが、そういう人にはよい小説は書けません。まず一番に自分を安全地帯に確保しておいて、他人の醜聞《スキャンダル》を覗き込みたいというのは、週刊誌の読者ですが、そういう読者と同じ精神では、すぐれた書き手にはなれません。自分は血を流したくはないけれど、併し名声だけは欲しいという人がいます。最低の人です。

私は自分の骨身に沁みた言葉だけで、書いて来ました。いつ命を失ってもよい、そういう精神で小説を書いて来ました。生きるか死ぬか、自分の命と小説とを引き換えにする覚悟で書いて来ました。人間としてこの世に生れて来ることは罪であり、従って罰としてしなければならないことがたくさんあります。小説を書くことも、結婚をすることもその罰の一つです。

私は卑劣な人間です。卑しい人間です。悪人です。安岡章太郎氏に言わせれば、知能犯なのだそうです。人の嫁はんと、三回も姦通事件をやらかしました。私は自分がそういう人間であることが苦痛だったから、小説を書き続けて来ました。ほかにどんな理由がありましょうや。私は父の願いを裏切って、しがない文士になりました。私は私であることが不快なのです。どっとはらい。

（平成十五年十一月朔、上智大学ソフィア祭にて）

巻末エッセイ

けったいな連れ合い

高橋順子

四十九歳のとき、四十八歳の男と残りもの同士の結婚をして、丸五年が経った。結婚した当座は、二人とも初婚だったので、周囲の人に驚かれたり、からかわれたり、危ぶまれたりした。二十代のやわらかい粘土のような二人ではなく、ひびの入った茶碗のような私どもであった。「割れ鍋に綴じ蓋」というが、茶碗同士合わせものになれるのか。しかしながらいっしょに食事をすることに喜びを感ずる私どもは茶碗であった。

後で聞いた話だが、私の仲間うちでは、じきに離婚だ、見てろ、もう秒読みだ、と好奇のまなざしで見られていたようだった。しばらくすると、順子もトシだから、離婚する気力がないんだよ、というところに落ち着いた。競馬用語でいう「波乱含み」のスタートだったが、いまのところは小波乱ですんでいるのである。

私本人は詩など書いているのを除けば、それほど変わり者の女ではない。本人のいうことだから多少割り引いて見てもらってもいいが、連れ合いのほうは折り紙付きどころか、のし紙付きの変わり者だった。風体からして尋常ではない。頭は一分刈りの毛坊主。会社員だから、背広を着ているが、革の鞄はもたずに擦り切れた手縫いの紺の頭陀袋をさげている。その中にどうやら貯金通帳など大事なもの一切合財が入っている。曇った丸い眼鏡。奇をてらっているのではなく、成り行きで、こうなってきたことが、付き合ってじきに納得がいったが、人目を気にしない結果であることも分かった。過度に神経質になるか無頓着になる人である。

経歴も変わっている。慶應義塾を卒業後、広告会社に勤務。初めて書いた小説が「新潮新人賞」次点となる。それだけが原因ではないのだが、普通の会社員の道を外れて、料理人生活を九年送った。この間に芥川賞候補。再び会社勤めの身分となり、初めての小説集『鹽壺《しおつぼ》の匙《さじ》』で三島賞受賞。このときまで小説家車谷長吉《くるまたにちょうきつ》の名を知る人は少なかった。その直後に結婚した。

直木賞受賞（編集部註・『赤目四十八瀧心中未遂』で第一一九回直木賞）は連れ合いの悲願だったが、友人たちに「おめでとう」と言われると、「ありがとうございます」という言葉が自然に私の口から出た。私は以前、ある賞を受賞した詩人の夫人にお祝いを申し述べたところ、「それは夫のほうで私とは関係ありません」と言われて「すみません」と引き下がったことがあった。私より十歳は年長の人である。当時独身だった私は、自立した妻というのはこうであるのか、と驚いたのであった。詩が、彼ら夫婦の共通の話題ではなかったのかもしれない、といまは思う。私どもは二人とも文学に携わる者なので、多かれ少なかれ文学的同志になっているのだろう。私は連れ合いには健康第一とだけ言って、仕事をするようにとは決して言わない。言えば苦しめてしまう。連れ合いのほうは私に、やれやれとハッパをかける。

私小説作家・尾崎一雄の奥さんは近所の噂話を収集して、それを細大漏らさず作家に伝えた、だからあなたも協力すべきだ、と連れ合いが小説家の妻の心得を言う。扶養家族だったら、よろこんで、あるいは心ならずも作家の耳にも目にも足にもなっただろう。しかしながら私どもでは、財布は二つ、心も二つである。とんでもない、人に知られて当人が困るようなことは、私は口外しません、と宣言した。

そんなわけで、私はうちの私小説作家に友人知人のスキャンダルは黙して語らない。スキャンダルは面白いので、しゃべってびっくりさせたいのだが、こらえている。だが連れ合いは聞き出し上手でもあって、ついその手にのってしまうことがある。すると、彼の興味をひくような事件だと、いつか活字になる。そっくりそのままではなく、少し事実をずらして書く。だがそれに信憑性を与えるために、実名を記す。書かれた当人は周章狼狽する。作り物だと一方で承知してはいても、噂が人を殺すこともあるのだから、恐ろしい。残酷な子供のようなところがある。

「語りは騙《かた》りなんだ」と澄ましている。

雑誌でアートフラワーの作り方というのを見たことがある。できるだけ真物らしく見せるコツは——、とその記事には書かれていた、どこかに真物をつかうこと、たとえば、花の終わった蘭の鉢に、造花の蘭の花を挿します、と。これは文学でも同じこと。

小説を書くことは悪だ、おれは毒虫だ、と車谷はつねづね言っている。

このごろ「夫婦は一心同体だ、車谷の悪意は、順子の悪意だ」と難じている詩人がいるそうだ。私どもは危うい夫婦だったはずなのだが——。せめて夫婦は共犯者だ、くらいの表現にしてもらいたい。車谷がこのたびの受賞を知らされたときに、「男子の本懐を遂げました」と言っているのを聞いて、古い言葉が出たことに驚いたが、それに触発されたのか、「内助の功」を褒めてくれた人が数人いて、戸惑った。いずれも男性を中心に置く考え方から出た言葉であろう。

「文士じゃなくて、弁士でもメシが喰える」と冷やかされるくらい、連れ合いは雄弁である。「一口三十分」といわれる。同じ内容であっても、時と場合によって、順序を入れ替えたり、或る部分を抹消したり、付け加えたり、故意に変形したり、誇張したりして、聞くたびに色合いがちがうのを、はじめのころは私は驚き、咎めた。「あなたは嘘つきだ、職業病だ」と、なじったが、このごろは、あ、また話を作っている、と聞くようになった。すると気持が楽になった。いま考えると、それは私たちが直面した危機を乗り越える手段でもあった。

その危機とは結婚二年四ヵ月めの春、連れ合いの強迫神経症の発病であった。因業が表看板になっている男だが、因業であることを持続させる意志の力は、しばしばこの人の肉体の力を凌駕するほどである。因業の刃がただ空を斬るということはなくて、さまざまな抵抗にあう。それに堪えようとすることで、心身を擦り減らし、消耗する。自分をもてあます。強迫神経症の発病は、目先の失業だけが原因ではなかった。

幻覚と幻聴、幻視に悩まされ、一日に何十回も手を洗い清め、私の立ち居振る舞いを規制するようになった。日常の暮らしをそのまま書くことが、とくに操作もせずに非日常の詩になってしまう経験を私はした。（それが詩集『時の雨』となって結実した。）すると、この暮らしは虚構なんだ、嘘なんだ、というめまいのような感覚がやってきた。嘘をつくことを許容しはじめたのは、その感覚を味わってからだった。連れ合いは自分の病状を私に語り、私はひと月ほどはすべての仕事を放擲し、それに耳を傾け、理解しようとした。

この病気の出口はじつはまだ見つかっていないのだが、徐々に恢復に向かっていることは確かである。

このように共同生活者としては、並外れた問題児を選んでしまったのだが、けっこう仲良くやっているのである。結婚の動機としては、五十歳を前にして、一度くらい結婚してみるか、という気持が双方にあった。私の母親などは、一度も結婚しないのは世間体が悪い、それよりなにより、さみしそうに見える、何かあったら、と思うと心配で、死んでも死にきれないと、帰省するたびにまくしたてた。それなら相手が誰でも反対はしないわね、と私はクギをさした。

二人が仲良しである限りは、結婚はいい制度だと思う。どこかに散歩に出かけたいとき、わざわざ電話をかけなくても、いっしょに行ってくれそうな人が側にいて、私はその人と外出する優先権をもっている、その人とは日曜日にも、夏休みにも、年末年始にも逢える。毎晩必ずといっていいくらい逢える。晩酌も付き合う。そんな男友達なんて、ふつういない。独り者であっても、私がそうだったように、郷里や係累とつながれている。紙一枚届け出ただけで、こんなふうに許されていていいのだろうか、と当初は不思議な気持がしたものだ。

親元を離れてから、一人暮らしの生活が三十年と長く続いたので、それまで家の中の物が様相を変えるのは、鉢植えの植物くらいしかなかった。それが、たとえば台所に置かれた菓子の数が減っていたり、冷蔵庫の中のアイスクリームがなくなっていたりするのを発見すると、いっしょに暮らしている人がいるんだ、と温かい、というのは寂しさの裏の意味だが、そんな気持になった。本人の顔を見ているときよりも、そういうときに結婚のありがたさを知った。なにしろ注文の多い男で、顔を合わせるや否や、気をつかわせられるのである。

結婚して大変だァと思うことは、やはり食事の支度である。一人で営んでいる書肆《しょし》の仕事、非常勤講師として週に一日出ている大学の講義の準備、原稿書きなどの仕事を中断せねばならないのは、やはりつらい。独身時代は空腹になるときまで、食事のことを考えなくてよかった。それがいまは朝から本日のおかずを考えているのである。迷って相談すると、手のかかる料理を言うので、時間のあるときしか相談しなくなった。結婚前は、一汁一菜でいい、などと言っていたのが、いまはおかず三品でなければ承知しない。それでも世の中には最低五品という亭主もいるそうだから、愚痴はこぼすまい。

連れ合いは毎日出勤していたのだが、ある時から会社都合で週に二日行くだけ、あとは居職の身となった。そうと決まったときから、毎食の後片付けと、日曜の晩の料理当番を引き受けてくれることになった。日曜日になると、「今日は月曜日だな」「お出かけの予定はないの」などと逃げる算段である。しかし几帳面なたちで、逃げない。食事の時間が規則的になり、野菜もつとめて食卓に上すようになったので、おかげで私は風邪をひいても寝込むことがなく、健康になった。

私は結婚前、連れ合いになる男に、子供はほしくないのかと確かめた。男は出家するつもりだった、と答えた。子供のいない貧乏な夫婦にとって、しかも許される範囲は互いに別姓で通している者たちにとって、結婚という制度は、なにほどのことでもなさそうに見えるが、いまのところこの契約は、きっかり身の丈ほどの責任感とちょっと窮屈な安心感をともなうものとして機能している。

いつかは骨になる私たちだが、連れ合いには、毎日、快便だとか、丼に二杯分出たとか、便秘だの、下痢だの、短いのが三本だとか、紙をケチってウンコが手にくっついた、とか、しないでもいい報告を事細かにされている。私のことを、ウンコちゃんと呼ぶことがある。返事はしてやらない。「今日は六回便所へ行ったな」などと私の行動を観察している。小説家と暮らすのは気骨が折れるが、面白い。

（たかはし・じゅんこ　詩人／車谷長吉夫人）

（「婦人公論」平成十年十二月二十二日・平成十一年一月七日号）

解説　「異者」の文学

井口時男

本書は車谷長吉の人と作品の両方がよく分かるように実にうまく編集されている。

小説では掛け値なしの名品「武蔵丸」に、私小説的設定が不意に幻想小説へと変貌する「木枯し」、この作家の得意とする一人称語りが堪能できる「抜髪」や「漂流物」、エッセイと小説の中間を行く「変」や「狂」など、そこに直木賞受賞後の一種狂騒的な日常記録や小説観を率直に語った講演を配して、巻末には共に暮らした高橋順子氏のエッセイだ。

講演「私の小説論」で、深沢七郎の「楢山節考」から「人生で最大と言うても過言ではないほど、深い衝撃を受けました」と述べているのも宜《むべ》なるかな。「バブル景気」と「ポストモダン」の浮かれ騒ぎ冷めやらぬ一九九二年の「鹽壺の匙」の出現は、「神武景気」のさなかでの「楢山節考」の出現にも比すべき事件だったのだ。

その年の十一月ごろだったと思う、西新宿の小さなバーで開かれた単行本『鹽壺の匙』の出版記念会に招かれて参加したことがあった。薄暗い店内には七、八名のこぢんまりした人数が集まっていた。車谷長吉という特異な作家との初対面だった。——もっとも、日ごろから人付き合いの少ない私は、その場のすべての人と初対面だったのだが。

私以外はみな付き合いの長く親密な人たちらしかった。私ひとり場違いに紛れ込んだかたちになったのは、「新潮」三月号に「鹽壺の匙」が発表された時、担当していた文芸時評などで私が強く推したのを喜んでくれたからだったらしい。雑誌初出時にはさほどの世評はなかったようなのだ。

いま、その出版記念会の夜のことを思い出すのは、そこに氏の母親が出席していたように思うからだ。「ように思う」とは頼りない限りだが、なにせ記憶がおぼろで、ただ、ああ、母親を招いたのだな、この人は自分の本の出版記念会にわざわざ母親を招くような人なのだな、と思ったことだけが強く印象付けられているだけなのだ。私なら絶対にしないことだし、呼んでも田舎の無学な「百姓女」がのこのこ東京に出てくるはずもないとは思いつつ、文学の会に母親を呼ぶ息子と呼ばれて出てくる母親の関係に、意外の念に打たれながらも、胸の奥に小さな蠟燭の炎がぼんやり灯るような感じがしたのである。

まさか後日捏造された偽の記憶というわけでもないだろうからこのまま書くが、文章からは圭角だらけの人のように感じていた車谷長吉が実は人をそらさぬ能弁家であることも、この夜知った。小説を書くなんてことは狐を馬に乗せて走らせるようなものだ、という名セリフもこの夜聞いた。そう母親に言われた、と氏が語り、みんなを笑わせたのである。

母親の地元言葉の語りによって子供時代から壮年の小説家として世に出るまでを語らせるというユニークな、車谷長吉以外にはできそうもない（そもそも他の誰も思いつきそうにない）形式で書かれた「抜髪」には、あの夜のことは出てこない。しかし、この名セリフは出てくる。

「小説書くいうようなことは、馬に狐乗せて走らせるようなことや。」

あの夜はよく意味も解さぬまま、他につられて、その泥臭くも秀抜な比喩に笑っただけだったが、「抜髪」を読むとその意味もよくわかる。

「あんたの上に狐が馬乗りになっとうが。あの人らがあんたの背中に馬乗りになっとうが。あんたは競馬馬のように走らされて、脚の骨が折れて、倒れたんやがな。編輯人《シュウニン》いうのは馬喰《バクロウ》やがな。伯楽やがな。脚の折れた馬なんかに、もう用はないで。むごいもんやで。」

母親にとっては、息子が大学を出たのに会社勤めをやめてクズみたいな小説書きにうつつを抜かしているのは編集者という狐に化かされたからだ、というわけだ。しかし、息子の方は、自分に憑いている狐が編集者などというただの人間でないことは百も承知だ。「狂」に書かれた高校時代の恩師・立花先生に託していえば、狐とは、精神にとり憑く「物の怪」、というより、「物の怪」そのものとしての「精神」というものである。

「この時、立花先生の生は狂うたのである。この狂うたというのが大事である。先生は『順の人。』から『異の人。』に転じた。異の人とは、この世の異者である。」「恐らくこの時はじめて、先生の中で『精神。』という『物《もの》の怪《け》。』が息をしはじめた。」「精神。」とか「物の怪。」とかいうように、文中の言葉をカギカッコで括った上に句点をつけて際立たせるとき、その言葉自体が文の中のふつうでないもの、「異」なもの、「異者」になる。周囲のあたりまえな言葉は自然物のように朽ち滅びても、「異者」として括り出された言葉だけは「物の怪」のごとく朽ちず滅びず生き延びるのではあるまいか、と思わせる。これは車谷長吉が独自に発明した書法だ。

同様に、「編輯人《ヘンシュウニン》」「馬喰《バクロウ》」といったありふれた言葉だって、カタカナでルビを振られると、これは折口信夫などの書法を意識したかもしれないので独自とまではいえないが、やっぱり「異者」になる。

カギカッコも句点もカタカナのルビもなくても、たとえば「狂うた」と、おそらくは播州弁で記された言葉は、明治以来「標準語」をベースに確立されたニュートラルな小説の地の文章の中で、「異者」として立ち上がってくる。

これが車谷長吉の書法なのだ。

思い返せば、「鹽壺の匙」では、冒頭近く、曾祖父の来歴を語って、「途中腹が減ると『背中の炭を喰いながら。』」「それが『逃げ出す。』ということだった」「もう何日も『野山の枯れ草以外に。』喰うていなかった」などと記されていた。「ここには、『私』の記憶の中で、あるいは縁者たちの伝承の中で、あるいは風土の苛烈な生活の中で、精選に精選を重ねて残った砂金のような言葉がきらめいている」と私は文芸時評に書いたのだった。言葉を「異者」と化する手法はそこから始まっていたのだが、本書所収の作品では、その手法がさらに変形されて拡大適用されているのである。

「異者」としての言葉とは、「私の小説論」でいう「物」すなわち「魂」「霊」としての言葉、「言霊」にほかならない。だから、言葉を「異者」と化するとは、言葉を「言霊」と化することにほかならないのである。「私は自分の骨身に沁みた言葉だけで、書いてきました。」（「私の小説論」）それが「言霊」で書くということだ。

言葉こそが人にとり憑く「物」であり「異者」なのだ。自然界の生き物として発生した人間は、言葉という「異者」を所有したことで意識領域を肥大化させて自然界をはみ出してしまった。人間がたとえ賀茂真淵や司馬江漢のいう「虫」にすぎないとしても（「私の小説論」）、この「虫」は言葉という「異者」にとり憑かれた「虫」である。つまり、言葉こそが人間の「狂い」の真因である。その危険な言葉というものを生活処理の位相で使いこなす一般人とちがって、作家とは「物」としての言葉にとり憑かれて「異者」になってしまった人間なのだ。

もっとも、作家でなくても、言葉にとり憑かれて「狂うた」人間はいる。「漂流物」の「青川さん」などもその一人だ。鳥籠の中に「脊黄青鸚哥《せきせいインコ》の屍《しかばね》」を放置したままの狭い部屋にやってきて、酒を飲みながら始めたとめどない一人語りに、自分で自分の話に入れる合いの手のように頻出する「粋やの。」のなんと異様なことか。

彼もある日「狂うて」この世の「異者」となり、無一文になるまであてどない放浪を始めたのだった。それを「さすらい」と呼ぶなら、映画やら歌謡曲やらを通じて、「さすらい者」たちの物語は彼の心に沁みついていただろう。その物語からロマンチックでヒロイックでダンディで感傷的で抒情的なニュアンスのいっさいをはぎ取れば、「さすらい者」は「漂流物」になる。この男は自分がただのゴミ、「漂流物」にすぎないことを知っているのだ。しかし、それでも彼は、そんな自分の落ち行く生のありようを映画の画面のように眺めてつぶやくのである。「粋やの。」と。このとき、「粋やの。」は彼にとり憑いた「言霊」である。

「言霊」はおそろしい。「抜髪」の母親も言っていた。「言葉ほど恐《オト》ろしいものはあらへんで。どなことでも、いずれ自分が言うた通りになって、自分に返って来るで。」

母親はダメな息子に苛烈な処世訓を説いて聞かせるのだが、その処世訓は時に平然と矛盾している。

「人の言うてのことはよう聞かな、あかんで。聞く耳持たな、あかんで。人の言うてのことは、だまって聞き流しといたら、ええんやで。たよれるもんは、わが身だけやで。うふふ。」

人の言うことをよく聞け、と言ったとたんに、人の言うことなど聞き流しておけ、と手のひら返しだ。

平然と矛盾したことを言う母親はこわい。子供をダブル・バインド（矛盾した二重の縛り）の状況に置くからだ。子供は何かをしてもダメ、しなくてもダメ、彼の意識は引き裂かれて何もできなくなる。グレゴリー・ベイトソンという精神医学者は、子供時代のダブル・バインド状況が精神分裂病（統合失調症）の原因だ、と述べたほどだ。

しかし、引用部の母親のメッセージの中心が「たよれるもんは、わが身だけやで」にあるのはうすうすわかるだろう。最後の「うふふ」の含み笑いが、それまでの表向きのタテマエとちがう内緒のホンネ（真実のメッセージ）だと暗示してくれているように響くからだ。

だが、私にはやっぱりこの母親はこわい。何より「うふふ」がこわい。

そのこわさは、子供を支配し命令する権力的な母親のこわさではない。むしろ、卑俗な罵倒語を浴びせかけて突き放したあげく、有無を言わさずふところに抱きしめてしまう母親というもののこわさだ。冷たく非情なもののこわさではなく、うっとりと生温かいもののこわさである。

実際、お前が高級な言葉で「自我」と呼ぶものは、元を正せば隣家の猫の目に五寸釘を突き刺したあの「死恐《シオト》ろしい」魂のことだ、と告げるこの母親は恐ろしい。彼が原書で全部読んだというカフカなら「死刑宣告」であり、宣告するのは父親だ。だが、車谷長吉の母親は、「お母ちゃんが、あんたの代わりに地獄へ行って上げる」と甘くささやくのだ。

この母親に見守られながら彼は「異者」となったのであり、「異者」となった彼が最後に帰り行く場所も、やはりこの母親のうっとりと生温かいふところ以外になかったろう、と私は思ったのだ。

なお、本書が『鹽壺の匙』補遺」を収録したことを私は喜ぶ。「身内の恥」などというものはあくまでしがらみの内側に跼蹐《きょくせき》している「身内」の視点にすぎない。「身内」の外で、しかも「文学」の外の人々によって、「鹽壺の匙」は祝福され、「宏之叔父」は祝福されている。自分を傷つけ他人も傷つける「毒虫」だと自己規定し、ついには私小説作家廃業宣言まですることになった車谷長吉にとって、これ以上の祝福はあるまい。

（いぐち・ときお　文芸批評家）

編集付記

一、本書は文学賞受賞作を中心に著者の短篇小説を独自に選び、随筆、講演各一篇を併せて収録したものである。

一、編集にあたり、新書館版『車谷長吉全集』第一巻、第三巻を底本とした。

一、本文中、今日の人権意識に照らして不適切な語句や表現が見られるが、著者が故人であること、発表当時の時代背景と作品の文化的価値に鑑みて、底本のままとした。

本書は中公文庫オリジナルです。

中公文庫

漂流物《ひょうりゅうぶつ》・武蔵丸《むさしまる》

2021年8月25日　初版発行

著　者　車谷《くるまたに》 長吉《ちょうきつ》

発行者　松田 陽三

発行所　中央公論新社
〒100-8152　東京都千代田区大手町1-7-1
電話　販売 03-5299-1730　編集 03-5299-1890
URL http://www.chuko.co.jp/

DTP　ハンズ・ミケ
印　刷　三晃印刷
製　本　小泉製本

Published by CHUOKORON-SHINSHA, INC.
Printed in Japan　ISBN978-4-12-207094-3 C1193

各書目の下段の数字はISBNコードです。978-4-12が省略してあります。

中公文庫既刊より

ふ-2-7
楢山節考／東北の神武たち　深沢七郎初期短篇集　深沢七郎
「楢山節考」をはじめとする初期短篇のほか、伊藤整・武田泰淳・三島由紀夫による選評などを収録。文壇に衝撃をもって迎えられた当時の様子を再現する。〈解説〉小山田浩子
206010-4

ふ-2-6
庶民烈伝　深沢七郎
周囲を気遣って本音は言わずにいる老婆（「おくま嘘歌」）、美しくも滑稽な四姉妹（「お燈明の姉妹」）ほか、烈しくも哀愁漂う庶民を描いた連作短篇集。〈解説〉蜂飼　耳
205745-6

ふ-2-5
みちのくの人形たち　深沢七郎
お産が近づくと屏風を借りにくる村人たち、両腕のない仏さまと人形――奇習と宿業の中に生の暗闇を描いた表題作をはじめ七篇を収録。〈解説〉荒川洋治
205644-2

こ-14-3
人生について　小林秀雄
名講演「私の人生観」「信ずることと知ること」を中心に、ベルグソン論「感想」（第一回）ほか、著者の思索の軌跡を伝える随想集。〈解説〉水上　勉
206766-0

こ-14-2
小林秀雄　江藤淳　全対話　小林秀雄　江藤淳
一九六一年の「美について」から七七年の大作『本居宣長』をめぐる対論まで全五回の対話と関連作品を網羅する。文庫オリジナル。〈解説〉平山周吉
206753-0

み-9-11
小説読本　三島由紀夫
作家を志す人々のために「小説とは何か」を解き明かし、自ら実践する小説作法を披瀝する、三島由紀夫による小説指南の書。〈解説〉平野啓一郎
206302-0

え-3-2
戦後と私・神話の克服　江藤淳
癒えることのない敗戦による喪失感を綴った表題作ほか「小林秀雄と私」など一連の「私」随想と代表的な文学論を収めるオリジナル作品集。〈解説〉平山周吉
206732-5